Sandra Brökel • Das hungrige Krokodil

Dr. Pavel Vodák wurde im Juni 1920 in Prag als Sohn eines tschechischen Vaters und einer deutschen Mutter geboren. Schon als Kind hatte er sich überlegt, später einmal Arzt zu werden und setzte alles daran. Der Einmarsch der deutschen Wehrmacht im Jahr 1939 änderte vieles. Jüdische Kommilitonen mussten die Universität verlassen. Wenig später wurden die tschechischen Universitäten vorerst geschlossen. Nach dem Krieg konnte er sein Medizinstudium abschließen und war als Kinderarzt und Psychiater tätig. Nach den Ereignissen des Prager Frühlings im August 1968 sah Dr. Pavel Vodák keine Zukunft in seiner Heimat. Er hatte die Reformbewegung unterstützt und stand unter Beobachtung. Er befürchtete irgendwann verhaftet zu werden. Zudem glaubte er nicht, dass die kommunistische Partei seiner Tochter ein Studium erlauben würde. So entstand der Plan, mit der Familie zu fliehen. 1970 brach die Familie zu einer abenteuerlichen Flucht in den Westen auf, die über Jugoslawien, Italien und Österreich nach Deutschland führte. Dank seiner internationalen Kontakte erhielt er schnell eine Stelle als Arzt in Nordrhein-Westfalen. In den letzten Jahren trug er seine Lebenserinnerungen zusammen. Er starb im März 2002.

Sandra Brökel

Das hungrige Krokodil

Familienroman

PENDRAGON

Eine wahre Geschichte

Für Paulchen

Prag – 25. Juni 1970

Die Tür seines Dienstzimmers schließt seit ein paar Wochen schlecht. Pavel muss seine Hüfte fest gegen das dunkle Holz pressen, damit der Schnapper widerwillig einrastet. Es sollte mich nicht mehr stören, denkt er, jemand anderes wird sich darum kümmern.

Er will einen Moment alleine sein. Nur ein paar Minuten nicht antworten müssen, nicht schauspielern. Einfach nur der unerträglichen inneren Anspannung und Erschöpfung nachgeben. Müde lässt er sich in den Chefarztsessel hinter seinem Schreibtisch fallen. Das weiche Leder ist angenehm, die Lehne gibt nach, wenn er sein Gewicht nach hinten verlagert. Er schaltet ab. Immer nur Vollgas nach vorne funktioniert nicht. Er ist auch nur ein Mensch.

Den Kopf auf seine Unterarme gestützt, lässt er seinen Blick durch den Raum schweifen. Ziemlich klein für ein Chefarztzimmer. Karg und steril. Irgendetwas fehlt an den Wänden. Kollegen neigen zu einer gerahmten Galerie wichtiger Urkunden, die eine erfolgreiche Approbation und andere bedeutungsschwere Titel bescheinigen. Er verzichtet bewusst auf diese Zurschaustellung, stellt seine Kompetenz lieber im direkten Kontakt mit den Patienten unter Beweis. Seine Dokumente schlummern in irgendeinem Aktenordner. Er wird sie zurücklassen müssen. Das könnte später zum Problem werden.

In seinem Büro hängen nur zwei gerahmte Bilder: Eines ist ein alter Kupferstich des Prager Stadtbildes. Das Andere hängt etwas schief. Er quält sich aus dem Ledersessel, schlurft zu dem Bild und rückt es liebevoll gerade. Seine Finger fassen in eine feine Staubschicht. Er pustet sie von der stumpfen Glasscheibe, die die verblichene Fotografie eines alten Mannes mit grauweißem Spitzbart, schwarzem Hut und silberner Nickelbrille schützt. Der Rahmen des Bildes ist viel zu klein für einen solch großen Mann, denkt Pavel. Jetzt hängt er wieder gerade. So wie es ihm gebührt. Pavel neigt den Kopf zur Seite und flüstert dem Foto zu: »Tut mir leid. Sie werden wohl bald auf dem Müll landen. Ich bin froh, dass Sie diese Zeiten nicht mehr erleben müssen.« Das Bild zeigt den Philosophen und Schriftsteller Tomáš Garrigue Masaryk. Als erster Präsident der Tschechoslowakei setzte er sich unermüdlich für einen demokratischen und liberalen Humanismus ein. »Ihr Portrait kann ich nicht retten«, fährt Pavel kaum hörbar fort, »aber Ihre Worte werden mich immer begleiten. Danke.«

Das war's. Sein letzter Arbeitstag im Institut. Er lässt sich wieder in den Sessel fallen und pustet ein paar letzte Staubkörner des Masarykbildes von den Fingerkuppen.

Behutsam streicht er über das polierte Holz des massiven Schreibtisches. Da sind ein paar Kratzer auf der blanken Fläche, von damals, als ihm die Mutter eines Patienten zum Dank unbedingt diese Tomatenstaude in einem riesigen Blecheimer überreichen wollte. Und auch das Brandloch ist trotz der Politur noch fühlbar. Da hat ein Vater, der nicht begreifen wollte und konnte, dass sein Sohn niemals ein eigenständiges Leben führen würde, wutentbrannt die Glut seiner Zigarre ins Holz gedrückt. Pavel hinderte den verzweifelten Vater nicht an der Verunstaltung des Schreibtisches. Holz kann man reparieren. Eine schwere geistige Behinderung nicht. Seine Finger gleiten noch einmal über die rundliche Brandstelle und den Kratzer. Momente, die Pavel nie vergessen wird.

Vor drei Wochen feierte er seinen fünfzigsten Geburtstag in diesem Institut. Der große Besprechungsraum verwandelte sich in einen Festsaal. Leckereien, süß und deftig, wurden gereicht, es mangelte an nichts. Auch nicht an guter Stimmung. Alle waren gekommen und gratulierten. Einige ehrlich, andere heuchelnd.

In wenigen Wochen wird hier ein anderer Chefarzt sitzen. Vermutlich zieren bald gerahmte Urkunden die kargen Wände. Ganz sicher aber kein gerahmtes Portrait von Tomáš G. Masaryk.

Es wird ein Hauen und Stechen um diese Position geben. Schon seit einigen Monaten verfolgt Pavel kommentarlos die Intrigen seiner Stellvertreterin. Eine überzeugte Kommunistin, eine Ideologiefeste. Frau Dr. Pološerová verfügt über eine hohe fachliche Kompetenz. Als Mensch aber tut er sich schwer mit ihr. Die Augen hinter den dicken Brillengläsern sind kalt, dem Lächeln mangelt es an Aufrichtigkeit und Empathie. Pavel schaudert. Er weiß genau, dass es dieser Frau nicht entgangen ist, wie sehr er selbst dieses politische System ablehnt. Und sie weiß, dass das richtige Parteibuch schwerer wiegt als die fachliche Kompetenz. Wie oft hatte Pavel sich angreifbar gemacht, indem er seine Meinung sagte und sich nicht ins System pressen ließ. Bislang war es gutgegangen. Er ist bei den Mitarbeitern der unteren Hierarchie und den kleinen und größeren Patienten beliebt. Er ist eine Koryphäe auf dem Gebiet der Kinder- und Jugendpsychiatrie und in der gesamten Republik bekannt. Das weiß er und das wissen die anderen. Das ist sein Schutzschild. Falsch! Das *war* sein Schutzschild. Er ist nun offiziell »angezählt«.

Er steht unter Beobachtung, darf nicht mehr ins westliche Ausland reisen. Keine Dozententätigkeit mehr, kein fachlicher Austausch auf Kongressen, keine Begegnungen mit frei denkenden Menschen. Pavel hat aufgehört, die Warnschüsse zu zählen. Äußerlich ließ er sie abprallen, innerlich reiht sich Wunde an Wunde. Es ist nur noch eine Frage von Tagen, vielleicht auch nur Stunden, bis er endgültig getroffen und niedergestreckt wird. Und mit ihm die Seele des Instituts. Lass dieses Pathos!, mahnt sein innerer Zensor.

Aber diese Gedanken sind wahr. Es ist sein Institut, sein Leben, seine Arbeit als Psychiater, Neurologe und Kinderarzt. Alles hier trägt seine Handschrift, seine Methodik, seine abwägende, ruhige Art. Es sind seine kleinen Patienten. Seine Mitarbeiterinnen und Mitarbeiter. Allesamt gut ausgebildete Fachkräfte, die ihn als Chef schätzen und wertvolle Arbeit leisten. Bis auf die Oberärzte vielleicht, die sich hinter seinem Rücken hauptsächlich mit seiner Nachfolge befassen und wie Hyänen nach dem Chefsessel gieren. Allen voran Dr. Pološerová.

Klingt ein bisschen nach narzisstischer Störung, denkt Pavel, so was wirst du doch hoffentlich nicht selbst entwickeln. Er gluckst in sich hinein. Immer, wenn er mit

Lob überhäuft wird, mahnt er sich innerlich zu Demut und Bescheidenheit. Pavel, sagt er sich, vergiss nie, dass jeder aufs Klo muss! Da nämlich verrichten alle das gleiche Geschäft. Und das stinkt bei jedem. Genau wie Eigenlob! Mit dem Hintern auf der Schüssel sind alle gleich: Der weltbeste Arzt, der Nobelpreisträger, der Straßenkehrer, der Parkplatzwächter.

Er atmet tief durch. Die wenigen Krankenakten sind fein säuberlich auf der linken Seite des Schreibtisches gestapelt. Aufgeräumt. So kann es bleiben. Er klatscht in die Hände, steht auf und reckt seinen Körper. Er schreitet um den Schreibtisch herum und rückt die beiden schweren Holzstühle zurecht. Zwanghafter Ordnungssinn ist ihm normalerweise völlig fremd. Heute aber muss es so sein. Er schiebt jeden Stuhl ganz genau vor den Tisch. Das dunkle Holz der Lehnen ist weicher, als es aussieht. Wie oft hatten verzweifelte Eltern auf ihnen Platz genommen, wenn Pavel ihnen mit ruhiger, aber bestimmter Stimme und sehr viel Geduld die Diagnosen ihrer Kinder erklärte. Er tätschelt die Stühle, als wolle er ihnen danken, dass sie stumm und zuverlässig die Schwere des Schicksals getragen haben. Zu den schwierigsten Momenten des Lebens, auch für den Arzt, gehören die, wenn Elternträume von der gesunden und unbeschwerten Zukunft ihrer Kinder wie Seifenblasen zerplatzen. Pavel seufzt. Für seine eigene Tochter hegt er Hoffnungen und große Pläne. Aber nicht hier in Prag. Wo nur?

Diese Frage verbietet er sich. Er weiß auch keine Antwort. Er kann nur darauf vertrauen, dass er Glück hat und sein Ziel, wo auch immer das sein wird, erreicht.

Es ist vorbei. Er streift den weißen Arztkittel ab und hängt ihn an den Haken links neben der Tür. Er strafft sich, drückt mit fester Hand auf die Türklinke und geht. Einen weiteren Blick zurück verwehrt er sich. Zu gerne hätte er sich in Ruhe von allen Mitarbeitern und Patienten verabschiedet. Doch es muss so sein wie immer. Nur kein Aufsehen erregen. In der Mittagspause hatte er allen *»Ahoj«* gesagt. Sie wünschten ihm einen erholsamen Sommerurlaub. Er mimte Vorfreude und wusste, dass dies ein Abschied für immer war.

Pavel geht mit festen Schritten über den menschenleeren Flur, saugt noch einmal bewusst den vertrauten Geruch der Klinik ein. Eine Mischung aus Desinfektion und Kantine. Die fünf Stufen nach unten zum Haupteingang nimmt er mit aufgesetzter Beschwingtheit. »Schönen Urlaub, Herr Doktor«, ruft der Portier hinter ihm her. »Danke«, antwortet Pavel, dreht sich kurz um und fügt mit einem Augenzwinkern hinzu: »Passen Sie mir gut auf das Institut auf. Ich verlasse mich auf Sie!« Der Portier nickt, deutet einen übertriebenen Salut an und versichert lächelnd seine Loyalität.

Pavel tritt aus der Tür heraus auf den Gehsteig der Dittrichstraße. Menschen wie den Portier wird er vermissen. Es gibt Momente, da sehnt er sich die Leichtigkeit und Unbekümmertheit dieses Mannes herbei. Der Portier geht morgens zur Arbeit und sitzt hinter der kleinen Scheibe am Eingang des Instituts. Er ist freundlich zu den Menschen, erklärt den Weg zu den Stationen, zur Ambulanz und achtet peinlich genau auf die Einhaltung der Besuchszeiten.

Abends schlendert er nach Hause zu seiner Frau. Der Feierabend duftet nach heißen Knödeln und kaltem Bier. Er macht sich keine Gedanken über die politische Lage. Solange die Moldau Wasser führt, die Familie gesund und der Teller gefüllt ist, ist er zufrieden. So einfach. Er nimmt die täglichen Herausforderungen, wie sie kommen und macht das Beste daraus. So wäre Pavel auch gerne. Das Leben genießen und die politischen Gegebenheiten akzeptieren, die durch den Einzelnen nicht zu ändern sind. »Regen Sie sich doch nicht darüber auf, was die Mächtigen tun«, sagte der Portier einmal zu ihm, »die ändern Sie sowieso nicht. Machen Sie sich lieber einen angenehmen Feierabend!«

Pavel seufzt. So einfach kann das Leben sein. Und so kompliziert, wenn man zu viel denkt. Und noch komplizierter, wenn man seine Gedanken mit anderen teilt. So wie er. Er ahnt, dass er sich selbst Steine in den Weg legt, weil er sich unermüdlich den Kopf zerbricht. Pavel öffnet die Tür seines weißen Škoda. Er riecht immer noch neu, nach frischem Plastik, Benzin und Fabrik. Heute fährt er nicht hinunter zur Moldau, sondern biegt rechts ab Richtung Prager Neustadt. Nur wenige Meter von der Dittrichstraße, die sein Institut beherbergt, parkt er und steigt aus. Sein Ziel ist der Karlsplatz, der größte Platz seiner Heimatstadt Prag.

Sein Sakko bleibt im Auto, die Krawatte auch. Die oberen Knöpfe des Hemdes geöffnet schlendert er quer über die Rasenfläche. Vor über 100 Jahren wurde dieser große Park gestaltet und einige der Linden, Platanen und Kastanien haben bis heute überlebt. Pavel achtet sehr genau darauf, dass ihm niemand folgt oder ihn beobachtet. Und noch mehr darauf, dass er sich nicht allzu häufig umschaut und dadurch Aufmerksamkeit erregt.

Seit fast zwei Jahren kann er dieses einschnürende Gefühl der Enge nicht mehr abschütteln. Es frisst sich ganz langsam durch seine Eingeweide, würgt und stranguliert ihn. Es schmeckt nach bitterer Galle. Es dringt in die Luftröhre ein und nistet im Kopf. Es wütet nicht nur in ihm. Die Intelligenz der gesamten Stadt erstickt unter einem unsichtbaren Etwas, das sich wie ein Leichentuch über die Menschen legt. Viele nehmen es wahr, andere verdrängen es, wieder andere versuchen, trotz des Tuches einen klaren Blick auf den Himmel zu wahren. Und einige wenige stärken das schwere Tuch, bestimmen seine Form, machen es blickdicht und starr. Sie statten es mit Augen und Ohren aus, um jene zu finden, deren Blick auf den Himmel gerichtet ist. So können sie das Tuch unsichtbar und leise immer enger weben. Bis auf die Größe einer kleinen Gefängniszelle. Oder die eines Sarges.

Für Pavel ist es, als könne er sich zwar bewegen, aber nur in einem vorgegebenen Rahmen. Als könne er atmen, aber nur die Luft, die ihm die Mächtigen lassen. Als könne er denken, aber nur die Gedanken, die erwünscht sind. Als könne er sprechen, aber nur über das, was kommunistische Ohren dulden. Oberflächlich betrachtet ist alles möglich. Darunter sehnt er sich nach Freiheit. Er selbst könnte sich vielleicht noch mit den Gegebenheiten arrangieren, sich anpassen, unterordnen und seinen Freigeist zähmen. Aber was ist mit Pavli? Morgen wird seine Tochter zwölf Jahre alt. Sie ist intelligent, kreativ und aufgeweckt. Dass ein politisches System die Potenziale seiner nächsten Generation einschränkt ist ihm unerträglich. Der Traum von einem Sozialismus mit menschlichem Antlitz, für den er einst kämpfte und alles riskierte, wurde am 21. August 1968 unter Panzerketten begraben.

Pavel erreicht eine Parkbank unter der alten Platane, von der er glaubt, dass sie zu den ältesten Bäumen gehört. Ein weiteres Mal lässt er seinen Blick in die Runde schweifen. Niemand, der ihn im Visier hat. Nur drei ältere Damen, die plaudernd spazieren gehen und Kinder, die weit entfernt herumtollen und Fangen spielen. Niemand auf einer anderen Parkbank, der vorgibt, eine Zeitung zu lesen und niemand, der so tut, als würde er die Vögel oder sonst etwas beobachten. Pavel setzt sich.

Vorsichtig beugt er sich zum hinteren Teil der Parkbank, der von dem Heckengrün an der Rückseite verdeckt ist. Hier muss es irgendwo sein. Seine Finger tasten am Holz entlang. Erst auf der rechten Seite, dann links. Ganz vorsichtig. Er fühlt einige Splitter, die er nicht in seinen Fingerkuppen haben möchte. Er sucht weiter. Da ist nichts. Verdammt! Er tastet weiter. Plötzlich, am hinteren linken Fuß der Bank, fühlt er ein anderes Material. Es knistert leise. Könnte eine Plastiktüte sein. Ja, das muss es sein!

Mit einem Ruck löst er die Tüte, die an den Fuß geklebt wurde, und zieht sie behutsam nach oben. Seine Hände zittern und er schaut sich noch einmal um. Die plaudernden Damen haben sich weiter von ihm entfernt, die Kinder toben unbekümmert weiter. Er öffnet die Tüte, schaut hinein und würde am liebsten einen lauten Jubelschrei ausstoßen. Es hat geklappt! Sein Herz pocht aufgeregt und sein Mund ist trocken. Tief berührt und voller Dankbarkeit zieht er einen Briefumschlag aus der Tüte. Ohne Adressat und ohne Absender. Er öffnet den Umschlag und liest die wenigen Zeilen, die mit einer Schreibmaschine auf das blütenweiße Papier geschrieben wurden: *Wir halten vier westdeutsche Pässe bereit. Gehen Sie am Abend nach Ihrer Ankunft zum Meer. Direkt nach Einbruch der Dunkelheit. Auf Höhe Ihres Hotels finden Sie Umkleidekabinen zu Beginn des Strandabschnitts. Dort wartet Ihre Kontaktperson. Sie trägt ein orangerot gemustertes Strandkleid.*

Pavel schaut sich noch einmal um. Nachdem er die Zeilen ein zweites Mal gelesen hat, reißt er die Nachricht in kleine Stücke. Ebenso den Briefumschlag. Danach steht er auf, schlendert noch eine Runde durch den Park und wirft die Schnipsel samt Plastiktüte in einen Mülleimer. Jetzt kann er den Duft von Rasen und Blumen wahrnehmen. Auch der abendliche Gesang der Singvögel dringt zu ihm durch.

Vier Pässe der Bundesrepublik Deutschland. Eintrittskarten in die Freiheit. In diesem Moment erlaubt Pavel sich Hoffnung. Er denkt an die Worte von Václav Havel, dem konsequenten Wortführer der nichtkommunistischen Intellektuellen: »Hoffnung ist nicht die Überzeugung, dass etwas gut ausgeht. Sondern die Gewissheit, dass etwas Sinn hat, egal wie es ausgeht.« Diese innere Haltung beruhigt Pavel.

Auf dem Weg zum Auto muss er unwillkürlich lächeln. Sein Gang hat sich verändert, er schreitet sicherer und forscher voran. Die Vorstellung, dass seine kleine Tochter mit einem westdeutschen Pass reisen soll, weckt seinen Humor. Die Kleine spricht kein Wort Deutsch. Seine Ehefrau und seine Schwiegermutter auch nicht. Also würden alle drei wohl oder übel den Mund halten müssen. Drei Frauen, die schweigen. Pavel lacht in sich hinein, öffnet die Autotür und schwingt sich auf den Fahrersitz. Welche Ironie des Schicksals. Ausgerechnet deutsche Pässe. Deutsche! Jene Menschen, die einst tiefste traumatische Erlebnisse in Pavels Seele säten, wandeln sich heute zu Verbündeten.

Auf dem Beifahrersitz liegt das Zeugnis seiner Tochter Pavlina. Behutsam nimmt er es in die Hand und schaut es sich an. Nur Einsen. Als er das Zeugnis am Morgen in der Schule abgeholt hat, hatte er es keines Blickes gewürdigt. Zu groß war die innere Anspannung. Eigentlich müsste Pavli noch einen weiteren Tag zur Schule. Doch aufgrund ihrer hervorragenden Leistungen darf sie schon morgen in die Ferien. Die Schulleitung hatte Verständnis dafür, dass die Familie gemeinsam mit einer Reisegruppe nach Jugoslawien fahren möchte. Der Termin sei nicht verschiebbar. Und so wurde Pavels Antrag genehmigt. Er schmunzelt, denn das erinnert ihn an den Moment, in dem er entschieden hatte, Arzt zu werden: Er war ein kleiner Junge. Aufgeweckt, abenteuerlustig, neugierig aufs Leben. Rotznase, Segelohren, aufgeschlagene Knie, dreckige Fingernägel und ungekämmtes Haar. Glücklich und zufrieden. Sein Onkel, ein Arzt, lud ihn ein, die Ferien bei ihm zu verbringen. Pavel freute sich. Nur leider hatten die Schulferien noch nicht begonnen. So schritt jener Onkel bedeutungsschwer in die Schule, erklärte lang und breit, weshalb sein Neffe schon zwei Tage vor Ferienbeginn mit ihm fahren sollte. Die Schule willigte ein. Der Onkel nahm den kleinen Pavel triumphierend an die Hand und sagte: »Siehst du mein Junge, wenn man Arzt ist wie ich, dann hat man viel Einfluss. Dadurch schafft man es sogar, dass ein kleiner Junge wie du schulfrei bekommt!« In diesem Moment wusste Pavel, welchen Beruf er ergreifen würde!

Der Onkel hatte Recht, denkt er belustigt, legt das Zeugnis auf den Beifahrersitz und startet den Wagen. Er liegt gut in der Zeit.

Das Sonnenlicht des späten Nachmittags ändert langsam seine Farbe. Sanfte Rottöne mischen sich mit grellem Weiß und hüllen die Stadt in eine wohlige Atmosphäre. Er fährt hinunter zur Moldau. Auf der rechten Seite schimmert das goldene Dach des Nationaltheaters, auf der linken Seite wacht die Burg wie ein unumstößlicher Fels über die Stadtbewohner. Stille, starre Mauern aus verlässlichem Stein. Pavel sucht einen Parkplatz. Noch einmal möchte er das Wasser riechen und die Silhouette der Kleinseite seiner Heimatstadt aufnehmen, um sie für immer in seiner Seele zu bewahren.

Als er Minuten später im Gras sitzt, überkommt ihn ein unheilvolles Gemisch aus widersprüchlichen Gefühlen. Er versucht, das Gefühlschaos zu entwirren und spürt nach, was er wahrnehmen kann: Wehmut, Angst, Zuversicht, Wut, Enttäuschung, Entschlossenheit und tiefe Traurigkeit.

Ein dicker Kloß in seinem Hals hindert ihn am Schlucken. Die Hände sind feucht und ein stechender Schmerz wütet in seiner Brust. Er muss Abschied nehmen. Die Entscheidung, die sein Kopf vor vielen Wochen traf, muss sein Herz jetzt ertragen. In wenigen Stunden würde nicht nur ein neuer Tag beginnen, sondern ein neues Leben. Entweder als Neuling in einem fremden Land auf der westlichen Seite des Eisernen Vorhangs oder als Staatsfeind im Gefängnis auf der östlichen.

Er setzt nicht nur seine Existenz aufs Spiel. Er nimmt drei weitere Menschen mit. In die Freiheit oder ins Verderben. Ganz sicher aber in eine ungewisse Zukunft. Von diesen dreien steckt eine voller Angst und die anderen beiden wissen überhaupt nichts von seinen Plänen. Er setzt alles auf eine Karte. Jetzt gibt es nur noch weiß oder schwarz. Sämtliche Grautöne wurden ausradiert.

Erschöpft lässt er sich nach hinten ins Gras fallen und schaut in die Wolken. Niemand hatte ihm je versprochen, dass das Leben leicht würde und doch sehnt er sich danach. Niemand außer er selbst hatte sich zur Flucht entschieden. Alles lastet auf seinen Schultern. Niemand kann ihm einen guten Ausgang versprechen oder garantieren. Es ist so schwer. So verdammt schwer!

Das Gras kitzelt in seinem Nacken und Tränen laufen aus seinen Augen. Pavel fühlt, wie sie sich sacht in seinen Ohren sammeln. Er lässt es einfach geschehen, obwohl es unangenehm ist. Mit jeder Träne löst sich ein klitzekleines Teilchen des bedrohlichen Gefühlschaos in seinem Inneren. Ein halbes Jahrhundert lebte er als Tscheche in seinem Land. Früher bezeichnete er sich stolz als Patriot. Das kommt ihm jetzt unehrlich und verlogen vor. Er kann an nichts anderes mehr denken, als dieses Land zu verlassen.

Seine Seele trauert und der Kopf zieht eine Bilanz der letzten fünfzig Jahre. Viele kleine mosaikartige Bilder huschen durch sein Gedächtnis. Erinnerungen an die Heimat, die er heute zum letzten Mal sieht. Auf diesem Boden hat er gelacht und geweint, sich gefreut und laut gejubelt. Hier ist er an Enttäuschungen gewachsen, hat Herausforderungen angenommen und Umwege akzeptiert. Er ist sie gegangen – mal widerwillig, mal freiwillig. Er erlebte unvergessliche Momente, speicherte wertvolle Augenblicke im Herzen. Probte kleine Abschiede, hieß Neues willkommen. Hier schaute er in Wolken und Sterne, entdeckte Sternschnuppen, verschickte Wünsche, wob Träume und schmiedete Pläne. Er arbeitete hart, entspannte ausgiebig, er liebte und küsste, schimpfte und fluchte, vertraute und verzweifelte. Er genoss Freiheit und ertrug Enge, mal eintönig, mal bunt. So war sein Leben. Der vertraute Alltag in Prag, unter den er heute einen Schlussstrich zieht. Ziehen muss.

Entschlossen richtet er sich auf, wischt die Tränen fort, putzt sich die Nase und geht zurück zum Auto. Zu Hause muss gepackt werden. Das Flugzeug, das in den frühen Morgenstunden von Prag nach Jugoslawien fliegen soll, wird nicht warten. Das Abwarten und der Stillstand finden mit dem neuen Tagesanbruch ihr Ende.

»Na endlich, wo warst du nur so lange?« Pavels Frau Věra läuft hektisch durch die Wohnung. Ihre Hände zittern, als sie ein geblümtes Kleid in den Koffer legt. Sie schaut ihn nicht an. »Ich packe hier schon seit über einer Stunde. Und es wäre wirklich hilfreich gewesen, dich hier zu haben!« Pavel setzt sich gelassen auf den Boden vor den Kleiderschrank und genießt die stürmische Begrüßung seines Hundes Ready. Der Boxer leckt ihm das Gesicht und sucht trotz seiner Körpergröße einen gemütlichen Platz auf Pavels Beinen. »Ready, du bist kein kleiner Schoßhund«, flüstert Pavel dem Hund ins Ohr und krault ihn liebevoll. »Die Kleine schlägt ihre neuen Schulbücher ein«, sagt Věra vorwurfsvoll. »Sie ist ganz stolz, dass sie in diesem Jahr gut erhaltene Bücher bekommen hat und freut sich auf das neue Schuljahr nach den Sommerferien. Ich kann das nicht mit ansehen! Sie weiß nicht, dass wir weggehen. Pavel, ich habe Angst!« Er hört die Worte seiner Frau und krault seinen Hund weiter.

»Pavel, steh doch auf! Wir haben Stühle! Musst du immer auf dem Boden sitzen! Was soll noch in den Koffer?« Mühsam richtet er sich auf und streicht sich die Hundehaare von der dunklen Anzughose. »Wann bringst du den Hund weg? Wann müssen wir eigentlich heute Nacht los? Hast du alles mit Stanislav Fiala besprochen? Fährt er uns?« Pavel schaut seine Ehefrau an. Er liebt sie. Immer noch. Wie am ersten Tag, als er sie in der Universität sah. »Gib mir verdammt noch mal eine Antwort«, schimpft sie. Endlich unterbricht sie ihren hektischen Aktionismus und schaut ihn an. In ihren Augen steht die blanke Angst. Wie so oft. Er nimmt sie in den Arm und flüstert ihr leise ins Ohr: »Bleib ruhig. Es ist alles geregelt. Wir schaffen das.«

Er geht ein paar Schritte bis ins Wohnzimmer der kleinen Wohnung. Ready trottet hinter ihm her. Pavli sitzt auf dem Perserteppich und schlägt ihre neuen Schulbücher ein. »Papa! Schau mal«, strahlt sie. »Die Bücher sind fast neu! So schön!«

»Ja, die sind wirklich toll. Genau wie dein Zeugnis. Nur Einsen.« Er küsst sie zärtlich auf die Wange und klopft ihr auf die Schulter. »Papa?«, fragt die Kleine und schaut ihn mit ihren blauen Augen an. »Was meinte Mama eben mit Weggehen? Wo wollen wir denn hingehen?« Pavel gefriert das Blut in den Adern und für einen Moment glaubt er, der Boden öffne sich unter seinen Füßen. »Papa, ich will nicht weggehen. Ich will hierbleiben.«

Er zwingt sich zur Gelassenheit. »Pavli, wir fliegen nach Jugoslawien. Urlaub am Meer! Alle zusammen. Mama, Oma, du und ich. Fiala fährt uns heute Nacht zum Flughafen und passt auf Ready auf.«

»Bis wir wiederkommen?«, hakt das Kind nach. Pavel nickt, dreht sich um und geht in die Küche. Es duftet nach deftigem Essen. Františka Tůmová, Pavels Schwiegermutter, steht wie immer mit Kopftuch und Schürze vor dampfenden Töpfen und rührt eine Soße. Pavel hebt den Deckel eines Kochtopfs und schaut hinein.

»Lass das«, sagt die alte Dame und schlägt ihm leicht auf die Finger, »die Kartoffeln müssen noch kochen.«

»Jawohl, Pirat«, antwortet Pavel mit gespieltem Gehorsam, steckt seine Hände in die Hosentaschen und lehnt sich an den Küchenschrank. Pavels Schwiegermutter ist eine hervorragende Köchin. Wegen des Kopftuches, das sie beim Kochen trägt, nennt er sie seit vielen Jahren liebevoll »Pirat«. Der Hund setzt sich neben seine Beine. Beide schauen auf den Herd, genießen den unwiderstehlichen Essensduft in der Nase. Sie riechen Kartoffeln, Fleisch und in der Soße muss irgendetwas mit gedünstetem Speck und Zwiebeln sein.

»Jetzt guckst du wie dein bettelnder Hund«, sagt sie. »Es geht nicht schneller, wenn du mir im Weg stehst. Raus hier!« Sie ist ein wahrer Schatz. Führt den Haushalt und kümmert sich um die Kleine, während Věra arbeitet. Ohne ihre Mutter wären sie verloren.

Die winzige Speisekammer neben der Küche hat Pavel zum Arbeitszimmer umfunktioniert. Der Raum ist groß genug für einen Schreibtisch, seine Bücher und seine unzähligen Aufzeichnungen. Hier kann er die Tür hinter sich schließen und in Ruhe schreiben. Viele seiner Fachbücher sind hier entstanden. Diese wenigen Quadratmeter sind seine geistige Oase. Ready quetscht sich unter den Schreibtisch und Pavel setzt sich. Er schaut auf den Tisch. Alle Papiere geordnet. Er pustet ein paar Staubflocken in die Ecke. So kann es bleiben. Flüchtig blättert er noch einige Unterlagen durch. Nichts von Bedeutung. Die wichtigsten Dokumente hat er in seinem Kopf gespeichert, alle anderen können hierbleiben. Er öffnet die Schreibtischschublade und kramt ein kleines Notizbuch hervor. Es enthält die wichtigsten Adressen und Telefonnummern seiner Kollegen im Ausland, im Östlichen wie Westlichen. So viele Nummern kann er sich beim besten Willen nicht merken. Dieses kleine Notizbuch muss er mitnehmen. Věra poltert in den kleinen Raum und schließt sofort die Tür hinter sich. Jetzt wird es wirklich eng. »Pavel, ich drehe durch! Sie will nicht mit nach Jugoslawien!«, flüstert sie panisch. »Sie will zu meinem Bruder!« Ihre Stimme bebt. Er steht auf und steckt das Notizbuch in die Hosentasche. »Ohne meine Mutter komme ich nicht mit! Ich lasse sie nicht in diesem Land!« Pavel schaut ihr tief in die Augen. »Ich weiß«, sagt er so ruhig wie möglich. »Wir schaffen das. Vertrau mir.«

Wenig später sitzen alle am Tisch und essen zu Abend. »Kinder«, eröffnet Františka Tůmová das Gespräch, »ich habe es euch schon mal gesagt. Ich fahre nicht mit in den Urlaub. Ich bin alt, ich muss nicht mehr nach Jugoslawien und schon gar nicht mit einem Flugzeug.« Pavel sieht wie bei seiner Ehefrau die Angst aus dem Gesicht weicht und Platz macht für blanke Panik. Ihr fehlen die Worte. Věra sitzt mit offenem Mund da und starrt ihre Mutter an.

»Sieh doch«, fährt diese fort, »Frída braucht mich doch auch! Ich bin gerne in seinem Garten. Es ist Erntezeit. Ich kann ihm und seiner Frau helfen. Und wenn ihr aus dem Urlaub zurück seid, komme ich wieder zu euch nach Prag. Es sind doch nur zwei Wochen.«

»Eben«, faucht Věra, »es sind nur zwei Wochen. Nach Böhmisch Leipa zu Frída kannst du danach fahren. Die haben keine Kinder und kommen gut alleine klar. Wir haben diese Reise für dich gebucht. Da kannst du nicht einen Abend vorher sagen, dass du nicht mitkommst!«

»Deswegen sage ich euch das auch schon länger«, erwidert die alte Frau sanft. »Was soll ich denn in meinem Alter so weit weg von zu Hause? Ich bin euch doch nur ein Klotz am Bein.«

Pavel wird schwindlig. Ein Klotz am Bein – wahre Worte. Eine unheilvolle Stille senkt sich über den Esstisch. Alle schweigen. Er holt tief Luft, schaut sich seine drei Frauen genau an: Věra, wie immer von zermürbender Angst besessen, unsicher und zu unüberlegten Äußerungen bereit. Pavlina, lieb und folgsam. Aber auch aufgeweckt und somit wie jedes Kind für eine Überraschung gut. Seine Schwiegermutter, 84 Jahre alt, geistig fit, aber körperlich gebrechlich und unwillig zu verreisen.

Pavel, um Gelassenheit und Ruhe ringend, ergreift das Wort: »Wir fliegen alle gemeinsam und es wird gut werden. Haben wir alles gepackt?«

»Ja, fast«, antwortet seine Frau mit zittriger Stimme.

Was du da vorhast, ist der reinste Wahnsinn, denkt Pavel und könnte sich ohrfeigen. Außer der vagen Hoffnung, dass alles ein gutes Ende nehmen könnte, bleibt ihm nichts. Seine Fluchtpläne sind hochriskant. Auch ohne die drei. Mit ihnen steigt das Risiko um ein Vielfaches. Doch ohne sie kann er nicht gehen.

Wo hatte er sich nur hineingeritten? Und vor allem: Wie viele Menschen stürzt er ins Unglück, wenn es schiefgeht? Und wie viele, wenn es gelingt? Für den Bruchteil einer Sekunde kommt ihm der Gedanke, dass er Gott spielt. Er entscheidet. Nicht nur über sein Schicksal, sondern auch über das anderer Menschen. Gegen ihren Willen. Er entscheidet in guter Absicht, aber das ist keine Rechtfertigung.

Am liebsten würde er jetzt alle Pläne über Bord werfen, Jugoslawien in aller Ruhe genießen und mit der gesamten Prager Reisegruppe, die morgen den Urlaub antritt, wieder zurückkehren. Er würde wieder zur Arbeit gehen, sich einreihen, unterordnen und schweigend weitermachen.

Eine mahnende innere Stimme sagt ihm, dass es dafür zu spät ist. Das Risiko seiner Verhaftung steigt täglich. Ein Versprechen, seine Zunge zu zügeln und die erdrückenden Gegebenheiten zu akzeptieren, kann er sich nicht geben. Dafür kennt er sich inzwischen zu gut. Die Flucht ist seine einzige Option. Die Würfel sind gefallen. Es ist keine sechs dabei. Schade. Bei einer sechs darf man noch mal.

Das darf doch alles nicht wahr sein! Pavel liegt hellwach im Bett, zählt die Sekunden und Minuten, bis der Wecker klingelt.

Die Schwiegermutter schnarcht selig, Pavli wälzt sich unruhig hin und her. Bestimmt hat sie ihr geliebtes Kuscheltier im Arm. Er kann nicht ausmachen, ob sie sich im Schlaf bewegt oder voller Reisefieber und Aufregung gegen die Müdigkeit ankämpft. Er hört nur, wie das Sofa, das sie nachts in ein Bett für ihre Tochter verwandeln, leise knarrt. Pavli hat verstanden, dass ihr »Öhrchen«, das Elefantenkuscheltier mit den überdimensionalen Ohren, nicht mitreisen kann. Der Koffer ist zu klein. Sie ist tapfer und verständnisvoll.

Ob Věra, die neben ihm liegt, schläft, weiß er nicht. Jedenfalls ist sie still, bewegt sich keinen Millimeter. Ihre Atmung ist ruhig und gleichmäßig. Trotzdem kann es sein, dass sie sich schlafend stellt. Genau wie er. Ready, der Boxer, schnauft gelassen durch seine platte Nase. Er liegt wie üblich quer vor dem Bett.

Immer noch hängt vertrauter Essensduft in der Wohnung. Es riecht nach Zuhause, Geborgenheit und Liebe. Der Wecker tickt ganz leise. Eine genaue Uhrzeit kann er nicht ablesen. Dazu müsste er den Kopf drehen. Das will er nicht. Alle sollen denken, dass er schläft.

Plötzlich erschafft sein Geist eine Kinoleinwand. Er sieht einen Film. Gedreht in den letzten fünfzig Jahren seines Lebens in seiner Heimat. Aus seinem eigenen Blickwinkel. Er staunt selbst, was er schon alles überlebt hat. Wenn er glaubte, es geht nicht schlimmer, setzte das Leben noch einen oben drauf. Kein Grund zum Klagen. Vielmehr einer, sich auf die Schulter zu klopfen. Das hilft. Es ist nicht so schnell zu Ende, es geht immer weiter. Irgendwie.

Er lässt den Film einfach laufen und erlaubt den Erinnerungen, in sein Bewusstsein zu treten und sich auf der imaginären Leinwand zu zeigen. Die lustigen Anekdoten, die Energie spenden, ebenso wie die schmerzhaften Augenblicke, die zerschmettern. Denn sie alle, von schön bis grauenvoll, haben ihn zu dem Menschen gemacht, der er heute ist. Zu dem, der seine Heimat über alles liebt und trotzdem verlässt. Und zu dem, der sich nicht einfangen lässt und dessen Lebenswille offenbar gar nicht so leicht zu brechen ist.

Budweis – 15. März 1939

Dunkle Wolken hängen über dem Böhmischen Land, ein dichtes Schneetreiben verlängert die Nacht bis weit in die Morgenstunden hinein. Der eiskalte Schnee zwingt den sehnsüchtig erwarteten Frühling weiter in winterliche Starre, hindert Knospen und frische Triebe am Aufbrechen. Von Osten peitschen eisige Winde die Schneeflocken durch die Luft, von Westen und Süden bewegt sich eine grau-grüne Schlange von Wagen und Panzern des Deutschen Reiches unaufhaltsam auf das Zentrum des Landes zu. Noch bevor das Licht einen Weg durch die dichte Wolkendecke findet, hat der Konvoi den schönen viereckigen, von Arkaden umrahmten Marktplatz in Budweis erreicht. Dort, wo einst auf der einen Seite die böhmische, auf der anderen die deutsche Jugend spazieren ging, lassen sich die Soldaten nieder. Seit zwei Jahren fällt Pavel auf, dass die Kluft zwischen den beiden Völkern tiefer wird. Aber warum nur? Sie lebten doch stets friedlich miteinander in dem kleinen Land.

In der Mitte des Marktplatzes steht der rundliche Samson-Brunnen, hinter ihm erhebt sich ein hoher dunkler Turm, der an einen mahnenden Zeigefinger erinnert. Auch die wirbelnden Schneeflocken vermögen es nicht, diese Warnung gen Himmel zu verdecken. Kurz vor dem Winter erhielt der Marktplatz ein neues Gesicht. Er wurde neu gepflastert und die jahrhundertealten Kopfsteine mussten weichen. Mit ihnen verschwand auch ein historischer

Stein, von den Budweisern »Irrstein« genannt. Er markierte einst die Stelle, an der im Mittelalter der Pranger stand. Jedes Kind in Budweis weiß um den Fluch, der untrennbar mit diesem Ort verbunden ist. Der Sage nach würde derjenige, der sich um Mitternacht auf diesen Stein stellt, dazu verdammt sein, den Rest seines Lebens in der weiten Welt umherzuirren. Getrieben von diesem Fluch würde er weder Heimat noch Ruhe finden. Heute stehen deutsche Wehrmachtssoldaten auf diesem Platz. Zu Tausenden kamen sie durch die kalte Nacht. Adrett und diszipliniert. Mit blank geputzten Stiefeln, Mannschaftswagen, Kanonen und Panzern. Die dicken Schneeflocken, die sich sanft über die Dächer und Straßen legen, lassen die gespenstische Szene beinahe friedlich erscheinen. Eine der letzten Einheiten rollt über die Malschbrücke und singt: »Heute gehört uns Deutschland und morgen die ganze Welt«. Das Echo des Liedes wird siegreich und drohend zugleich vom alten Gerichtsgebäude zum alten Theater, das einmal eine Brauerei war, getragen und hallt von dem abseits im Park stehenden Deutschen Haus wider. Nur das Wasser der Malsch fließt wie üblich träge und fast geräuschlos weiter, um später in die Moldau zu münden. Immer mehr Soldaten überqueren die Brücke, bis der große Marktplatz fast gänzlich besetzt ist. Gegenüber dem Rathaus nimmt eine sonderbare Einheit ihren Platz ein. Neben einer Flagge mit Hakenkreuz rollen die Soldaten ein Transparent aus. Es verkündet mit schwarzen Lettern auf rotem Grund das Eintreffen des »Hilfszuges Bayern«. Pavel, er ist 18 Jahre alt, beobachtet das Treiben aus sicherer Entfernung. Verglichen mit dem, was sich sonst im Herzen der Stadt ausbreitet, strahlt diese Einheit nichts Bedrohliches aus. Es ist eine Gulaschkanone. Das einzig Friedliche auf diesem Platz. Sie bietet allen Hungernden, die es in Budweis gar nicht gibt, Eintopf mit Würstchen und bayrischen Leberkäs an.

Pavel drängt sich durch die Menschenmenge, die das Spektakel unter den Arkaden verfolgt. Wohin er auch schaut: Überall sieht er Landsleute. Einige sind lautlos erstarrt, von anderen dringt verzweifeltes Schluchzen über das Unvorstellbare in seine Ohren. »Ich verstehe das nicht wirklich«, sagt Pavel zu einem älteren Mann, der neben ihm steht, »noch vor wenigen Monaten erklärte der Führer, er wolle keinen einzigen Tschechen in seinem Reich haben.« Der Alte schaut ihn an, antwortet ihm nicht. »Sagen Sie doch, was passiert hier?«, hakt Pavel nach. »Ich weiß es nicht«, sagt der Alte, »aber ich verbiete dir, zu der Gulaschkanone zu gehen. Die Deutschen werden sich noch wundern, weil nämlich keiner kommt, um von ihrem Eintopf zu kosten.« Es duftet verführerisch.

Inzwischen ist es hell geworden, das Licht hat sich durch die Wolken gekämpft. Pavel schlendert weiter um den Marktplatz herum. Die ersten Geschäfte öffnen ihre Rollläden. Fast scheint es, als breche ein ganz normaler Tag an. Wären da nicht die unzähligen Soldaten, die die kleinen Cafés bevölkern. Hier wird noch richtiger Kaffee getrunken, zum Kuchen reicht man richtige Schlagsahne, so viel der Gast mag. Pavel, der sowohl die tschechische als auch die deutsche Sprache fließend spricht, drängelt sich in ein Café. Er kramt in seiner Hosentasche nach ein paar

Münzen, um sich eine warme Milch zu kaufen. Die Kälte des Tages spürt er nicht mehr. Er schwitzt sogar ein wenig. Eigentlich sollte er schon längst auf der Schulbank sitzen, aber die Ereignisse dieses Morgens haben die Regie übernommen und stellen den Alltag auf den Kopf. Das Café wimmelt von Soldaten. Sie ruhen sich aus, unterhalten sich angeregt. »Von welchem Elend will der Führer denn dieses kleine Land befreien?«, fragt ein deutscher Soldat seinen Kollegen. »Die Menschen sind gut genährt, fast zu gut. Und niemand geht in Lumpen. Sie leben hier friedlich miteinander.« Pavel nippt an seiner Milch, lauscht den Gesprächen und attestiert den Soldaten in Gedanken eine gute Beobachtungsgabe.

Am Gymnasium in der Böhmischen Gasse, aus dessen Fenstern man an schönen Tagen die sich in der Malsch tummelnden Karpfen beobachten kann, beginnt der Unterricht wie an jedem anderen Tag auch. Pavel rennt deutlich nach Beginn der ersten Stunde die Stufen hinauf zum Physikraum und läuft dem alten Direktor Trčka direkt in die Arme. Er erschrickt. Das gibt Ärger!

Aber der alte Herr ist zu verstört, um den Abiturienten zu rügen. Er bleibt auf den Stufen stehen und murmelt vor sich hin: »Dass sich nichts ändert, wenn ein Mensch stirbt, das wissen wir. Aber dass alles genauso weiterläuft wie vorher, wenn die Welt eines ganzen Volkes untergeht? Es muss sich doch etwas ändern, oder ist unsere Welt nur ein Glas Wasser im unendlichen Universum, das niemanden interessiert? Oder ist es vielleicht so, dass etwas, was für den einen den Weltuntergang bedeutet, von dem anderen gar nicht wahrgenommen wird? Noch gestern habe ich doch den Schülern erklärt, dass alles, und sei es noch so klein, die ganze Welt verändern kann. Hatten die Philosophen etwa Unrecht? Waren sie alle nur selbstherrliche Schwätzer?«

Pavel mustert den alten Mann und weiß keine Antwort. Er tut ihm leid. Trčka, zu dem er gewöhnlich respektvoll aufschaut, ist binnen weniger Stunden zu einem kleinen Haufen Elend geschrumpft. Langsam schleicht der Direktor weiter die Stufen hinunter, ohne sich noch einmal zu Pavel umzudrehen.

Dieser verharrt auf der Treppe und denkt über die Worte nach. Er kann sich nicht vorstellen, dass sein ganzes Volk untergehen wird. Die Deutschen, die er am Morgen gesehen hatte, wirkten zwar bedrohlich, aber auf eine gewisse Art auch menschlich. Sie sprachen miteinander, tranken Bohnenkaffee. Pavel kennt die Deutschen. Seine Mutter ist Deutsche. Eine lebensbejahende, extrovertierte, hübsche Frau. Weniger die Kategorie böhmische Hausfrau, eher die Dame von Welt, die auch im Alltag eine Bühne für die guten Seiten des Lebens sucht und findet. Es gibt eine Fotografie, auf der sie gemeinsam mit ihren beiden Schwestern ihre schönen Beine in feinsten Strumpfhosen in die Kamera hält. Eine Aufnahme voller Lebensfreude und Ästhetik. So ein Volk genießt das Leben, nutzt die Beine zum Tanzen und nicht zum Marschieren. Oder? Vielleicht ist seine Mutter eine Ausnahme, weil sie den Gleichschritt im Land ihrer Wurzeln nicht übte. Verheiratet mit einem liebevollen

Tschechen, einem Offizier, ist ihr die Armee zwar vertraut, aber sie misst ihr keine große Bedeutung bei.

Pavel hat die Tür der Abiturklasse erreicht. Er drückt langsam die Klinke herunter und schleicht sich möglichst unauffällig herein. Der Physiklehrer, Herr Soutor, ist ein Greis mit schlohweißem Haar und hellblauen Augen in einem erschlafften Gesicht. Er ist gutmütig und dafür bekannt, dass er seinen Schülern nicht allzu viel abverlangt. In Wirklichkeit ist er gar nicht mehr in der Lage, ihnen physikalische Zusammenhänge zu vermitteln. Doch er verfügt über eine Sammlung von Eselsbrücken in den verschiedensten Sprachen, die das Auswendiglernen der Formeln erleichtern. Um sich den Radius der Erde zu merken, verwendet er den Spruch »Schone dich, Esel«, dessen Anfangsbuchstaben auf Tschechisch auch die ersten Buchstaben der richtigen Zahlen sind. Das Planetensystem ordnet Herr Soutor auf Deutsch: »Mein Vater erklärt mir jeden Sonntag unsere neun Planeten. – Merkur, Venus, Erde, Mars, Jupiter, Saturn, Uranus, Neptun, Pluto.« Er kennt noch viele weitere Sprüche in englischer, französischer und italienischer Sprache, für die Ludolphsche Zahl bedient er sich gar des Lateinischen.

Pavel sieht in ihm einen guten, hilfsbereiten Mann mit vielseitigen Sprachkenntnissen. Sein Wissen entspricht seinem Alter und der Zeit, in der er aufgewachsen ist, der Zeit der Österreich-Ungarischen Monarchie. Jeden Morgen betritt Herr Soutor tief vorgebeugt die Schule, ein Inbegriff des Vergänglichen. In letzter Zeit machen ihn die Schüler immer mal wieder darauf aufmerksam, dass seine

Hose oder andere Teile seiner Kleidung nicht geschlossen sind. Er zuckt kurz zusammen und bedankt sich mit versteinertem Gesichtsausdruck. Einmal sagte er zu Pavel: »Das Alter hat etwas Schreckliches an sich. Zuerst vergisst man Namen, später sich die Hose wieder zuzumachen und schließlich sogar, die Hose zu öffnen. Das ist die Tragik.« Der traurige Blick, der die Worte untermalte, berührte Pavels Seele. In dem Augenblick entschied er, den alten Lehrer zu würdigen, anstatt sich in bester Schülermanier über ihn lustig zu machen. Die Unterrichtsstunden bei Herrn Soutor zählen zu den erholsamsten. Fast alles scheint erlaubt. Angeregte Gespräche mit Sitznachbarn, Abschreiben von Hausaufgaben und allgemeine Beschäftigung mit Dingen, die nicht wirklich auf dem Lehrplan für Physik zu finden sind. Wenn man es physikalisch oder mathematisch formulieren möchte: Der Lärmpegel der Klasse steht im antiproportionalen Verhältnis zur Durchsetzungskraft des Lehrkörpers.

Am heutigen Mittwoch ist alles anders. Als Pavel den Raum betritt, schlägt ihm eine absolute Stille entgegen. Niemand rührt sich. Pavel huscht auf seinen Stuhl und setzt sich lautlos. Er hört nur das Klopfen des eigenen Herzens und den Atem seines Sitznachbarn. Herr Soutor ist auf seinem Stuhl hinter dem schweren Pult zusammengesunken. Sein Kopf ist in den Händen vergraben und lautlose Tränen fallen in ein offenes Buch vor ihm. Die gesamte Stunde herrscht Totenstille. Jede einzelne Minute dehnt sich aus zur Ewigkeit, niemand spricht ein Wort, niemand wagt eine Bewegung.

In der Stille dringen die Eindrücke des Morgens langsam in Pavels Bewusstsein. Ihm ist, als würde das, was er auf dem Marktplatz sah, erst jetzt real. Er merkt, wie sich die Bilder in ihren Details verändern. So, als würde ein Objektiv andere Bildausschnitte scharfstellen. Der lächelnde Mund eines plaudernden Soldaten, dem eine Tasse duftender Bohnenkaffee zugeführt wird, verschwimmt. Stattdessen treten die blank geputzten Stiefel in Reih und Glied in den Vordergrund. Ebenso die schweren Ketten der Panzer und das kalte Metall der Fahrzeuge, auf denen das Hakenkreuz prangt. Nach einer gefühlten Ewigkeit erlöst die Pausenklingel die Abiturienten aus der erdrückenden Atmosphäre.

In der zweiten Schulstunde wird es leichter. Der Biologielehrer, Herr Jílek, ein kleiner Mann mit rötlichem Haar, mutet seinen Schülern keine Stille zu. Er ist gewöhnlich ein Mensch, der viel redet und durch sein großes Wissen fasziniert. Heute spricht er ernster und ruhiger als sonst. Er ist blass, als er vor die Klasse tritt und die Stunde eröffnet. »Heute möchte ich euch etwas über ein Experiment eines Biologen und Naturwissenschaftlers erzählen, mit dem ich seit meiner Studienzeit befreundet bin. Er setzte ein paar Raben in freier Wildbahn aus, nachdem er jedem von ihnen eine weiße Feder in die Flügel eingeflochten hatte. Die Vögel störte die weiße Feder nicht. Untereinander vertrugen diese Raben sich gut. Aber schon bald fiel auf, dass es ihnen unmöglich geworden war, Kontakt zu fremden Raben zu knüpfen. Durch die weiße Feder waren sie anders und fremdartig geworden. Allein die weiße Feder verwandelte sie in andere Wesen und wurde so zu ihrem

Schicksal. Diese kleine Abweichung im Federkleid hob die Zugehörigkeit zu ihrer Art auf. Die Raben mit der weißen Feder wurden gejagt und schließlich von ihren eigenen Artgenossen getötet.

Unzufrieden mit diesem Experiment wiederholte der Biologe es mit Amseln. Auch sie wurden durch die weiße Feder zu einer Randgruppe, konnten kaum Partner finden. Sie wurden von ihresgleichen zwar nicht getötet wie bei den Raben, aber aus der Gemeinschaft verbannt. Das bedeutet«, fuhr Herr Jílek mit ernster Stimme fort, »dass es gefährlich, ja sogar tödlich ist, sich von der Gruppe, in der man lebt, zu unterscheiden. Und sei es auch nur durch eine einzige Feder. Sich der Mehrheit anzugleichen, ist ein biologisch tief verankertes Gesetz. Wir suchen nach Gleichem, wollen uns anpassen und damit identifizieren. Wir lehnen im Unterbewusstsein all diejenigen ab, die anders sind als wir.«

Na prima, denkt Pavel voller Ironie und hofft gleichzeitig darauf, dass die menschliche Rasse in der Lage ist, das im Vergleich zu Raben und Amseln deutlich größere Gehirn zu nutzen. Herr Jílek geht nicht weiter auf die Konsequenzen dieser Beobachtung ein und überlässt es den Schülern, eigene Schlussfolgerungen zu ziehen. Pavel grübelt. Seine Gedanken kreisen um die Fähigkeiten des Menschen: Er kann logisch denken, seine Rasse erkennen. Rasse. Nicht Nationalität. Darüber hinaus ist ein Mensch zu Mitgefühl fähig und sollte, zumindest in seinem inneren Kern, ein moralisches Gewissen haben. Ist das Gehirn eines Raben eigentlich größer und leistungsstärker als das einer Amsel? Pavel weiß es nicht. Doch wäre dem so, wäre diese Beobachtung zutiefst beunruhigend. Denn die kleinen Amseln schließen das Fremde aus, die größeren Raben gehen einen Schritt weiter. Sie schließen das Fremde aus und töten es. Pavel verzieht das Gesicht, schüttelt den Kopf und beschließt, diese Gedanken aus seinem Kopf zu verbannen.

Schon in der nächsten Schulstunde muss er feststellen, dass das Thema noch nicht vom Tisch ist. Der Philosophielehrer setzt die Diskussion fort: »Eine Übertragung von Ergebnissen fliegender Viecher, die sich von Insekten und Larven ernähren, auf den Menschen ist unzulässig. Der Mensch ist haushoch überlegen!« Sofort klinkt sich ein Schüler aus der hinteren Reihe ein: »Erklären Sie mir doch bitte«, fordert er den Lehrer heraus, »warum sich das Bellen eines tschechischen Hundes klar und deutlich wie ›Haf-haf‹ anhört und das eines deutschen wie ›Wau‹. Werden die Hunde von der Sprache ihrer Herren beeinflusst?« Pavel freut sich, als er sieht, wie der Lehrer errötet und sein Konzept verliert. Wie alle Philosophen diskutiert er gerne – doch am liebsten mit Menschen gleicher Meinung. Der Schüler fährt fort: »Und tschechische Kleinkinder, die noch nicht richtig sprechen können, nennen den Hund einen ›Haf-haf‹, deutsche ›Wau-wau‹. Beide übernehmen diese Bezeichnung aus der Beobachtung der Hunde. Für mich ist das eine gegenseitige Beeinflussung.« Die Klasse bricht in schallendes Gelächter aus und der Schüler hat Glück, dass die meisten Zensuren schon geschrieben sind. Diese Diskussion kommt später am Tag auch dem Sportlehrer zu Ohren. Mit einer Prise Humor kommentiert er: »Lasst die Philosophen in ihrem Sandkasten spielen. Die Sandburgen, die sie dort bauen, verschwinden sowieso mit dem ersten Regen.« Pavel lacht. »Handball, Basketball, Fußball und Eishockey«, fährt der Lehrer fort, »das sind Sachen, wo ihr zeigen könnt, dass ihr lebt. Neben der Welt der vergeistigten Philosophen braucht es die Welt der Praktiker, die in der Lage sind, mit den Gedanken und der Allmacht der Theoretiker fertig zu werden.«

Der Mittag bricht an und der Schultag nimmt sein Ende. Pavel schlendert mit einem unguten Gefühl in der Magengegend nach Hause. In seinem Kopf überschlagen sich die Gedanken und Eindrücke dieses ungewöhnlichen Vormittags, sein Bauch rumort. Er passiert den Marktplatz. Vor der Gulaschkanone stehen die Menschen Schlange, der Eintopf mit Würstchen findet reißenden Absatz. Die Solidarität der Einheimischen ist offensichtlich nicht so groß wie noch in den frühen Morgenstunden gehofft. Pavel sieht den Unterschied zwischen Überzeugung, Wunsch und Realität mit eigenen Augen.

Ein paar Meter weiter erblickt er seinen Freund Herbert Opletal. »Herbert«, ruft Pavel und winkt ihm zu, »warte auf mich!« Er freut sich und läuft seinem Freund entgegen. Seit einigen Jahren spielen sie gemeinsam Eishockey und Fußball, treffen sich auch gelegentlich zum Schlittschuhlaufen. Die Freundschaft ist so eng und so oberflächlich, wie sie es nur in diesem Alter sein kann.

Herbert ist in Begleitung einiger deutscher Freunde. Er bleibt stehen, dreht sich um und wartet. Als Pavel ihn erreicht, blickt Herbert zu Boden. Er grüßt nicht und tut so, als würden sie sich nur flüchtig kennen.

»Herbert«, fragt Pavel ungläubig, »ist was mit dir?«

»Was soll denn sein!«, entgegnet dieser unwirsch. »Ich muss weiter. Schönen Tag noch.« Herbert wendet sich zu seinen Begleitern und die Gruppe entfernt sich tuschelnd. Pavel bleibt verstört zurück. Alleine. Noch im vergangenen Sommer hat er mit Herbert und Jakob, einem jüdischen Freund, eine lange Fahrradtour nach Österreich unternommen. Für die drei Jungen war Österreich der Inbegriff für blauen Himmel, grüne Seen und beeindruckende Berge. Herbert, Pavel und Jakob. Ein eingeschworenes Team. Das ist noch gar nicht lange her. Jetzt gibt es seit einem Jahr kein Österreich mehr. Und auch keinen Jakob. Er verschwand leise, ohne ein Wort zu sagen, mitsamt seinen Eltern. Pavel fragt sich seitdem, wer jetzt wohl hinter dem Tresen des kleinen Gemischtwarenladens sitzt. Den Mut, dort hinzugehen und nachzuschauen, hat er nicht. In diesem Moment ist ihm, als würde auch Herbert verschwinden.

Pavel trottet weiter. Aufmerksam betrachtet er die handgeschriebenen Schilder der Deutschen, die sowohl den Weg weisen als auch neue Regeln verkünden. Die Deutschen schrieben sie in tschechischer Sprache. Pavel kann sie nicht wirklich ernst nehmen. Ausnahmslos glänzen diese Anweisungen über zwei oder drei Zeilen mit mindestens fünf Grammatikfehlern. Auf einem Schild entdeckt er acht Fehler in zwei Sätzen. Fast amüsiert nimmt er diese gewaltige Glanzleistung westlicher Sprachkompetenz zur Kenntnis.

»Ach Pavel.« Herbert steht ihm plötzlich wieder gegenüber. »Was ich dir noch erzählen wollte: Ich habe ein neues Fahrrad bekommen. Es ist von der Marke Achilles, das lässt sich wunderbar fahren. Meine Mutter wollte mir damit eine Freude machen und das ist ihr gelungen.« Diesmal ist Herbert allein. »Schön für dich«, antwortet Pavel ungehalten und setzt seinen Weg fort. »Aber das interessiert mich grad weniger. Können wir bitte über etwas anderes reden?« »Gern«, meint Herbert und geht neben Pavel her. »Wie steht's um dein Abitur? Wann beginnen die Prüfungen?« Pavel bleibt stehen und überlegt kurz. Er mustert Herbert. Ein junger Mann mit rundem Kopf und breiten Schultern. Seine leuchtenden grün-braunen Augen schauen ihn aufmerksam an und warten auf eine Antwort. Pavel holt einmal tief Luft und bemüht sich um einen ruhigen Tonfall: »Ich frage mich, was die ganzen deutschen Soldaten hier wollen! Das ist doch ein Wortbruch Adolf Hitlers.« Herberts Augen verengen sich. »Pavel, du tätest besser daran, dich mit anderen Dingen zu befassen. Für den Führer ist diese Sache erledigt, er hat viel Größeres und Wichtigeres vor!« In Herberts Stimme schwingt ein metallener Unterton. Entschlossen, herrisch und warnend zugleich. So kennt Pavel ihn nicht.

Ein scharfer Wind schneidet ihm ins Gesicht. Er beschleunigt seinen Schritt. Ab nach Hause, vor den warmen Ofen zu den Eltern. Das ist alles, wonach er sich jetzt sehnt. Kurz vor dem Gelände der tschechischen Garnison, wo er wohnt, sieht er Hans Bacher auf der anderen Straßenseite. Nach dem niederschmetternden Erlebnis mit Herbert verspürt Pavel keinerlei Lust auf ein weiteres Treffen mit einem Deutschen. Am liebsten würde er sich unsichtbar machen. Er senkt den Kopf, beschleunigt noch einmal und schaut nach unten. Vielleicht bemerkt Hans ihn nicht.

Das kann doch nicht wahr sein! Pavel spürt mit allen Sinnen, wie Hans die Straße überquert und direkt auf ihn zukommt. Beharrlich starrt er weiter nach unten vor seinen linken Fuß und marschiert zielstrebig weiter. Gleich hat er die rettende Schranke, die den Eingang des Militärgeländes sichert, erreicht. Dieser Schlagbaum, in Verbindung mit dem Wachposten in dem kleinen Holzhäuschen daneben, hat ihn schon oft vor unliebsamen Begegnungen bewahrt.

Als kleiner Junge genoss er seine Freiheit, streunte durch die Straßen von Budweis, ständig auf der Suche nach Abenteuern und kleinen Albernheiten. Meist kam er ungeschoren davon, einige Male jedoch wurde er erwischt und rannte um sein Leben. Die erwachsenen Verfolger, wütende Opfer seiner Streiche, konnte er spätestens an jener Schranke zuverlässig abschütteln. Als Sohn eines Offiziers wurde er stets mit einem Augenzwinkern vom Wachposten durchgewunken. Für die Verfolger war dort Endstation. »So lernst du laufen! Du wirst immer schneller«, scherzten die Wachposten. Wohl wissend, dass sie wieder einmal einem Lausebengel dabei halfen, ungestraft davonzukommen. Vorausgesetzt, das Lauftempo stimmte.

Heute legt Pavel keinen Sprint ein und sein Wunsch, Hans Bacher möge ihn übersehen, erfüllt sich nicht. Hans schlägt ihm zur Begrüßung auf den Rücken und plappert fröhlich los: »Mein Lieber! Freu dich mit uns! Welch wunderbarer Tag!« Pavel traut seine Ohren nicht. Er blickt in das grinsende Gesicht seines Sportskameraden, mit dem er zusammen in einer Hockeymannschaft spielt. Hans schwätzt atemlos weiter: »Nun schau doch nicht wie ein begossener Pudel! Es ist eben so, dass jedes Volk versucht, auf der Leiter möglichst nach oben zu klettern. Da passiert es halt, dass man jemandem auf die Finger tritt.« Hans knufft Pavel mit dem Ellbogen in die Seite. »He, hab dich nicht so! Du weißt es doch selbst. Der Weg nach oben kann ohne Härte und ein bisschen Gewalt nicht stattfinden. Das ist wie beim Eishockey. Wer gewinnen will, muss kämpfen!« Pavel fällt die Kinnlade runter. Hans fährt unbeirrt fort: »Wer nicht kämpft, verdient nicht zu leben. Vergiss das Gequatsche in der Schule. Das ist nur dummes Zeug von Feiglingen und Besserwissern, die sich Lehrer nennen. Völker, die nicht kämpfen, lassen ihre Muskeln versauern, setzen sich nur auf ihren Arsch und gehen deshalb unter. Ich kann dieses Gejammer über die Besetzung und die Grenzen nicht mehr hören. Wie unser Führer schon sagte: Die Grenzen der Staaten werden von Menschen gemacht, und die Menschen verändern sich und dadurch auch die Grenzen. Unser Führer sagt, nur in der Macht und in nichts anderem liegt das Recht.«

Pavel ist fassungslos. »Hans, du spinnst ja. Wenn es stimmt, was du sagst, gibt es Krieg! Das kann nicht wirklich dein Ernst sein!« Hans lacht. Er wirkt unbekümmert und euphorisch. Seine Worte klingen weder drohend noch herabsetzend. Es ist lediglich eine Feststellung. Gerade das ist es, was Pavel so trifft. Hans ist nicht mehr zu bremsen.

»Krieg hat es schon immer gegeben und ich freue mich auf den, der kommt. Er wird hart sein, klar. Humane Kriege sind nur Hirngespinste. Vor ein paar Monaten war ich in München. Da habe ich endlich alles verstanden! Bis zu dieser Zeit war ich nur ein dummer Junge, der diese Scheißschule besucht, in der man nur verblödet und nichts über das wahre Leben lernt! Wir stehen im Wettbewerb der Rassen und Völker, und wie der Führer sagt, die Herrschaft ist ein Pokal im Wettkampf der Rassen.«

Hans richtet sich noch weiter auf, wirkt noch ein wenig größer und kräftiger, als er ohnehin schon ist. »Und diesen Pokal lassen wir uns von den degenerierten englischen und französischen Arschlöchern nicht so einfach entreißen. Von dem polnischen und russischen Pack will ich erst gar nicht reden.« Hans lacht und klopft Pavel noch einmal aufmunternd auf den Rücken. Seine Augen funkeln. »Gott sei Dank hat das deutsche Volk die genialen Ideen des Führers erkannt und ist ihm gefolgt. Selbst mein Vater, der früher den Kommunisten folgte, hat endlich begriffen, was zu tun ist.« Pavel weiß nichts mehr zu sagen, sein Blick senkt sich wieder zu Boden. In einiger Entfernung ist ein deutsches Lied zu hören. Männerstimmen brüllen einen kämpferischen Gesang im Takt des Gleichschritts. Hans blickt auf. »Ich muss los!« Und schon läuft er in die Richtung, aus der die Marschmusik ertönt.

Der Wachposten steht wie gewohnt vor dem Häuschen. Heute grinst er nicht und zwinkert ihm auch nicht zu. Er öffnet die Schranke und nickt dem Offizierssohn nur kurz zu. Pavel erwidert stumm den Gruß, passiert den Schlagbaum und eilt direkt zum Wohnhaus der Familie.

Die Wärme des Ofens erfüllt das Wohnzimmer mit einer wohligen Atmosphäre. Es duftet nach Bohnenkaffee und süßem Gebäck. Niemand zu Hause. Weder von Vláďa, seinem kleinen Bruder, noch von den Eltern eine Spur. Müde lässt er sich aufs Sofa fallen und schließt die Augen. Sein Kopf dröhnt. Es waren zu viele Begegnungen und Eindrücke. Himmelhochjauchzende, ungebremste Begeisterung und tiefste Verzweiflung, die keinen Raum für Hoffnung lässt. So weit voneinander entfernte Gefühle, dass es unglaublich ist, dass beide in einer einzigen Stadt Platz finden. Erschöpft lässt er sich vom Strudel der Gedanken ins Reich eines leichten, unruhigen Schlafes entführen.

»Oh, du bist ja schon zu Hause!« Die Stimme seiner Mutter weckt ihn. Er spürt einen liebevollen Kuss auf seiner Stirn. Pavel reibt sich den Schlaf aus den Augen und richtet sich auf. »Warst du in der Stadt?«, fragt er. »Ja, natürlich«, antwortet sie, und ergänzt, als sei es das Normalste der Welt: »Ganz schön was los, oder?« Pavel nickt. Wie konnte er nur fragen, wo sie den Tag verbracht hatte. In der Woche sind Cafés ihr Revier. Am Wochenende tanzt sie in eleganten Abendkleidern an der Seite ihres Mannes durch die Nächte. Sie ist dort zu Hause, wo unbeschwerte Freude und pulsierendes Leben wohnen.

Sie scheint die Ereignisse leichtzunehmen. »Ich habe eben mit deinem Vater gesprochen«, ruft sie aus der Küche, wo sie sich ein Glas Wein einschenkt. »Er sagt, dass weitere

Kolonnen anrücken.« Sie kommt zurück ins Wohnzimmer. Der dunkelrote Wein in ihrem Glas harmoniert perfekt mit ihrem Lippenstift und dem auffallenden Nagellack. Sie setzt sich zu Pavel aufs Sofa. »Er meint, sie kämen aus allen Richtungen. Nicht nur von Süden her, also von Österreich.«

»Ostmark, Mutter«, korrigiert Pavel, »das heißt jetzt Ostmark, die Republik Österreich gibt es seit einem Jahr nicht mehr.« Seine Mutter streicht ihm über den Kopf. »Ja, mein kleiner Schlauberger. Hast ja Recht. Was hat schon Bestand in diesem Leben? Wo ist eigentlich dein Bruder? Hast du mit ihm Hausaufgaben gemacht?«

Pavel reagiert genervt: »Ich weiß es nicht. Ehrlich gesagt interessiert es mich grad auch nicht.« Die Mutter schaut ihn vorwurfsvoll an. »Und überhaupt«, fährt Pavel fort, »finde ich, dass er seine Hausaufgaben alleine machen sollte.« Ein weiterer Blick der Mutter beendet das Gespräch und Pavel dämmert, dass er aus der Nummer nicht rauskommt. Seit Jahren ist es ein ungeschriebenes Gesetz, dass er die Aufgaben des kleinen Bruders erledigt. Bleibt also lediglich der Ausweg, dass der Kleine in Anbetracht dieses ereignisreichen Tages keine Hausaufgaben bekommen hat.

In diesem Moment betritt der Vater das Zimmer. Er wirkt nachdenklich, aber nicht übermäßig besorgt. In aller Ruhe hängt er seine Uniformjacke über die Stuhllehne und setzt sich. »Man sollte nicht meinen, dass ein tschechischer Offizier an diesem Tag viel zu tun hat«, stichelt Pavel. »Wofür gibt es eigentlich das Militär?«

»Was soll ich denn machen?«, entgegnet ihm sein Vater gelassen. »Befehl von ganz oben. Wir stellen uns den Besatzern nicht in den Weg.« Pavel merkt, dass seine Bemühungen, einen verbalen Angriff zu starten, ins Leere laufen. Nie würde er etwas auf seinen gutmütigen und liebenswerten Vater kommen lassen, aber manchmal treibt er ihn mit seiner Ruhe in den Wahnsinn. Er fand nur äußerst selten eine Möglichkeit, den Vater mit rebellischen und jugendlich aufsässigen Gedanken aus der Reserve zu locken. »Pavel, das slowakische Parlament hat gestern für die Selbstständigkeit gestimmt. Es gibt keine Tschechoslowakische Republik mehr und damit auch kein solches Militär. Vor wenigen Tagen war unser Präsident Emil Hacha in Berlin bei Adolf Hitler und er soll mit der Bombardierung Prags gedroht haben. Das kann doch niemand wollen!« Er macht eine Pause und das Schweigen füllt den Raum. Pavel fühlt, wie die sachliche Art seines Vaters ihn allmählich beruhigt. »Weißt du mein Sohn, man sagt nicht umsonst, der Klügere gibt nach.«

Die Mutter nippt an ihrem Rotwein, Vater und Sohn wechseln einen eindringlichen Blick. Ganz langsam verliert die Stille ihre Bedrohlichkeit und schafft Raum für eine geborgene, familiäre Atmosphäre. »Ich weiß auch nicht, wie es weitergeht«, fährt der Vater nach einer Weile fort. »In diesen Minuten kommt Hitler in Prag an. Er will wohl zur Burg.« Pavel merkt, wie eine explosive Wut in seinen Körper schießt, die er nicht bremsen kann. »Wie bitte?«, schreit er fast. »Am besten noch über die Karlsbrücke zur Kleinseite hinauf und die Stufen empor zur Burg? Was bildet der sich eigentlich ein? Er nimmt den gleichen Weg wie unsere Könige?« Seine Stimme bebt. Der Vater quittiert diesen

Ausbruch mit einem gequälten Schulterzucken und einem resignierten Gesichtsausdruck. Pavel ringt um Fassung. Am liebsten würde er seinen Vater schütteln. Aber er zwingt sich zur Ruhe. Sein Vater ist ein sehr guter Schachspieler. Vielleicht hat er einen Plan im Hinterkopf. Vielleicht aber beobachtet er auch nur hilflos die Schachzüge auf dem europäischen Brett. Dieser Tag wirkt wie eine Ouvertüre zu einer dramatischen Oper, an deren unweigerlich folgenden Akte noch niemand zu denken wagt.

Pavel findet ein Mindestmaß an Beherrschung wieder und wagt einen letzten Anlauf: »Ich habe heute kurz mit Herbert und Hans gesprochen. Ich kann dir versichern, die Deutschen sind wahnsinnig geworden! Sie haben sich komplett verändert. Über Nacht!« Sein Vater atmet tief ein, schließt dabei für einen kurzen Moment die Augen. Als er die Augen wieder öffnet, lächelt er beruhigend und wendet sein Gesicht von Pavel ab. Er betrachtet seine hübsche Frau und sagt gedankenverloren: »Nicht alle Deutschen. Nicht alle. Nein, auf keinen Fall.«

Budweis – 18. Juni 1939

Pavel steht am Bordstein und prüft, ob er die Straße zum Theater überqueren kann. Er hat sich inzwischen daran gewöhnt, dass er erst nach links und dann nach rechts blicken muss. Die Deutschen Besatzer hatten zwei Tage nach dem denkwürdigen 15. März schlagartig und ohne Vorwarnung den Rechtsverkehr eingeführt. Autos, Droschken, Fahrräder und Straßenbahnen nutzten in Böhmen traditionell die linke Straßenseite. Seit nunmehr drei Monaten läuft das Leben rechts.

Bei einigen Menschen beobachtet Pavel eine ähnliche Veränderung. Deutsche, die in früheren Jahren großen Wert darauf legten, als Tschechen betrachtet zu werden, machten eine Kehrtwendung und profilieren sich jetzt noch deutscher als die Deutschen selbst. Eine Entdeckungsreise in die persönliche Ahnentafel auf der Suche nach deutschen Vorfahren gehört zum guten Ton. Pavel nimmt dies zur Kenntnis, stets bemüht, diese Forschungen nicht zu bewerten. Er muss sich diese Arbeit nicht machen. Seine Mutter heißt Hildegard. Eine Tatsache, der er wenig Bedeutung zumisst. Er heißt Pavel wie sein Vater und nicht Paul. Er wurde in Prag geboren und fühlt sich als Tscheche. Das ist seine Welt und er sieht keine Veranlassung, sie zu hinterfragen.

Andere Menschen in seiner Umgebung aber scheinen ihr Weltbild neu zu ordnen. Ein schmerzhafter Prozess, denn für Eingriffe in die Seele gibt es keine barmherzige

Narkose. Vor allem die Lehrer verändern sich. Das Abitur in der Tasche, geht Pavel noch einmal zum Theater in Budweis. Er muss nachdenken. Über seine Lehrer, vor allem über Josef Stejskal.

Er setzt sich auf die Stufen vor dem Theater. Die Sonne scheint auf die böhmische Erde, die Straßen sind bunt und friedlich, die Steine unter ihm angenehm warm. Die Farben der grün-grauen Besatzungsmacht mischen sich mit dem lebendigen, frischen Grün der Natur des frühen Sommers.

Hier, in diesem Theater hatte Pavel einige prägende Begegnungen mit Josef Stejskal. Der Literaturlehrer konnte ihn vom ersten Schultag bis zum Abitur nicht ausstehen und diese Abneigung beruhte auf Gegenseitigkeit. Durch die Ereignisse der letzten Wochen aber dringen die mahnenden Worte Stejskals wieder in Pavels Bewusstsein: »Sage mir, wer deine Lehrer waren und ich sage dir, wer du bist. Auch wenn du das meiste, was sie dir vermitteln wollten, nicht begriffen oder vergessen hast, so ist doch etwas in dir geblieben. Zumindest einer von ihnen ist zu deinem Vorbild geworden. Und so bleibt er ein Teil von dir und begleitet dich unsichtbar dein ganzes Leben, ohne dass es dir bewusst ist. Wenn du Pech hast, dann hast du aus dem, was dir geboten wurde, das Falsche gewählt. Versagen und Bestehen, Erfolg und Misserfolg sind Schicksal. Aber auch darin ist häufig die Möglichkeit einer Wahl verborgen: annehmen und sich arrangieren oder ablehnen und dagegen kämpfen.«

Pavel kann das Gefühl nicht unterdrücken, dass gerade Josef Stejskal der Lehrer ist, der ihn geprägt hat und den er somit nicht mehr aus seinem Leben streichen kann. Ausgerechnet dieser Lehrer, der ihm die größte Peinlichkeit seines Lebens beschert hat!

Josef Stejskal arbeitet neben seinem Lehrberuf als Dramaturg und Regisseur einer kleinen Bühne an diesem Budweiser Theater, das weit über die Grenzen Südböhmens bekannt ist. Für ihn ist William Shakespeare ein Licht, das über ganz Europa leuchtet. Wenn nicht sogar über die ganze Welt. Seine Lieblingsfigur ist Hamlet. Jahr für Jahr quält Stejskal seine Schüler mit diesem Stück im Unterricht. Er lässt es lesen, analysieren und anschließend spielen. Besonderes Augenmerk legt der Lehrer auf die Deklamation der Rolle. Je kunstvoller, dichterischer und anmutiger ein Schüler seine Rolle spricht, desto höher die Anerkennung des Lehrers. Dank einiger spitzer Kommentare hatte Pavel sich auf der Beliebtheitsskala des Lehrers bis gegen den Nullpunkt manövriert. Äußerungen, die mit schallendem Gelächter und höchster Wertschätzung seitens der Klassenkameraden honoriert wurden, hatten ihm einige Wochen später die Theaterrolle seines Lebens eingebracht: Er musste die weibliche Rolle der wahnsinnigen Ophelia lesen. Pavel stand blankes Entsetzen im Gesicht. »Herr Stejskal«, hatte er sich in flehendem Tonfall versucht, »ich kann und will mich nicht mit Weibern identifizieren. Erst recht nicht mit Wahnsinnigen!« Ein weiteres Mal hatte er das schallende Gelächter der gesamten Klasse geerntet. Doch diesmal war er in der Rolle des Ausgelachten. »Ich kann Ihnen schon heute versichern, dass Sie mit mir als hysterischem Weib keinen dramaturgischen Erfolg feiern können!« Doch Josef Stejskal saß am längeren Hebel. Jede andere Rolle, und sei sie auch noch so klein, wäre Pavel lieber gewesen. Es blieb dabei. Er musste sich wohl oder übel mit Ophelia anfreunden. Um dieses persönliche Dilemma hocherhobenen Hauptes und ohne Gesichtsverlust zu überstehen, hatte sich Pavel entschlossen, dem Lehrer den Wind aus den Segeln zu nehmen. Er würde ihm zeigen, wer der wahre Held der Bühne ist. Am Nachmittag schloss er sich im Zimmer seiner Eltern ein, wohl darauf bedacht, dass niemand ihn beobachten konnte. Dort las er noch einmal die Worte, die Shakespeare Ophelia in den Mund gelegt hatte. Voller Konzentration und Inbrunst visualisierte Pavel eine hübsche, schlanke Frau vor seinem geistigen Auge: eine Frau voll ungestümer Fantasien, einer unerfüllten sexuellen Begierde. Einsam und verlassen von jeglicher männlichen Energie. Der Tod entriss ihr den Vater, die Zurückweisungen Hamlets vernebeln endgültig ihr Gehirn.

Pavel stellte sich vor den Spiegel, schmückte sich mit den großen Perlenketten seiner Mutter, zierte sein Haupt mit dem auffälligsten Hut, den er finden konnte und quetschte seine Füße in Damenschuhe mit hohem Absatz. Er blickte in den großen Spiegel und bekam einen Lachkrampf. Also verzichtete er auf das schwarze Abendkleid mit edler Spitze und schillernden Pailletten. Er hatte es schon in der Hand, hielt es vor seinen Körper und posierte mit Kussmund und weit ausgestrecktem Hinterteil vor dem Spiegel. Nein! Das wäre zu viel des Guten! Nur unter größter Anstrengung verhinderte er einen weiteren Lachanfall. Noch einmal versicherte er sich, dass ihn niemand sehen konnte und zog vorsichtshalber noch die Vorhänge des elterlichen Schlafzimmerfensters zu und voller Inbrunst ließ er sich in den Wahnsinn fallen. Er war Ophelia! Bereit, sich in einem Fluss zu ertränken! Er war nur noch Hysterie, Dramatik und Opfer aller unterdrückten Instinkte!

Noch heute, in der Junisonne auf den Stufen vor dem Budweiser Theater, muss Pavel lachen. Er hatte so viel Glück! Niemand bemerkte seine heimliche Verwandlung. Nach dieser intimen Generalprobe legte er die femininen Accessoires der Mutter sorgsam zurück an ihren Platz und schlich sich aus dem Zimmer. Dieser Aufwand und der große Mut sollten sich lohnen. Als er am nächsten Tag die Rolle der Ophelia vor der gesamten Klasse las, verstummte die Kritik von Josef Stejskal schlagartig. Er verfolgte Pavels Darstellung mit sichtlichem Vergnügen und geizte nicht mit Lob.

Es war das erste und einzige Mal, dass er Pavel lobte.

Es ist aber noch etwas anderes, das Pavel an diesem Nachmittag zum Theater, der Wirkungsstätte Stejskals, führt. Er weiß, dass die tiefsten Träume und Sehnsüchte eines Menschen sein wahres Inneres offenbaren. Das, wofür sein Herz schlägt, ist ein nahezu fehlerfreier Wegweiser beim Erkunden eines Charakters.

Josef Stejskal schätzt die deutschen Klassiker, erzählt gerne mit leuchtenden Augen über den Sturm und Drang. Sein Lieblingsautor ist Friedrich Schiller. Vielleicht, weil er so nachdrücklich die Gedanken der Freiheit, Gleichheit und Wahrhaftigkeit am Leben erhält. Diese Werte scheinen Stejskal wichtiger zu sein als der literarische Wert der Werke. Er setzt die Deutschen nicht mit Eroberern gleich, die bereit sind, über Berge von Leichen zu gehen. Für ihn sind sie vor allem Philosophen, Denker, Dichter, Physiker, Mathematiker und Musiker. Sein Bild ist versöhnlich und in einem großen Maß beruhigend. Auch heute noch, wenn sie auf der Straße marschieren und Lieder singen, die nicht im Entferntesten an die musikalische Genialität eines Bach oder Beethoven reichen. In Stejskals Augen wird der Komponist Richard Wagner von »den Braunen«, wie er sie nennt, missbraucht. Wagner, Verkünder der mythologischen Größe der Germanen, deren Helden doch sehr in die Fußstapfen der griechisch-römischen Mythologie treten, konnte bei der Erschaffung seiner monumentalen Klänge nicht ahnen, welche Seelen er erreicht und welche ihn für ihre Zwecke benutzen. Dass seine Musik auch dunkle Seiten nährt, ist ihm bei objektiver Betrachtung nicht anzulasten, meinte der Lehrer.

Je länger Pavel über Josef Stejskal nachdenkt, desto klarer wird ihm, wie sehr er ihn prägte. Das, was in diesen Wochen geschieht, ist nicht nur für den alten, leicht übergewichtigen Lehrer ein Alptraum. Inmitten der Erschütterung bleibt ein Kern, der an das Gute glaubt und dafür lebt, dass auch der kleinste Funke menschlicher Kultur in der Lage ist, ein Feuer zu entfachen, das die Schatten erhellt, die Herzen erwärmt und das Böse verbrennt.

Pavel erinnert sich deutlich an die Worte des Lehrers: »Nein, ein Diktator kann die Seele eines ganzen Volkes nicht auf Dauer beherrschen. Dieser österreichische Emporkömmling vermag es nicht, ein so gelehrtes und weises Volk in einen gnadenlosen Krieg zu ziehen. Ja, ein bisschen Säbelrasseln wird es wohl geben, aber auf Dauer wird er die Seele der kulturreichen Deutschen nicht beschlagnahmen und in einen Käfig sperren können.« Damit sprach Stejskal aus, was Pavel in seinem Innersten hofft.

Pavel lehnt sich zurück. Er stützt seine Ellbogen auf eine höhere Stufe und lässt seinen Kopf langsam auf den Stein sinken. Er blinzelt in die Sonne. Wenn er nach oben schaut, sieht er die deutschen Soldaten nicht mehr. Hier besteht die Welt nur aus Licht und Wärme. Pavel genießt das Kitzeln der Sonnenstrahlen im Gesicht. Er schließt die Augen und verfolgt gespannt die bunten Bälle, die hinter seinen Lidern tanzen, hervorgerufen durch das Blenden des ungetrübten Lichtes. Es ist alles eine Frage der Perspektive. Jeder Mensch hat die Wahl, ob er seinen Blick gen Himmel oder auf das grün-graue Gebilde der Straße richtet.

Während Pavel seine Gedanken schweifen lässt, schlüpft ein Krokodil. Er richtet sich auf. Seine Augen, noch von der Sonne geblendet, sehen ein Krokodil. Es ist eine Gruppe von Wehrmachtssoldaten, die gerade in diesem Moment in offenen Kübelwagen an ihm vorbeifährt. Pavel reibt sich die Augen und denkt nach. Ja, das Bild passt. Ein Krokodil. So nimmt er die Besatzer wahr.

Seit März sucht er nach einem Wort, das die ständige Präsenz der deutschen Soldaten für ihn beschreibt und somit verständlich macht. Er sieht uniformierte Männer, die sich durchaus anständig benehmen. Gleichzeit spürt er eine Bedrohung. Was er sieht, passt nicht zu dem, was er fühlt.

Pavel sitzt kerzengerade vor dem Theatergebäude. Ja, genau so ist es. Mit dem Krokodil ergeben die Bilder, die seine Augen sehen und die Wahrnehmungen, die er über feine, unsichtbare Antennen empfängt, ein stimmiges Ganzes: Das Krokodil ist groß. Es liegt still und ruhig am Ufer. Bewegungslos. Es beobachtet. Vielleicht wirkt es sogar harmlos. Vor allem, wenn die Menschen sich an seinen Anblick gewöhnt haben. Jeder, der zum ersten Mal ein Krokodil sieht, erschrickt vor dessen Größe und Macht. Vielleicht auch vor dem Anblick. Die Haut ist runzelig und glänzt, die Farben erinnern an ekligen Schleim. Aber auch daran kann sich der Mensch gewöhnen. Gewohnheit, die zur Routine wird, birgt die Gefahr der Unachtsamkeit.

Das Krokodil gibt es seit Urzeiten. Es hat überlebt. Weil es die Beute täuscht. Das Krokodil ist nicht so träge, wie es wirkt. Es ist extrem schnell. Es liegt auf der Lauer, niemand weiß, wann es angreift. Im Wasser bewegt es sich lautlos auf seine Beute zu, schnellt plötzlich nach oben und schnappt zu. Die enorme Kraft seines Kiefers macht ein Entkommen unmöglich. Auch wenn das Krokodil genüsslich in der Sonne liegt, schlummert eine unbändige Vernichtungskraft in ihm. Pavel fragt sich, ob es denkt oder nur nach seinen Instinkten handelt. Er weiß es nicht. Aber er weiß sehr genau, dass er ihm mit aller Aufmerksamkeit und Vorsicht begegnen wird. Auch wenn es freundlich scheint, so wird er sich nicht täuschen lassen. Auch wenn es schläft, wird er gebührenden Abstand halten. Denn er weiß nicht, ob es wirklich schläft oder nur auf eine günstige Gelegenheit zum Angriff wartet.

Prag – 1. Oktober 1939

Das Parfüm des Todes stinkt zum Himmel und frisst sich durch die Nasenschleimhäute. Es dringt in jede Pore des Körpers und verseucht jede einzelne Zelle mit einem beißenden Gestank, der das Leben zerschneidet. Auch jede noch so kleine Faser der Kleidung wird von Formalin durchtränkt. Diese unerträglich stechende Luft mischt sich mit dem fauligen Geruch modernden Fleisches.

Die optischen Eindrücke fügen sich nahtlos in die Wahrnehmungen des Geruchssinns ein: kaltgraue Sektionstische auf Zementböden. Durch die großen Fenster fällt totenblasses Herbstlicht. Unter ihnen lagern auf eisernen Regalen metallene Werkzeuge, die an mittelalterliche Folterinstrumente erinnern. Auf den Tischen liegen aufgespannt mehr als zwanzig Leichen. Ihre blassgelbe Haut, imprägniert und konserviert, schimmert im fahlen Licht.

Pavel würgt. So sieht es also aus, das Ziel seiner Träume. Seit er ein kleiner Junge war, hat er davon geträumt, Arzt zu werden. Nun steht er an seinem ersten Studientag in der ekelhaften Gaswolke des Anatomiesaals der altehrwürdigen Karlsuniversität und ringt mit Übelkeit und Ohnmacht.

In dem kalten Raum der medizinischen Fakultät ist es sehr eng. Der Andrang ist groß, denn es gibt in diesem Semester keinen Numerus Clausus. Trotz deutscher Besetzung deutet alles auf ein normales Semester hin. Zumindest bis zu diesem Moment, da der Professor den Neuankömmlingen das Herzstück des anatomischen Unterrichts präsentiert. Es ist Pavels erste Begegnung mit dem Tod. Er zwingt sich, die Leichen in den verschiedenen Stadien ihrer Auflösung zu betrachten. An jedem der grauen Tische stehen Studenten höherer Semester und üben. Das Seziermaterial ist rar, aber sie behelfen sich. An einem Tisch traktieren zwei junge Männer einen Kopf, am nächsten werden Brustorgane entnommen und wieder einen Tisch weiter versuchen sich drei weitere an unteren Extremitäten.

Würde ihn jetzt, in diesem Moment, jemand nach seinem Traumberuf fragen – er nähme das Wort Medizin nicht in den Mund. In diesem sammelt sich gerade mehr Speichel, als er schlucken kann. Bloß nicht übergeben! Er lenkt seinen Blick fort von den Sektionstischen hin zum matten Herbstlicht in den Fenstern. Er konzentriert sich auf die Atmung durch den leicht geöffneten Mund und setzt alles daran, seine Nase zu verschließen. Es gelingt ihm nicht.

Zu gerne würde er die Worte aufnehmen, die der Professor spricht. Aber mit dem, was er sehen und riechen muss, ist er derart überfordert, dass sein Gehör den Dienst quittiert. Die Ohren rauschen, die Stimme des Dozenten klingt dumpf und verzerrt. Wie unter Wasser. Kurz vor dem Ertrinken.

Nach einer Ewigkeit wird Pavel erlöst. Er darf den Saal des Grauens verlassen und trottet mit der gesamten Gruppe zurück in den Vorraum. Auch hier stinkt es bestialisch. Aber die Intensität erscheint ihm erträglich. Er wagt wieder tiefere Atemzüge und das Rauschen in seinen Ohren nimmt ab. Das Licht ist hier freundlicher. Es wirkt wie eine

Station irgendwo zwischen Tod und Leben. Geschafft! Allmählich gewinnt er wieder Boden unter seinen Füßen. Er schaut in die Runde und hofft auf weitere Studienanfänger, deren Gesichtsfarbe sich langsam erholt. Er möchte nicht der einzige Schwächling sein.

Plötzlich bleibt sein Universum stehen. Er sieht das schönste Mädchen, das er je erblickt hat! Blonde Haare, perfekte Gesichtszüge, ein Körper voller Anmut und Eleganz. Sie steht gelassen zwischen zwei anderen Studenten und beißt genüsslich in einen Kirschkuchen. In einer Hand hält sie den Kuchen, der ihre sinnlichen Lippen berührt, mit der anderen fängt sie die Krümel auf. Auch die zierlichen Hände sind von einer schier unfassbaren Schönheit. Pavel kann seinen Blick nicht abwenden. Er starrt sie an. Obwohl er sich dafür schämt, kann er sich nicht bewegen, seine Augen nicht von ihr lassen.

Verdammt, rügt er sich in Gedanken, sie ist ein Mädchen und isst in aller Seelenruhe ihren Kirschkuchen. Ich bin ein Mann, der sich fast auf den Boden erbricht!

Als sie seinen Blick erwidert, ist er überfordert. Er merkt, wie er rot wird und weiß nicht, wohin er gucken soll. Genau genommen weiß er überhaupt nichts mehr. Sein Kopf ist ausgeschaltet, das pochende Herz hat die Regie übernommen. Sie schaut ihn an, führt den letzten Bissen Kuchen zu ihrem Mund und er glaubt, dass sie beim Kauen lächelt. Ihn anlächelt. Hormone wirbeln durch seinen Körper und verdrehen ihn. Seine Welt steht Kopf.

Er würde sich schon an die unangenehme Seite des Medizinstudiums gewöhnen. Gespannt folgt Pavel seiner

Gruppe durch die Räume der Karlsuniversität. Beflügelt von Glückshormonen schreitet er stolz durch die Gänge und saugt die intellektuelle Atmosphäre in sich auf. Wie gut es das Leben doch mit ihm meint! Der Vater wurde von der Budweiser zur Prager Garnison versetzt, die Familie lebt jetzt wieder in Prag, im pulsierenden Herzen Böhmens. In seiner Geburtsstadt. Hier begann sein Leben vor 19 Jahren, hier wird es wieder aufblühen. Pavel versteht die Diskussion um die geschichtsträchtige Universität nicht. Sie ist die erste, die nördlich der Alpen von Karl IV. errichtet wurde. Seit jeher streiten die Gelehrten, ob sie denn deutsch oder tschechisch sei. Überflüssig, findet Pavel. Denn Bildung und Wissen haben weder Geschlecht noch Nationalität.

Die Führung des Professors ist beendet und der erste Tag überstanden. Pavel schlendert weiter durch das Gebäude und sucht nach dem hübschen Mädchen. Er findet es nicht. Dafür steht er plötzlich vor Arnošt, einem Mitschüler des Budweiser Gymnasiums. »Pavel, wie schön dich zu sehen!« Die beiden schütteln sich die Hände und tauschen Belanglosigkeiten aus. Pavel spürt, dass etwas nicht stimmt. Arnošt hat sich verändert. Schon in Budweis hat er ihn als bescheiden und zurückhaltend wahrgenommen. Jetzt aber schwingt eine Traurigkeit mit, die Pavel betroffen macht. Es sind die Augen des jungen Juden und auch seine Distanz, die er wahrt, obwohl er direkt neben ihm steht. Immer noch beflügelt von dem Anblick des Mädchens, drängt Pavel das ungute Gefühl beiseite und macht sich langsam auf den Weg nach Hause.

»Du kannst es ruhig offen sagen, dass es dir nicht schmeckt«, wettert seine Mutter bei Tisch. Sie hat, was nur selten vorkommt, in der Küche gestanden und ein Abendessen gekocht. Stolz setzte sie ihm einen Teller mit dünn geschnittenem Schweinefleisch vor. Gräuliches Fleisch mit einer weißgelben Fettschicht. Pavel würgt und stochert verzweifelt darin herum. Es riecht zwar wesentlich angenehmer als im Anatomiesaal, aber er kann das Fleisch nicht in seinen Mund nehmen. Die schauderhafte Ähnlichkeit mit den Leichen tilgt auch den kleinsten Rückstand eines Hungergefühls. Angewidert schiebt er den Teller von sich und fleht um Verständnis: »Mir ist übel. Das liegt nicht an deiner Kochkunst!«

Seine Mutter verdreht die Augen und der kleine Bruder schielt gierig auf den vollen Teller in der Mitte des Tisches. Pavel gönnt ihm das Fleisch von ganzem Herzen. Soll Vláďa es doch herunterschlingen. Heute Abend verzichtet er gerne zugunsten des Jüngeren.

Prag – 17. November 1939

Es ist Freitag. Nur noch diesen Tag überstehen, dann ist Wochenende. Zeit und Ruhe zum Lernen, schon bald stehen die ersten Prüfungen an.

Pavel schlendert durch die Gänge der Karlsuniversität. Zwischen dem gekachelten Boden und den hohen Wölbungen der Decke wandelten schon Generationen vor ihm. Bücher unter dem Arm, Wissensdurst im Herzen und unzählige Fragen im Kopf. Am Ende des Gangs schart sich eine Gruppe von Studenten um einen etwa dreißig Jahre alten Mann. Pavel reckt seinen Hals und stellt sich auf die Zehenspitzen, um einen Blick zu erhaschen. Was machen die?

»Ohne diese Knochen bestehst du nie und nimmer die Anatomieprüfung«, preist der Mann seine Ware an. Pavels Interesse ist geweckt. Jetzt erkennt er den Urheber des Ganzen. Es ist Fíček, der ewige Student. Pavel schlängelt sich durch die Wartenden und meldet sich zu Wort: »Was kosten die denn?« Diese Gelegenheit will er sich nicht entgehen lassen. »Die Knochen der Handwurzel musst du im Schlaf kennen«, erklärt Fíček überzeugend. »Eigentlich 20 Kronen. Für dich nur 18.« Pavel deponiert seine Bücher auf dem Boden und angelt in den Hosentaschen nach Geld. Sorgsam zählt er die Münzen und reicht sie dem Verkäufer. Dieser prüft akribisch die Summe und rückt die gewünschten Knochen raus. Pavel verstaut sie sorgsam in seinen Hosen. Welches Glück, dass er zur rechten Zeit am rechten Ort war. Diese Knochen würden ihm das Lernen erleichtern, da ist er sich ganz sicher. Stolz zieht er weiter.

Nach wenigen Metern schallt die Stimme von Professor Borovanský durch den Gang. »Solange ich hier Professor bin, werden Sie keine Prüfung bestehen!« Pavel erschrickt. Erst jetzt wird ihm klar, dass er Knochen von einem Studenten erworben hat, der seit mehr als zehn Jahren durch jede Prüfung fällt. Entmutigt bleibt er stehen. Er stapelt seine Bücher auf den kalten Boden, hockt sich darauf, kramt seine frisch erworbenen Trophäen aus der Tasche und betrachtet sie eingehend. Sie fühlen sich wie echte Knochen an und sie sehen auch so aus. Der längliche, kleine hier, das könnte ein Ringfinger sein. Pavel hält den Knochen über seine Finger und vergleicht. Das Skelettfragment will nicht so recht passen. Pavel probiert weiter. Vielleicht ist es ein kleiner Finger? Für einen Daumen erscheint ihm das Gebein zu dünn. »Wieso legst du Teile vom Sprunggelenk über deine Finger?«

Die Stimme kommt ihm bekannt vor. Er blickt auf. Arnošt geht vor ihm in die Hocke. Ein großer gelber Judenstern prangt auf seiner Brust. »Weil ich dachte, sie gehören zur Handwurzel.« Arnošt verharrt in der Hocke und untersucht die Knochen eingehender. Pavel reicht ihm auch die anderen. »Also, das hier ist definitiv aus einem menschlichen Sprunggelenk«, konstatiert Arnošt. »Die anderen kann ich nicht zuordnen. Könnten Kaninchen- oder Schweineknochen oder so was sein.« Pavel ist frustriert. »Hast du die bei Fíček erworben oder bei den Professoren?«, will der Weggefährte aus Budweiser Zeiten wissen. Pavel senkt den Kopf. Er muss nicht mehr antworten.

Arnošt steht wieder auf und auch Pavel erhebt sich. Die beiden gehen noch ein Stück gemeinsam. Bei jedem Schritt schweift Pavels Blick durch die Räume. Er sucht nach dem jungen Mädchen, das so unbeeindruckt von der Sektion in den Kirschkuchen gebissen hat. Inzwischen hat er herausgefunden, dass sie Věra heißt. Ein schöner, mythologischer Name. Er bedeutet: *»Der Glaube«*. Pavel denkt, dass sie für ihn geschaffen wurde und beide füreinander bestimmt sind.

»Hier, die sind für dich.« Arnošt zieht andere Knochen aus seiner Tasche und reicht sie ihm. Jetzt liegen sie auf seiner Handfläche und warten, dass Pavel zugreift. »Nun nimm schon. Sie sind vom Professor. Ich brauche sie nicht mehr.« Pavel fällt die Kinnlade herunter. Das kann er nicht annehmen. Stumm steht er dem jüdischen Freund gegenüber. Der gelbe Judenstern leuchtet auf seiner grauen Kleidung. Er ist nicht zu übersehen. Pavel fällt auf, dass er gar nicht das dargebotene Geschenk betrachtet, sondern unentwegt auf das gelbe Zeichen stiert. Sofort wendet er den Blick ab. »Ist schon in Ordnung«, beruhigt ihn Arnošt, »nimm die Knochen und lerne damit. Für mich ist das Studium ab sofort beendet.«

Pavel weiß nicht, wie er reagieren soll und verstaut die kleinen weißlichen Präsente in seiner Hosentasche. Obwohl beide noch schweigend durch die Gänge der Universität gehen, hat Pavel das Gefühl, er mache einen Spaziergang durch den Wald, in dem einige Bäume mit weißen Ringen gekennzeichnet sind. Sie sind zum Fällen bestimmt. Die Nachbarhölzer, die äußerlich kein Zeichen tragen, schweigen.

Verzweifelt sucht er nach passenden Worten. Wie kann er seinen Freund trösten? Alles, was ihm einfällt, klingt nach hohlen Phrasen. Er spürt, dass sein Schweigen ihn erdrückt, aber es erscheint ihm erträglicher als unpassende Bemerkungen.

Überhaupt herrscht Unruhe an den Hochschulen des Landes. Allen voran an der Karlsuniversität. Die Studenten rufen zu Protesten und Demonstrationen gegen die Besatzer auf. Pavel beobachtet die Entwicklung aus sicherer Distanz. Noch. Sobald er sich einen Überblick verschafft hat, will er sich auch engagieren. Da ist er sich ganz sicher. Dass jüdische Kommilitonen ab sofort und ohne Vorwarnung ausgeschlossen werden, will nicht in seinen Kopf. Er hatte diese Nachricht eher beiläufig aufgeschnappt. Jetzt steht er den Folgen dieses Erlasses gegenüber.

»Danke«, ist alles, was Pavel nach einer gefühlten Ewigkeit über die Lippen bringt. Der Budweiser Schulfreund deutet auf das große gelbe Abzeichen auf seiner Brust. »Mit diesem Stern kommt man heute nicht mehr weit.« Am meisten verstört Pavel die Ruhe, mit der Arnošt diese himmelschreiende Ungerechtigkeit und Kränkung hinnimmt. Er diskutiert und protestiert nicht, setzt sich nicht zu Wehr. Stattdessen verschenkt er seine Knochen. An einen alten Schulkameraden, der weiterstudieren darf. Nicht, weil dieser geeigneter oder besser wäre – nein. Alles, was ihn berechtigt, an der Universität zu bleiben, sind seine Herkunft und seine Religionszugehörigkeit.

Arnošts Studium endet hier. Pavels Weg geht dagegen weiter, verspricht sogar eine aussichtsreiche Zukunft. Das Leben ist nicht fair. Inmitten von präparierten Leichen und alten Knochen keimt in ihm eine neue Liebe, obwohl um ihn herum Unmenschlichkeit und Ungerechtigkeit die Herrschaft übernommen haben. Pavel kann sich nicht gegen die Glücksgefühle des Verliebtseins wehren. Der jüdische Kommilitone muss in die Fratze des Bösen schauen, während Pavel nur leuchtend blaue, lebendige Augen sieht. Die Augen von Věra. Wann immer sich eine Gelegenheit bietet, hilft er dem Zufall auf die Sprünge, so dass sich ihre Wege in der Universität kreuzen.

Die beiden jungen Männer reichen sich noch einmal die Hand. Es ist ein fester Druck, der einen Moment länger dauert als üblich. Sie ahnen, dass sie sich nie wiedersehen werden.

»Wenn das der Führer wüsste!«, empört sich Tante Elisabeth in ihrer unverbesserlichen Manier. »Ich spiele ernsthaft mit dem Gedanken, ihm einen Brief zu schreiben.« Der gesamten Familie im Wohnzimmer stockt der Atem. »Guten Tag«, sagt Pavel höflich, als er dazukommt und begrüßt seine deutschen Tanten. Elisabeth, alle rufen sie Elsa, umarmt ihn überschwänglich und drückt ihm einen nassen Kuss auf die Wange. Tante Wajba verhält sich pragmatischer. Sie begnügt sich mit einem Lächeln und einem aufmunternden Klaps auf seinen Oberarm. »Setz dich zu uns«, fordert seine Mutter. Die drei Frauen diskutieren sich die Köpfe heiß. Pavel stellt sich erst mal ans Fenster und schaut auf die

Moldau. Trotz der Kälte fahren kleine Boote und ein majestätischer Schwan zieht seine Kreise. Eine Idylle, die nicht so recht zu seiner Begegnung mit Arnošt passen will. Sehr gerne würde er sich die Last von der Seele reden, aber das scheint in diesem Wohnzimmer jetzt nicht möglich. Sein ruhiger Vater, der lieber zuhört als zu sprechen, ist nicht da und den Ohren seiner Mutter mag er sein Erlebnis nicht zumuten.

Alle drei Schwestern leiden unter einer speziellen Form der Herzrhythmusstörung, die er als Medizinstudent im ersten Semester zweifelsfrei diagnostiziert: Ihr Herz kommt vor lauter Helferseifer für andere ständig aus dem Takt, eine Prise Naivität lässt es holprig schlagen. Als zusätzliches Symptom ist die Zunge unselig mit ihren Herzen verbunden. Je höher die Herzfrequenz, desto ungezügelter prasseln die Worte aus ihren Mündern. Jetzt, da ist sich Pavel sicher, erreichen sie bedenkliche Höhen.

Gerade redet sich Tante Wajba, in korrekter Form mit dem urgermanischen Namen Walburga gesegnet, in Rage. Sie ist naturblond, blauäugig, sportlich, optimistisch und stets in Bewegung. Ihr Ehemann Vladimír, ein bulliger Athlet, verlor mit der Schließung der Prager Börse seine Existenzgrundlage und leidet an einem furchtbaren Verschluss seiner Beingefäße. Während seine Beine allmählich am lebendigen Leib verfaulen, kaufte sie einen großen Wagen der Marke »Praga« und gründete ein Taxiunternehmen. Tante Wajba treibt unermüdlich Benzin aus ominösen Quellen auf und ist gleichzeitig erfolgreiche Inhaberin und emsige Chauffeurin. Sie leitet das Unternehmen und sitzt selbst am Steuer, wenn sich kein Fahrer für eine Schicht findet.

Tante Elsa ist der Inbegriff der Unsportlichkeit. Dafür verfügt sie über das Talent, alles Leid der Welt in ihres zu wandeln. Solange sie sich um jemanden sorgen und ihn bedauern kann, ist sie zufrieden. Der schmerzverzehrte Schwager Vladimír, die Besetzung Prags, die Entwürdigung der Juden – Elsas Lebensgrundlage scheint für die nächsten Jahre gesichert.

Seine Mutter Hildegard ist eine Mischung aus den beiden anderen, krönt ihre extrovertierte Persönlichkeit mit einer unbändigen Leichtigkeit und Lebensfreude. Drei Hennen, die unter ihren Flügeln nicht nur die eigenen Kinder, sondern eine ganze Schar weiterer Menschen hüten, sind der Dreh- und Angelpunkt in Pavels Familie.

»Du kannst dem Führer doch keinen Brief schreiben«, empört sich Wajba kopfschüttelnd. »Manchmal kommst du auf wahrlich verrückte Ideen!« Elsa, die grundsätzlich das Positive im Menschen sucht, rechtfertigt sich: »Warum denn nicht? Dieser Mann nennt die Missstände in Europa beim Namen. Er kämpft für eine gute Sache! Ich glaube, er weiß nicht, was hier in Böhmen vor sich geht. Ich will doch nur helfen!«

»Also bitte«, mischt sich Pavels Mutter frotzelnd ein, »glaubst du wirklich, der Führer wartet auf einen Brief von Elsa aus Böhmen? Mach dich bitte nicht lächerlich!«

Tante Elsa lässt sich nicht beirren. Sie weiß auch schon genau, was sie ihm schreiben wird. »Ich habe eine Bekannte, die arbeitet als Sekretärin bei der Gestapo im Pečcek-Palais. Sie stellt den Verwandten Rechnungen für die Hinrichtung ihrer Väter aus.« Elsa ist den Tränen nahe. »Das werde ich dem Führer mitteilen!« Sie ist kaum zu bremsen in ihrem Engagement im Namen der Gerechtigkeit.

Pavels Mutter und Tante Wajba rühren entsetzt in ihren Kaffeetassen. Ob ihre Bestürzung im Verhalten der Gestapo oder in dem von Tante Elsa begründet liegt, kann Pavel nicht ausmachen. Er schüttelt den Kopf. Seine liebenswürdige Tante Elsa ist einfach unbelehrbar: Sie schafft es mit ihrer gutmütigen Naivität, ein tragisches Drama in eine verkorkste, skurrile Komödie zu verwandeln. Wäre es nicht so traurig, würde er sich jetzt vor Lachen kringeln. So aber bleibt es ihm im Halse stecken. Es reicht ihm. Er kann dieses Geschwätz der drei nicht mehr ertragen und zieht sich höflich zurück. Er muss lernen.

»Pavel!« Seine Mutter schreit. »Pavel, komm schnell! Die Nachrichten werden gesendet!«

Er lässt seine Bücher geöffnet auf dem Tisch zurück, springt auf und eilt ins Wohnzimmer. Die drei Schwestern rühren sich keinen Millimeter, durch den Äther des Radios ertönt das Zeitzeichen. Es ist 19 Uhr, als eine ernste Stimme verkündet: »Infolge der Demonstrationen, die heute und am 28. Oktober stattgefunden haben, wurde beschlossen, neun der Anstifter der Krawalle aus der Studentenschaft zum Tode zu verurteilen. Das Urteil wurde bereits vollstreckt. Gleichzeitig werden alle Hochschulen und Universitäten des Protektorats Böhmen und Mähren für drei Jahre geschlossen.«

Es ist totenstill. Die dunklen, schweren Eichenmöbel erdrücken den Raum. Das Krokodil ist da! Es ist überall, sogar hier im Wohnzimmer. Es verdaut die ermordeten Studenten, vertilgt jetzt Bücher und Bildung zum Dessert. Pavel erstarrt. Bloß nicht bewegen! Sein Atem blockiert, er erlaubt sich nur sehr flache Luftzüge. Vielleicht übersieht es ihn, wenn er ganz still ist, und zieht weiter. Mit dem Krokodil kann niemand verhandeln und sämtliche Waffen, die den Menschen zur Verfügung stehen, genügen nicht, um ihm die Stirn zu bieten.

Pavel erinnert sich an die Worte seines alten Literaturlehrers Stejskal und mit welcher Überzeugung dieser das Volk der Dichter und Denker verteidigte. Wie falsch er doch lag! Er denkt an Arnošt und die Knochen. Die braucht Pavel jetzt wohl auch nicht mehr. Zumindest nicht in den nächsten drei Jahren.

Wie von Geisterhand geführt, dreht Tante Wajba am Knopf des Radios und stellt es aus. Das Einzige, was Pavel hört, ist sein rauschendes Blut in den Ohren. Sein Herz pocht hart gegen die Brust. »Wenn das der Führer wüsste«, flüstert Tante Elsa in die Stille.

Südböhmen – 28. Juli 1942

Die blanke Erde ist wärmer, als er vermutet hatte. Matratzen braucht er nicht. Das Zelt, ein dünner, auf Stöcken aufgespannter Stoff, bietet ausreichenden Schutz. Pavel fühlt sich wohl. Draußen knistert noch das Feuer, drinnen schwirrt ein Glühwürmchen über seinem Kopf. Die Ferien riechen nach taufrischem Gras in der feuchten Kühle des späten Abends.

Während die deutschen Schulkameraden aus Budweiser Zeiten, Herbert und Hans, siegessicher und triumphierend in den Krieg zogen, zeltet Pavel mit seinem Freund Master. Immer wieder fragen sie sich, wie es den anderen zwischen Bombenhagel und Panzergeschossen wohl gehen mag. Die Nachrichten über den Vormarsch der Deutschen überschlagen sich. Schrecken und Vernichtung des Krieges sind weit weg und für die beiden jungen Männer unwirklich.

Seit einigen Tagen paddeln sie mit dem Boot durch Südböhmen und genießen die freie Zeit. Der Fluss Lužnice bahnt sich seinen Weg durch eine Kette von Teichen voller Seerosen, vorbei an mit gelben Butterblumen übersäten Wiesen. Ein Paradies für Wildenten und andere Vögel. An den Ufern suchen Störche nach Fröschen, um ihre Jungen durchzufüttern und die weißen Bauernhäuser mit rotbraunen Dächern säumen wie Perlen den Fluss und die Teiche. Der einzige Schönheitsfehler dieser Gegend liegt im Wasser. Die meisten Urlauber verbringen die ersten Tage hockend im Gebüsch. Erst wenn sich der Körper an die

Fülle der unsichtbaren Bakterien gewöhnt hat, lassen die Durchfälle nach. Pavel hat es überstanden.

Der Tag duftet nach Freiheit, die Abende nach über offenem Feuer gegrillten Forellen mit Brot, Speck und Kartoffeln von den Bauern. Morgendlicher Nebel und prasselnder Regen gehören ebenso zu diesen Wochen wie Stechmücken und Sonnenbrand. Der Krieg ist weit weg. Die Fabrik auch.

Pavel müsste dankbar sein. Er darf arbeiten. Nach der Schließung der Universität versuchte er sich zunächst als Versicherungsmakler. Diese Erinnerung zaubert ein selbstironisches Schmunzeln auf sein Gesicht. Sogar das Glühwürmchen tanzt in belustigten Kreisen über seiner Nase. Er hatte zwei Policen verkauft. Eine an seinen Vater und die andere an Tante Elsa. Diese Frau kann einfach nicht Nein sagen. Der dritte Versuch scheiterte kläglich: Um sich als Akquisiteur der Versicherungsgesellschaft auch außerhalb des vertrauten Familienkreises zu etablieren, bot er eine antike Standuhr als Prämie für eine hohe Lebensversicherung. Sein Lohn: Er sah nichts wieder. Weder die Uhr noch eine unterschriebene Police oder den potenziellen Kunden.

So hatte es nicht weitergehen können. Zum einen ist er kein geborener Versicherungsverkäufer, zum anderen bot das elterliche Mobiliar keine weiteren Prämien. Arbeitsstellen für junge Menschen waren rar. Alle Hochschüler, die nicht inhaftiert wurden, suchten nach einer Betätigung. Ohne seine deutsche Verwandtschaft würde auch Pavel zu jenen ohne Perspektive gehören.

Sein Cousin Mario heftete sich tollkühn ein geliehenes Abzeichen der NSDAP an die Brust und marschierte zielstrebig zu einer von den Deutschen gegründete Wirtschaftsgruppe für die Eisen- und Metallindustrie. Eine große Fabrik in der Wasserstraße in Prag. Mario übergab Pavels Bewerbungsunterlagen mit einem schneidigen »Heil Hitler« an den deutschen Direktor. Seitdem steht Pavel Tag für Tag an der Werkbank und schuftet. Abends, wenn seine Augen vom Metallstaub brennen, liest er ein Medizinbuch nach dem nächsten. Er will nicht klagen. Er verdient gutes Geld, kann sich sogar einen Urlaub leisten. Bald würden die Universitäten wieder ihre Pforten öffnen. Hofft er. Die dreijährige Sperre neigt sich langsam ihrem Ende zu. Ob die Besatzer zu ihrem Wort stehen, weiß er nicht. Egal wie: Er wird Arzt. Davon lässt er sich nicht abbringen.

Das Glühwürmchen schwirrt fort und Pavel schließt die Augen. Kurz bevor er in einen friedlichen Schlaf gleiten kann, setzt sich sein Freund Master auf. Sein roter Haarschopf berührt den Stoff des kleinen Zelts, Pavel kann ihn in der Dunkelheit nur schemenhaft erkennen. »Ich muss dir was erzählen«, beginnt Master nervös. »Es bedrückt mich sehr und ich weiß nicht, ob es wirklich stimmt.« Pavel reibt sich die Augen. Er würde jetzt lieber schlafen, aber in Masters Stimme schwingt eine Dringlichkeit mit, die keinen Aufschub duldet: »Du weißt, dass mein Bruder im Peček-Palais verhört wurde, nachdem sie ihn verhaftet haben.« Pavel nickt. Masters Bruder ist einer der über tausend Studenten, die im November 1939 inhaftiert wurden. Er antwortet: »Ja, das ist der Hauptsitz der Gestapo …«

Dass dort Menschen misshandelt und zu Tode geprügelt werden, spricht Pavel nicht aus. Zum einen hat er nur davon gehört und weiß es nicht sicher, zum anderen möchte er seinen Freund nicht beunruhigen. Er muss auch gar nicht weiterreden, denn Master unterbricht ihn: »Es ist etwas anderes, was ich dir erzählen will!« Jetzt richtet auch Pavel sich auf. Im fahlen Mondlicht, das grau durch das Zelt schimmert, können sie einander sehen.

»Erinnerst du dich an den netten deutschen Reichstagsabgeordneten, den wir für einige Zeit beherbergt haben? Du hast mit ihm Schach gespielt und dich lange mit ihm unterhalten. Diesem Mann ist mein Bruder im Peček-Palais wiederbegegnet.«

»Wurde er auch gefangen genommen?«, will Pavel wissen. Der deutsche Abgeordnete hatte bei ihm einen überaus anständigen und ehrlichen Eindruck hinterlassen.

Master seufzt. »Nein. Er verhört die Inhaftierten. Wir glauben, dass mein Bruder durch ihn aufgeflogen ist. Ist das nicht entsetzlich!«

Eine unheilvolle Stille senkt sich über das kleine Zelt. Das Knistern des Feuers draußen wird immer leiser. Die Flammen erlöschen langsam. Gleich wird die Kälte einziehen. Pavel hofft, dass die Glut noch etwas Wärme vorhält.

»Pavel, es kann sein, dass auch andere verhaftet werden. Auch Freunde unserer Familie. So wie du.« Master betont, dass er das alle sehr bedauere. Weder er noch seine Eltern wollten andere in Gefahr bringen. Sie hatten das Krokodil in ihr Haus gelassen, es gefüttert und ihm einen warmen

Schlafplatz geboten. Weil es in Gestalt eines manierlichen und achtbaren Reichstagsabgeordneten kam.

Noch während Pavel seinen Gedanken nachhängt, erzählt Master weiter: »Vor ein paar Tagen bekamen wir auf Schleichwegen ein sonderbares Schreiben von meinem Bruder aus Auschwitz. In einem grauen Umschlag lag ein Zettel, gekritzelt auf Klopapier oder ähnlichem. Auf dem Papier war mit der Handschrift meines Bruders eine Mitteilung gekritzelt. Er schrieb: ›In diesem Lager werden täglich hunderte Menschen umgebracht. Sie werden in Räumen vergast. Sie brechen den Toten sogar die Goldzähne raus. Kinder, Frauen, Männer sterben hier. Tut alles, um nicht verhaftet zu werden!‹«

Pavels Bauch krampft sich zusammen. »Warte«, sagt er zu seinem Freund. »Ich glaube, ich habe immer noch Durchfall.« Er robbt aus dem Zelt und sucht einen Platz im Gestrüpp. Die Äste stechen in seinen Körper. Es ist äußerst unangenehm und stinkt zum Himmel.

Er möchte nicht wieder ins Zelt. Auf dem Weg zurück sammelt er ein paar trockene Zweige und legt sie in die Glut der Feuerstelle. Er kauert sich auf den Boden. Sofort lodern die Flammen wieder auf und Pavel wärmt seine Hände. Er hatte diesen Deutschen gemocht. Er hat sogar Schach mit ihm gespielt. Verzweifelt durchstöbert er sein Gedächtnis nach Worten, die er mit ihm gewechselt hat. Worüber hatten sie sich unterhalten? Sie hatten über Geschichte und Politik diskutiert. Hatte er sich etwa um Kopf und Kragen geredet? Sein Bauch rebelliert weiterhin. Er hat Durst, wagt aber nicht, noch mehr von dem Wasser zu trinken.

Master setzt sich zu ihm. »Ich glaube, dieses Schreiben ist gar nicht von meinem Bruder. Es ist wahrscheinlich nichts weiter als ein bösartiger Witz.« Pavel stiert in die Flammen und füttert das Feuer mit weiteren Zweigen. Er guckt er seinen Freund an. Das rötliche Licht flackert vor Masters Gesicht. Er sieht hilflos aus. »Die Schrift meines Bruders ist so kricklig«, fährt er fort. »Das Schreiben kam auch nicht per Post, sondern wurde in der Nacht in unseren Briefkasten geworfen. Sicher wollte uns nur jemand Angst machen. Meine Schwägerin wollte den Zettel erst verbrennen. Aber sie bekam wahnsinnige Angst, dass er vielleicht von der Gestapo sein könnte, um zu prüfen, wie wir reagieren. Was meinst du?«

Pavel denkt nach. Er kennt Deutschland, und er kennt Österreich, das Geburtsland von Adolf Hitler. Er ist stets freundlichen Menschen begegnet. Die Städte strahlen Würde aus. Er hat diese schönen Länder mit ihren Bergen und Seen betrachtet, die Salzburger Festspiele besucht, die Pinakothek gesehen und war in München durchs Deutsche Museum geschlendert. Nicht zuletzt liebt er seine Mutter und ihre Schwestern und die gesamte Familie. »Ich glaube«, antwortet Pavel, »da will euch ein Geisteskranker Angst machen.«

Masters Gesichtsausdruck bleibt unverändert. Pavel holt tief Luft. »Hör mal, ich erzähle dir jetzt eine wahre Geschichte. Daran kannst du sehen wie die Deutschen wirklich sind. Du kennst doch Věra? Inzwischen bin ich häufig zu Gast in ihrer Familie. Sie hat einen kleinen Bruder namens Frídolin. Alle rufen ihn Frída.«

Im kalten Winter 1941 nach Einbruch der Dunkelheit war Frída auf dem Weg nach Hause. Er schleppte einige Kilo Zucker, die er auf einem Schwarzmarkt eines südlichen Vorortes gekauft hatte. Zwei große Säcke Zucker in den Armen sind eine große Last. Vor allem, wenn die Finger steif gefroren sind und noch eine Geldbörse mit wenigen Hellern umklammern. Handschuhe besaß er nicht. Die Dunkelheit brach über die Stadt herein, die Straßenbahnen fuhren wegen des Krieges ohne Licht. Frída nahm eine Abkürzung und schlitterte über die Eisfläche der Moldau. Als er die Vyšehrader Felsen mit der Peter-und-Paul-Kirche erblickte, konnte er die Geldbörse nicht mehr halten. Sie glitt aus den fast erfrorenen Fingern und plumpste in ein kleines rundes Loch im Eis. Diese Löcher hatten Fischer überall ins Eis geschlagen, damit die Fische im eiskalten Wasser genügend Sauerstoff bekommen.

Während seine Geldbörse langsam auf den dunklen Grund der Moldau sank, rutschte er weiter, das rettende Ufer in Sichtweite. Doch er übersah ein größeres Loch und stürzte hinein. Das kalte Wasser schnitt in seine Beine und seinen Rücken. Er konnte nicht mehr unterscheiden, ob der Schmerz sticht, brennt oder reißt. Der wertvolle Zucker ging unter. Glücklicherweise waren die Ränder des Eisloches fest und er konnte sich mit letzter Kraft herausziehen. So schleppte sich der unterkühlte, triefnasse Junge ans Ufer. Soweit wie möglich ignorierte er die Schmerzen und versuchte verzweifelt, sich durch Bewegung zu wärmen. An der Station in der Nähe des Tunnels, der den Felsen durchbohrt, stolperte er in eine Straßenbahn. Er setzte sich absichtlich auf keinen Platz, sondern blieb im kalten Bereich der Türen stehen. Aus seiner Kleidung fielen Wassertropfen zu Boden, die kleine Lachen bildeten und rasch zu Eis erstarrten.

»Was du hier machst, ist eine Schweinerei!« Der tschechische Straßenbahnfahrer in seinem dicken Wollmantel forderte ihn auf, das Wasser aufzuwischen und umgehend die Bahn zu verlassen. Frída erklärte mit klappernden Zähnen, was passiert war und dass er die fünf Kilometer nach Hause nicht mehr schaffen könne. Außerdem habe er sein Geld verloren.

Das brachte den Mann völlig in Rage. »Raus hier! Sofort!« Er schubste den Jungen erbarmungslos zur Tür. Frída kämpfte um sein Leben und flehte um Hilfe.

Da mischte sich ein junger deutscher Offizier ein. Er sprach in bestimmtem, aber ruhigem Tonfall: »An Ihrer Stelle würde ich mich schämen, einem Jungen die einfachste Hilfe zu verweigern. Sie in Ihrem warmen Mantel haben wohl noch nichts von Erbarmen gehört? Ich zahle die Fahrkarte und Sie setzen jetzt augenblicklich diese Bahn in Bewegung!«

»Wie Sie befehlen«, stammelte der Straßenbahnfahrer und fuhr los.

Als Pavel seine Geschichte beendet hat, sieht er, wie sich das Gesicht seines Freundes Masters entspannt. »Die Deutschen sind gute Menschen. Das glaube ich ganz bestimmt. So eine Ungeheuerlichkeit könnten sie nie begehen.«

Theresienstadt – 23. Mai 1945

Er steht mittendrin. In diesem Domizil des Krokodils. Hinter den alten Festungsmauern wütete es. Ein Versteck, in dem es unbehelligt seine wahre Natur ausleben konnte.

Pavel schließt seine Augen und hält sich die Ohren zu. Nur den Geruch kann er nicht ausblenden. Es stinkt erbärmlich nach Verwesung, Exkrementen und geronnenem Blut.

Wie stolz er gewesen war, als er sein Medizinstudium wieder aufnehmen durfte. Und wie wenig hatte ihn die Universität auf diesen Ort vorbereitet.

Wo er auch hinblickt, überall liegen ausgemergelte, halb nackte, bis zum Skelett abgemagerte Körper. Sie sind nicht tot. Sie sehen nur so aus. Einige werden auf Bahren getragen, andere in Handwagen oder Karren geschoben. Nur ganz wenige können sich auf eigenen Beinen halten. Die großen Augen in den hageren Gesichtern sind eingefallen. Totenköpfe. Sie schreien, ohne einen Laut von sich zu geben.

Pavel weiß nicht, wohin er soll. Vor einer gefühlten Ewigkeit war er von der Ladefläche eines Lastwagens gestiegen, der ihn und anderen Freiwillige die 62 Kilometer von Prag nach Theresienstadt beförderte. Die alte Garnisonsstadt ist die Hölle. Er steht wie angewurzelt auf dem Platz vor der kleinen Festung, den Wassergraben im Rücken, und sucht nach Orientierung. Er weiß nicht viel. Nur, dass er sich für den Freiwilligendienst gemeldet hat, der in Prag Ärzte,

Krankenschwestern, Medizinstudenten und Pfleger rekrutiert. Und er weiß, dass hier ein Lager für tschechische Widerstandskämpfer, Kommunisten verschiedener Nationalitäten, Juden und verfolgte Minderheiten war. Wer nicht hier starb, wurde in Vernichtungslager gebracht. Der Professor der Prager Karls-Universität, Václav Dolejšek, ein Freund der Familie, starb hier. Am 3. Januar. Mehr weiß Pavel nicht.

»Pavel.« Věras Stimme neben ihm verspricht eine Ahnung von Leben. »Ich war gerade bei den Frauen.« Er schaut sie an. Sie ist fassungslos. »Das Erste, was diese Frauen mich fragten, war, welche Mode man jetzt trägt und welche Frisuren modern sind.« Sie schüttelt ihren Kopf. »Diese Frauen haben keine Haare mehr. Und keine Kleidung.« Věra macht eine lange Pause und Pavel versucht, ihren Worten zu folgen. Sie fährt fort: »Aber sie haben eine tiefe Sehnsucht nach Normalität und Leben.« Die beiden jungen Medizinstudenten verharren noch einen Augenblick regungslos. »Ich muss zurück«, sagt Věra und geht.

Eine ältere Schwester mit runzeligem Gesicht kommt auf Pavel zu. Ihre schwarzen Haare sind von weißen Strähnen durchzogen. Sie spricht Tschechisch mit einem unverkennbaren deutschen Akzent: »Sie wurden mir zugewiesen. Kommen Sie!«

Pavel eilt ihr nach. Trotz ihres Alters legt die Frau ein beachtliches Tempo vor. In irgendeinem Gebäude, Pavel hat die Orientierung verloren, schiebt sie einen dünnen Vorhang zur Seite. Ein gebückter Arzt mit schlohweißem, schütterem Haar steht hinter einem klapprigen Holztisch.

Die Ecke hinter dem Vorhang wurde zu einem Operationssaal umfunktioniert. Der alte Mediziner blickt unwirsch auf und bemerkt ruppig: »So eine alte Kuh schickt man mir? Das kann doch wohl nicht wahr sein!« Die Schwester kontert: »Ja, Herr Professor. Zu einem alten Ochsen gehört eben eine alte Kuh. Was bedeutet: Bei Ihnen bin ich goldrichtig!« Sie deutet auf Pavel und ergänzt: »Und diesem jungen Mann werden wir jetzt was beibringen.«

Pavel zuckt zusammen. Der kleine Körper, der auf dem provisorischen Operationstisch liegt, hat nichts mit den konservierten Leichen der Hochschule zu tun. Das ist kein friedliches Sterben, das ist der Tod in unvorstellbarer Hässlichkeit. Abgesehen von wenigen Tagen, an denen er während des Prager Aufstandes vor gut zwei Wochen in einem Krankenhaus half, verfügt der Medizinstudent über keine praktischen Erfahrungen. Binnen weniger Stunden versank an jenem 5. Mai die Innenstadt in einem Gefechtschaos. Drei Tage lang tobte in Prag ein erbitterter Kampf zwischen den deutschen Besatzern und dem tschechischen Widerstand. Pavel folgte den Anweisungen, sich unverzüglich als medizinisches Hilfspersonal zu melden. Doch schnell stellte er fest, dass niemand Zeit hatte, sich um einen Studenten zu kümmern, geschweige denn, ihn etwas zu lehren. So stand er inmitten der hektischen Versorgung der Verletzten an der Seite erfahrener Ärzte und beobachtete ihr Handeln. Im besten Fall konnte er Instrumente, Verbandsmaterial und Medikamente anreichen. Auch dort sah er sterbende Menschen, aber hier ist es anders. Hier liegt ein Kind. Pavel sieht nur den Kopf eines Jungen. Blut fließt in einem dünnen Rinnsal über seine hellbraunen Haare. An einer anderen Stelle tritt eine graue Masse aus dem zertrümmerten Schädel hervor. »Wir werden ihm nicht mehr helfen können«, sagt der Professor. Der Junge bäumt sich auf, seine Gliedmaßen zittern. Der ganze Körper, schlaffe Haut auf Knochen, krampft und entspannt. Immer wieder. »Was du siehst, ist ein tonisch-klonischer Anfall, ein Jackson-Anfall«, erklärt der Professor, »ausgelöst durch die schwere Verwundung des Gehirns.« Pavel packt sich die Sauerstoffflasche und hält dem Jungen die Maske vor den Mund. »Lass das«, sagt die Schwester, »es hat keinen Sinn. Verschwende kein Material. Davon haben wir zu wenig.«

Pavel versteht gar nichts mehr. Vor zwei Wochen verkündeten die Kirchenglocken den Menschen in Europa den Untergang einer Diktatur, das Ende des Zweiten Weltkriegs und den Frieden. Das Morden und Sterben sollte damit beendet sein. Pavel ist nicht fähig, noch mehr Tote zu ertragen.

Sein alter Literaturlehrer Josef Stejskal war von der Gestapo verhaftet und ohne Prozess erschossen worden. Einfach so. Sie gaben ihm keine Erklärung, verlasen weder Anklage noch Urteil. Der Mann, der in Budweis lang und breit erklärt hatte, warum das Volk der Dichter und Denker zu keinen Gräueltaten fähig sei, starb durch eine deutsche Kugel in seinem Kopf.

Auch Masters Bruder ist tot. Die Familie erhielt drei Wochen nach den verstörenden Zeilen auf dem Fetzen Papier ein offizielles Schreiben aus Auschwitz: *Er ist an Durchfall im Konzentrationslager verstorben. Seine Leiche wurde verbrannt.*

Ein Jahr später bezahlte auch Master seine Mitmenschlichkeit mit dem Leben. Er hatte einem Juden auf dem Prager Bahnhof ein Brot in den Güterwaggon gereicht und wurde erwischt. Die Deutschen nahmen ihn mit. Master verhungerte. Einen Tag vor der Befreiung. Das kann Pavel nicht vergessen. Niemals. Master war sein Freund.

Hans und Herbert sind beide gefallen.

Am 10. Juni 1942 erschossen die Deutschen in Lidice, einem Dorf westlich von Prag, alle 172 Männer, die älter als 15 Jahre waren. Alle. Ermordet aus Rache für ein Attentat auf den deutschen Reichsprotektor Heydrich. Die Frauen wurden ohne ihre Kinder ins Konzentrationslager Ravensbrück verschleppt, viele von ihnen dort ermordet. Die Kinder von Lidice wurden ins polnische Kulmhof gebracht. Die meisten wurden dort getötet, einige wenige germanisiert. Die Soldaten brannten das Dorf nieder, löschten es aus.

Ihre Behauptung, die Dorfbewohner hätten die Attentäter beherbergt, stellte sich später als falsch heraus.

An anderen Orten setzte die Gestapo Menschen auf Brückengeländer. Sie banden immer zwei Personen aneinander. Eine wurde erschossen, fiel runter in den Fluss und zog die andere mit. So sparte man Munition. Das Ausmaß dieser Verbrechen ist zu groß für Pavel, als dass er es verstehen könnte. Zu unvorstellbar. In diesen Augenblicken riss das Krokodil sein Maul auf und zeigte seine wahre Natur.

Pavel dachte, dass all diese Grausamkeiten seit dem 8. Mai beendet seien. Es ist doch Frieden! Die Kirchenglocken versprachen doch den Sieg über das Krokodil!

Allerspätestens am 9. Mai, dem Tag, an dem seine Heimatstadt von der Roten Armee befreit wurde, endeten die blutigen Kämpfe und auch der Aufstand in Prag. Eine neue Zeitrechnung begann. Er erwartete Ruhe und Entspannung. Und hoffte auf Aussöhnung, die vielleicht eines Tages möglich sein würde. Er wünschte sich den friedlichen Alltag zurück, die Rückkehr zur Normalität. Dieser notdürftige Operationssaal zeigt ihm das Gegenteil.

Pavel lernt viel an diesem Tag. Am meisten über den Tod. Ursprünglich wollte er Arzt werden, um Menschen zu heilen. Jetzt lernt er, wie sie sterben. Erwachsene bäumen sich auf und klammern sich fest. Kinder verabschieden sich still wie das Licht einer dünnen Kerze im Wind. Das ist, obwohl so leise und beiläufig, schwerer auszuhalten.

Pavel lernt noch etwas ganz anderes: In dieser Stätte des Grauens, meldet sich in einigen Winkeln das Leben zu Wort. Tausende Zeichnungen von Kindern zeugen nicht nur von Furcht, sondern von einer tiefen Sehnsucht nach Leben. Es gab sogar jüdische Insassen, die inmitten des Terrors neue Musikwerke komponierten. Die Menschen, die in Theresienstadt noch halbwegs auf ihren ausgezehrten Beinen stehen, haben nicht ohne Grund bis zum Tag der Befreiung überlebt. Die Nationalsozialisten raubten ihnen Kleidung, Ehre und Würde. Diese Menschen aber hielten durch. Sie sind die Sieger.

Jetzt muss er erkennen, dass diese Menschen keine Sieger sein dürfen. Sie haben die Deutschen, die sie zu Tausenden zusammenpferchten, ausgehalten und überstanden. Trotzdem ist ihr Todesurteil gefällt: Flecktyphus.

Diese Krankheit wird durch Läuse übertragen und tötet zuverlässiger als der Mensch. Hautausschlag, hohes Fieber, Hirnhautentzündung, Bewusstseinsstörung, Tod. Es gibt kein Medikament dagegen. Pavel steht dieser Epidemie wie alle Ärzte und Schwestern hilflos gegenüber. Es macht keinen Unterschied, ob ein erfahrener Professor oder ein blutjunger Medizinstudent an den nackten Holzpritschen steht und arbeitet. Der ausgemergelte Körper, der darauf liegt, wird nie wieder aufstehen.

Spät am Abend steigt er resigniert von der Ladefläche des Lastwagens. Er ist wieder in Prag. Ausruhen, ein paar Stunden schlafen. Morgen früh wieder arbeiten. In Theresienstadt. Pavel dämmert, dass er die Menschen, denen er wirklich helfen kann, an einer Hand wird abzählen können. Seine Knochen schmerzen, sein Kopf dröhnt. Er ist komplett erschöpft. Und schämt sich dafür. Er hat kein Recht zu stöhnen! Die Menschen, die er heute sah, lagen auf blankem Stein oder kaltem Holz. Er dagegen darf sich gleich auf eine weiche Matratze fallen lassen.

Pavel verabschiedet sich von den anderen. Auch von Věra. Flüchtig haucht er ihr einen Kuss auf die Wange. Eigentlich genießt er jede Sekunde mit ihr. Er kann sich nicht sattsehen an ihrer Schönheit, ihr Duft und ihre Stimme katapultieren ihn direkt ins Paradies. Es ist eine tiefe Liebe und eine verzehrende Sehnsucht nach ihrer Nähe. Wenn er nicht bei ihr sein kann, holt er sie in Gedanken an seine Seite. In seiner Fantasie ist sie immer da.

Heute aber ist kein Platz für Sinnlichkeit und Romantik.

Ein kurzer, zarter Kuss genügt. Pavel schleppte sich nach Hause. Zu seiner deutschen Mutter. Er spult seine Gedanken noch einmal zurück und korrigiert: zu seiner Mutter.

In der Wasserstraße steigt ihm der Geruch von verbranntem Fleisch in die Nase. Er schaudert. Eine Gänsehaut überzieht seinen Körper und Übelkeit steigt in ihm auf. An einigen Stellen sieht er schwarzbraune Flecken auf dem Asphalt. Was ist das? Er bleibt stehen. Ein vorbeieilender junger Mann stoppt und gesellt sich zu Pavel. Der Fremde ist erregt und erzählt: »Hier haben wir sie verbrannt, die elenden Verbrecher. An diese Laternen haben wir sie gebunden, mit Benzin übergossen und angezündet.« Pavels Welt bleibt stehen. Entgeistert blickt er in das Gesicht des jungen Tschechen, der sichtlich stolz von dieser Barbarei berichtet. In seinen Augen steht eine noch nicht gesättigte Blutgier. Pavel kann nicht antworten. »Freuen Sie sich denn nicht?«, will der junge Mann wissen. »Oder sind Sie auch einer von denen? Von den deutschen Bestien?« Pavel dreht sich um und geht.

Wer oder was ist das Krokodil? In Theresienstadt ist es deutsch. An der Laterne in der Prager Wasserstraße ist es tschechisch. »Lieber Führer mach uns frei, von der Tschechoslowakei.« Diesen Reim hatte jemand vor einem Jahr in schwarzen Lettern auf ein großes weißes Bettlaken geschrieben und an seine Hauswand gehängt. Mitten in Prag. Pavel sah es mit eigenen Augen. Sofort verdrängte er es in den Tiefen seines Unterbewusstseins. Jetzt kommt es wieder hoch. Heute steht die Welt Kopf. Jetzt töten die Tschechen die Deutschen. Er muss nach Hause.

Dort angekommen, wird dieser Gedanke zur traurigen Gewissheit. Tante Elsa hockt verweint im Wohnzimmer. Pavels Mutter sitzt neben ihr und tröstet. »Was ist passiert?«, will Pavel wissen. »Ich habe kein Zuhause mehr«, schluchzt Tante Elsa.

»Doch hast du«, beruhigt Pavels Mutter und deutet auf das Sofa, auf dem beide sitzen.

Pavel lässt sich ermattet auf den Teppich fallen. Tante Elsa erzählt stockend, dass Uniformierte ihre Wohnung durchsucht und ihr gedroht hätten, sie käme in ein Sammellager. Jetzt fühle sie sich verfolgt und glaube, dass sie verrückt werde vor Angst. »Sie haben mich einfach rausgeworfen«, wimmert sie. »Ich durfte nichts mitnehmen. Stattdessen haben sie gesagt, ich solle dankbar sein, dass ich nicht sofort in eines dieser Lager verfrachtet werde. Niemand hat mir geholfen!« Die Nachbarn und Freunde, die noch vor wenigen Tagen freundlich gegrüßt haben, hätten weggeschaut. Als gäbe es keine Elsa mehr.

Noch während sie bitterlich weint, klingelt es an der Tür. Pavel quält sich hoch und öffnet. »Poldi!« Er stößt einen Jubelschrei aus. »Das gibt es ja nicht! Wie schön dich zu sehen, komm rein!« Pavel hätte nie gedacht, dass er seinen gleichaltrigen Nachbarn jemals wiedersehen würde. Er wurde am Tag nach der Universitätsschließung und der Hinrichtung von neun Studenten verhaftet. Ohne Grund. Poldi war zwar Student der Karls-Universität, hatte sich aber an keiner Demonstration beteiligt. Pavel drückt ihn herzlich und schiebt ihn vor sich her in die Küche. Poldis Schulterknochen und Wirbel stehen hervor. Der graue

Pullover schlackert über dem dürren Körper. Auch die Hose hält sich nur dank eines Gürtels oberhalb des Beckens. Schon bei der Umarmung in der Tür hatte Pavel das Gefühl, dass er ein Knochengerüst umschließt. Ihm fällt auf, dass Poldi hinkt. »Möchtest du einen Kaffee?« Poldi nickt und Pavel setzt Wasser auf. »Poldi, ich habe mir solche Sorgen um dich gemacht. Was ist mit dir passiert?« Der junge Mann schaut bedrückt zu Boden. Pavel rückt einen weiteren Stuhl zu ihm und nimmt Platz.

Es dauert eine Weile, bis Poldi den Einstieg findet und erzählen kann. Er ist vor wenigen Tagen aus dem Konzentrationslager in Flossenbürg befreit worden. Zögerlich berichtet er von Schlägen, Hunger und Durst. Vom Gewaltmarsch im April. Ohne Schlaf. Wenn er aus Pfützen trank, wurde er mit harten Tritten weitergetrieben. Seinen Freund, der kurz ausruhen wollte, erschossen die Deutschen mit den Worten: »Jetzt hast du Ruhe.«

Plötzlich springt Poldi auf und schreit aus Leibeskräften: »Ich hasse die Deutschen! Ich hasse sie alle!«

Mit einem leisen Quietschen öffnet sich die Küchentür. Tante Elsa steht im Türrahmen. »Ja, schauen Sie nur!«, schreit Poldi. »Ich hasse sie!« Tante Elsa rinnen Tränen über die Wange. Pavel schweigt betroffen. Poldi kann sich nicht beruhigen. »Ich sage: Alle sterilisieren! Alle Deutschen! Die sind eine Gefahr für die Menschheit!« Pavel legt vorsichtig seine Hände auf Poldis knochige Schultern und schaut ihm in die Augen. Erleichtert stellt er fest, dass sie nicht so hasserfüllt sind, wie die des jungen Mannes in der Wasserstraße. Pavel sieht eine Mischung aus verzweifelten

Rachegelüsten und Resignation. Er wagt einen Vorstoß: »Poldi, meine Tante, die Frau, die da in der Tür steht, ist Deutsche. Genau wie meine Mutter.« Poldi weint. Tante Elsa weint. Beide lautlos. Eine unerträgliche Stille senkt sich über die Küche. Pavel weiß nicht, wie er sich verhalten soll. Dann flüstert Poldi: »Vernichten sollte man sie. Alle.«

Prag – 8. September 1946

Es ist Nachmittag. Pavel hockt über seinen medizinischen Fachbüchern. Er liest über das komplexe Nervensystem des Menschen und denkt an Věra. Sie verdreht ihm den Kopf, das ist Lernen unter erschwerten Bedingungen. Jetzt hat er den gleichen Absatz schon dreimal gelesen und die Nervenzellen in seinem Gehirn wollen den Inhalt nicht aufnehmen. Vielleicht sollte er sich lieber das Kapitel über das Hormonsystem vornehmen. Er könnte die öde Theorie mit der eigenen Gefühlswelt abgleichen. Die Ellbogen auf das geöffnete Fachbuch gestützt und das Kinn auf die Hände, schweift sein Blick in die Ferne. Er träumt mit offenen Augen. Sobald er das Studium beendet hat und sich die Zeiten beruhigen, wird er um Věras Hand anhalten. Ihre Familie hat ihn schon ins Herz geschlossen. Věras Eltern und auch ihr jüngerer Bruder geben ihm das Gefühl, willkommen zu sein. Für ihn ist Věra perfekt. Er liebt sie ohne Einschränkungen. Nichts, was anders sein sollte. Auch wenn sie immer wieder leugnet, dass sie vor der Pathologie einen Kirschkuchen gegessen hat. Er fand es anmutig und unerschrocken, ihr ist es offensichtlich heute peinlich. Manchmal ist sie etwas ängstlich, aber das stört ihn nicht. Damit gibt sie ihm die Chance zu beweisen, dass er für sie da ist und dass er alles für sie tun würde. Sie ist die schönste Frau, die er je gesehen hat. Vollkommen. Gemeinsam mit ihr durchs Leben schreiten, dieser Sehnsucht will er folgen. Jeden Morgen neben ihr aufwachen, abends mit ihr einschlafen. Zusammen sein, für immer. Nicht mehr warten müssen, bis sich die Gelegenheit bietet, ein paar Stunden mit ihr zu verbringen und nicht mehr um Erlaubnis zum Ausgehen fragen. Unendliche Zweisamkeit. Das ist alles, woran er denken kann. Wenn er sie endlich in seine Arme schließen, sie berühren und mit allen Sinnen spüren kann, ist seine Welt in Ordnung.

Pavel wäre jetzt lieber bei Věra. Aber seine Eltern sind unterwegs und er soll bei Tante Elsa bleiben, die immer noch bei ihnen in der Wohnung lebt. Als er ein kleiner Junge war, passte sie gelegentlich auf ihn auf, heute sind die Rollen vertauscht. So ändern sich die Zeiten. War die deutsche Verwandtschaft während der Besatzung durch die Nationalsozialisten ein Schutz, ist sie nun eine Gefahr. Mit jedem Tag, den die Tante bei ihnen wohnt, steigt die Angst.

Es klingelt. Pavel wird aus seiner Illusion einer festlichen Hochzeit mit Věra gerissen. Regungslos wartet er einen Moment ab. Die Klingel ertönt ein zweites Mal.

Jetzt bollert jemand an die Tür.

Er seufzt, erhebt sich und schleicht in den Flur. Mit einem flauen Gefühl in der Magengegend drückt er die Klinke herunter und öffnet die Wohnungstür. Er erschrickt. Zwei sowjetische Soldaten stehen ihm gegenüber. Sie sprechen erstaunlich gutes Tschechisch. Keine Umgangssprache, sondern sehr gewählt: »Wir möchten Ihrem Nachbarn eine Mitteilung überbringen. Es ist aber niemand in der Wohnung. Können Sie uns bitte behilflich sein?« Pavel stutzt. Ein derart höfliches Verhalten hatte er nicht erwartet. Er ist unsicher, ob diese Sowjets eine Gefahr darstellen könnten. Soweit er weiß, sind es die Tschechen, die Deutsche wie seine Tante Elsa in Sammellager stecken. »Bitte«, antwortet er hilfsbereit und bedeutet ihnen formvollendet, dass sie eintreten sollen.

Die Bescheidenheit der russischen Besucher ist bemerkenswert. Einer arbeitet in seiner Heimat als Geschichtslehrer, der andere ist Maschineningenieur. Beide kommen aus der Nähe von Moskau. »Was machen Sie gerne in Ihrer Freizeit?«, fragt Pavel interessiert. Die Männer werden schlagartig wortkarg. Die Unterhaltung droht zu zerbrechen, sie machen unmissverständlich klar, dass sie darauf nicht antworten werden. Pavel reagiert verdutzt. Er hatte doch nicht nach einem Staatsgeheimnis gefragt! »Entschuldigen Sie bitte«, setzt er das Gespräch fort, »ich bewundere den Erfolg der sowjetischen Armee. Sie hat tausende von Kilometern überwunden. Gegen den erbitterten Widerstand der deutschen Wehrmacht. Wie haben Sie den Weg bis zu unserer Befreiung empfunden?« Hierüber sprechen die beiden Soldaten gerne und ausführlich. Pavel ist erleichtert. Die Russen machen keine Anstalten zu gehen. »Wir reisen erst morgen Nachmittag weiter. Dürfen wir bleiben?« Pavel nickt. Bestimmt würden seine Eltern keine Einwände haben. Tante Elsa hat sich inzwischen zu ihnen gesetzt. Zurückhaltend verfolgt sie die Unterhaltung, reicht Essen und russischen Tee. Woher dieser Tee seinen Namen hat, weiß niemand. Er heißt einfach so, wenngleich sich keine logische Erklärung dafür finden lässt.

So vergeht der Tag und die Abendstunden brechen an.

Durch die Gespräche werden die Soldaten immer vertrauter. Vor allem der Jüngere der beiden, der Maschineningenieur, ist Pavel sympathisch.

»Der Blick ist herrlich«, sagt dieser, als er mit Pavel alleine auf dem Balkon steht. Unweit der Wohnung fließt die Moldau. Der Hradschin auf der rechten Seite liegt im Dunkeln. Ein Kanonenschlag hat die Beleuchtung beschädigt. Die beiden schweigen eine Weile. Plötzlich leuchtet auf der anderen Seite der Moldau aus der Richtung, in der die Tatra-Werke liegen, ein großer, roter fünfzackiger Stern auf. Pavel reckt sich, um auszumachen, woher dieses neue helle Zeichen kommt. Ja, es sind die Tatra-Werke, die großen Fabriken für Automobile und Lastwagen, benannt nach dem höchsten Gebirge des Landes.

Die Prager Burg verdunkelt, die Tatra-Werke durch einen roten Stern erstrahlt. An diesen Anblick muss Pavel sich erst gewöhnen. »Lasst euch nicht blenden von den neuen Machthabern«, flüstert der Sowjet auf einmal. »Gebt Acht, sehr viel Acht. Und du, junger Mann, musst lernen, dass es gefährlich ist, Kritisches laut und offen zu sagen. Unser Generalissimus ist ein schlauer Fuchs und ein schrecklicher Herr.« Pavel kann kaum folgen. Dass der russische Soldat sehr gebildet ist, hat Pavel schon am Nachmittag gemerkt. Er spricht verschiedene Sprachen, zitiert Dostojewskij, Goethe, Dumas, Camus und spricht häufig in Metaphern. Hochkonzentriert hängt Pavel an den leisen Lippen des Russen. Dieser macht eine bedeutungsschwere Pause. Er wendet seinen Blick dem roten Stern der Tatra-Werke zu und unterstreicht leise, aber mit mahnendem

Unterton: »Die Sowjetunion ist ein riesiger Bär und seine Umarmung kann tödlich sein.«

Am nächsten Morgen machen Pavel und der russische Maschinenbauer in seiner akkuraten Soldatenuniform einen Spaziergang über die Karlsbrücke. Sein Begleiter, der etwas ältere Geschichtslehrer, promeniert in größerem Abstand hinter ihnen her. »Hier in Prag«, überlegt der Soldat an Pavels Seite, »ist alles anders als bei uns. Sieh nur: Jede barocke Statue ist einzigartig. Sie unterscheiden sich voneinander, aber alle passen harmonisch zusammen und zu dieser Stadt.« Pavel hört gespannt zu. »Es ist wirklich schön bei euch. Bei uns in Russland ist es auch schön. Anders schön. Wir freuen uns des Lebens in ganz engen Grenzen. Ihr Westler wollt so unendlich viel und seid unzufrieden, wenn ihr nicht alles Erträumte erhaltet.« Pavel staunt. So anspruchsvoll sieht er weder sich noch seine Mitmenschen. Der Soldat erklärt: »Mein Vater war Künstler. Das Malen von Ikonen wurde in Russland unter den Zaren den strengen Regeln der Kirche unterworfen. Diese Regeln bestimmten, wie die Heiligen auszusehen hatten und mit welchen Zeichen sie auszustatten waren. Nur minimale Details oblagen der künstlerischen Freiheit. Nur auf diesem schmalen Grat konnte ein Künstler seine Begabung, seine Fantasie und seinen Genius entfalten.« Pavel beginnt zu verstehen. Der Mann fährt fort: »Die Zeit der Ikonenmalerei ist vorüber, die Partei hat die Werkstatt meines Vaters geschlossen und ihn nach Sibirien verbannt. Die Freiheit unseres Lebens existiert in sehr engen Grenzen.«

Sie flanieren ein Stück weiter. An jeder Statue verharrt der Russe und betrachtet sie eingehend. Besonders die Heiligengruppe von Barbara, Margarethe und Elisabeth auf der Südseite stromabwärts scheint ihn zu faszinieren. Er bleibt lange davor stehen und lässt seinen Blick über die gesamte Brücke schweifen. »Ich frage mich, ob diese Mannigfaltigkeit der Ausdrucksweise bleiben wird. In der Umarmung mit dem russischen Bären kann ich es mir nicht vorstellen. Was ich hier sehe, ist eine westliche Kultur und ein slawisches Volk. Mir scheint, dass dieses Volk noch lernen muss, was wir Sowjetmenschen seit Generationen verinnerlicht haben: Wir wissen, was wir dürfen und was nicht.« Pavel merkt, wie er innerlich unruhig wird. Es gefällt ihm nicht, was der Russe sagt. Gleichzeitig spürt er, dass er jetzt genau zuhören muss. Was dieser Mann ihn lehrt, könnte sich einmal als wichtig erweisen.

Der Soldat dreht sich zu ihm und sagt leise, aber sehr eindringlich: »Wehe euch, wenn unsere Partei zu euch kommt. Ich sehe schon meine hohen Genossen. Sie werden zuerst die einzelnen Figuren beanstanden und als Diener und als Verherrlicher alter Zeiten diffamieren. Anschließend werden sie Veränderungen an diesen Heiligen fordern. Jetzt ist jede Figur einzigartig. Jede trägt eine andere Kleidung, hat ihre eigene Verzierung und einen unverwechselbaren Gesichtsausdruck. Nach russischer Manier werden sie immer einfacher und einheitlicher, bis sie eines Tages von der Brücke verschwinden.« Pavel erschrickt. Es wird doch hoffentlich kein Russe auf die Idee kommen, die Heiligen von der Karlsbrücke zu entfernen! Nein, das kann nicht sein.

Der Soldat hält Ausschau nach seinem Gefährten. Der Geschichtslehrer nähert sich langsam. Zeit, das Gespräch in eine andere Richtung zu lenken. Pavel weiß, dass der Maschinenbauer nur offen spricht, wenn sein Landsmann außer Hörweite ist. Jetzt schreitet er unaufhaltsam auf die beiden zu. »Ich sage dir«, flüstert der Russe noch schnell, »es werden neue Heilige kommen. Inspiriert von Marx, Engels und Lenin. Sie werden sich irgendwo über der Burg in fantastischer Größe erheben. Unumstößlich in Granit.« Dann wechselt er abrupt das Thema und plaudert über Belangloses.

Prag – 2. Dezember 1952

Věra weint. Seit drei Jahren sind sie verheiratet. Am 27. August 1949 war Pavel am Ziel seiner Träume angelangt. Den Moment, in dem er mit ihr aus dem Tor des Standesamtes am Altstädter Rathaus trat, wird er nie vergessen. Direkt neben der Astronomischen Uhr standen sie als Paar und genossen den Applaus von Familie und Freunden. Věra trug ein feines Kostüm mit elegantem Hut. Wie ein umjubelter Filmstar. Heute sieht sie aus wie ein Häufchen Elend.

So aufgelöst und ohne Hoffnung hat er sie noch nie erlebt. Sie hockt zusammengesunken auf dem Boden und vergräbt ihr Gesicht in den Händen. Vor ihr liegen offizielle Dokumente verstreut auf dem Boden. Eine Bescheinigung beweist, dass sie das Physikum an der medizinischen Fakultät mit der Note eins abgeschlossen hat. Eine andere attestiert die Zulassung zu einem weiteren Semester und eine nächste wurde vom Leiter einer Kühlschrankfabrik ausgestellt. Sie belegt, dass der Produktionsbetrieb ohne Věra in Bedrängnis käme und sie wertvolle Arbeit für die sozialistische Gemeinschaft leistet.

Pavel ist wütend und sie schluchzt: »Was die Partei sagt, ist immer richtig. Wenn sie heute sagt, dass das, was sie gestern für gut hielt, heute nicht mehr gut sei, hat sie auch Recht. Dagegen kannst du nichts machen!« Oh doch, denkt er, dagegen kann ich was machen. So geht es nicht. Am liebsten würde er explodieren. So eine Ungerechtigkeit! Věra darf das Medizinstudium nicht beenden. Irgendein Vorsitzender irgendeiner Kommission sagte ihr: »Genossin, dein Vater hat, wie uns mitgeteilt wurde, ein Glasergeschäft. Wir wissen, dass er jetzt alleine arbeitet. Früher aber hat er wohl Arbeiter beschäftigt, sie also ausgebeutet. Du hast eine schlechte Herkunft, daran kannst du nichts ändern.« Ihren Einwand, dass sie nichts für ihre Eltern könne, schmetterte er mit dem Argument ab: »Und ich kann nichts für die Instruktionen.« Sie solle gefälligst weiterhin einer manuellen Arbeit nachkommen und sich beim Aufbau des Sozialismus bewähren.

Pavel weiß, dass sie ein paar Semester verloren hat. Zum einen hinderte sie die Arbeit in der Fabrik, zum anderen gehört seine geliebte Frau zu den Menschen, die er als unverbesserliche Perfektionisten bezeichnet. Sie erliegt der permanenten Überzeugung, dass ihr Wissen niemals ausreicht. Hat sie alles gelernt, wird sie unsicher, ob sie wirklich jede Kleinigkeit weiß und paukt zur Sicherheit noch einmal. Und noch einmal. Die Prüfungen, die sie mit Bestnoten absolvierte, trat sie nur an, weil er sie nachdrücklich ins Examenszimmer bugsiert hat. Erstaunlich eigentlich, dass sie freiwillig und ohne zu zögern mit ihm vor den Standesbeamten trat.

»Ich werde zum Schulministerium gehen und Berufung einlegen«, entscheidet Pavel. Věra wehrt sich nicht gegen seinen Entschluss. Sie rafft sich in Zeitlupe auf, schlurft über die Dokumente hin zum Regal. Sie nimmt eine kleine Rehstatue in den Arm und streichelt sie. Dieses Bambi aus hellbraunem Steingut hat sie sich von ihrem spärlichen

Arbeitergehalt gekauft. Sie liebt es. Pavel weiß noch, wie lange sie überlegt hat, bis sie es endlich kaufte. Die Statue ist ihr sehr wichtig, denn sie stellt für Věra eine Belohnung für ihre Arbeit in der Fabrik dar. Wenigstens dafür war diese Arbeit gut. Das Bambi passt zu ihr. Zerbrechlich und scheu, auch wenn sie äußerlich wirkt, als könne sie nichts so leicht erschüttern. Resigniert zieht sie sich mit dem Reh in eine Ecke zurück und versinkt in ihre eigene Welt.

Pavel hat die Größe des Schulministeriums unterschätzt. Seit einer halben Stunde wandert er durch die Flure, lässt sich von einem Zimmer ins nächste verweisen. Schließlich landet er vor einem alten grauhaarigen Herrn. Er ist ein hoher Beamter, mit dem Rang eines Sektionschefs. Der Mann trägt eine Krawatte. Pavel stutzt. Die meisten Tschechoslowaken legen großen Wert auf ein proletarisches Aussehen. Auch die Hochrangigen. Hemden werden offen getragen, Hosen möglichst ungebügelt. Fransen und Löcher sind kein Makel, sondern Ausdruck der Nähe der herrschenden Klasse zum Volk. Dieses Bestreben wird durch die ständig sinkende Qualität der Stoffe erleichtert. In den Werksküchen essen die Genossen mit Löffeln. Messer und Gabel gehören ins Reich der Bourgeoisie, wurden daher verbannt. Pavel scheitert fast täglich in der Kantine an dem zähen Schweinefleisch, das sich mit einem Löffel nicht zerteilen lässt. Der Mann, dem er jetzt gegenübersteht, isst vermutlich mit Messer und Gabel. Pavel kann sich jedenfalls nichts anderes vorstellen bei jemandem, der in diesen Tagen eine Krawatte trägt.

»Ehre der Arbeit, Genosse«, eröffnet Pavel das Gespräch und legt die Unterlagen seiner Ehefrau auf den Tisch. Der Mann hört ihm geduldig zu. Pavel redet sich in Rage. Der Mann bleibt gelassen und unterbricht ihn nicht. Pavel wähnt sich auf einem guten Weg. Es muss doch möglich sein, dass Věra die letzten beiden Semester abschließen darf!

»Genosse Vodák«, spricht der Mann in besänftigendem Tonfall. »Die Entscheidung der Kommission ist endgültig. Es gibt keine Möglichkeit der Berufung. Der einzige Weg zurück an die Hochschule führt über Verdienste für die Partei oder harte Arbeit für den Sozialismus.« Pavel weiß, dass er ruhig und sachlich bleiben muss. Aber das Temperament geht mit ihm durch. »Damit gebe ich mich nicht zufrieden! Das ganze Leben eines jungen Menschen hängt davon ab!«

Der Mann holt tief Luft und beugt sich vor: »Nein, das Leben ihrer Frau hängt nicht von diesem Beschluss ab.« Pavel kocht vor Wut. Plötzlich fühlt er sich wie ein rebellischer Jugendlicher, der noch nicht gelernt hat, seine Frustration zu kontrollieren. Er zischt: »Das ist nicht wahr, Genosse! Unseren eigenen Politikern wie Slánský wird gerade der Prozess gemacht. Wenn ich richtig informiert bin, wird morgen ihr Todesurteil vollstreckt. Unschuldige Menschenleben enden am Galgen. Sie wollen mir doch nicht allen Ernstes erzählen, dass unsere Leute wie zum Beispiel der Außenminister ein staatsfeindliches Verschwörungszentrum bilden! Sie arbeiteten für unser Land! Sagen Sie mir nie wieder, dass ein Leben nicht von Beschlüssen abhängt! Ich werde beim Minister vorsprechen!«

»Schluss jetzt!« Der alte Mann schlägt mit beiden Händen auf die Tischplatte. Es knallt wie aus einer Pistole. Danach ist Stille. Pavels Welt dreht sich. Was hat er da gesagt? Panik steigt auf. Sein Mund ist staubtrocken, sein Hals schnürt sich zu. Er richtet sich bewusst gerade auf, wagt kaum zu atmen. Noch ein falsches Wort und er ist erledigt. Nur keine Regung zeigen.

Der Mann steht hinter seinem Schreibtisch. Seine Handflächen kleben immer noch auf der Tischplatte und die Krawatte baumelt zwischen seinen Armen. Er lässt sich ganz langsam zurück auf seinen Stuhl sinken. »Genosse Vodák«, er spricht leise und betont jedes einzelne Wort, »ich verrate Ihnen jetzt etwas: Sie zwingen mich, einen Vermerk an die Kaderabteilung zu formulieren. Die reicht sie an die Polizei weiter und die wiederum wird sich keine große Arbeit mit Ihnen machen. Die sperren Sie ein. Vielleicht auch Ihre Frau. So einfach. Dieses Vorgehen ist notwendig, denn ...«

Die Tür zum Zimmer öffnet sich und jemand tritt ein. Pavel traut sich nicht nachzuschauen, wer es ist. Er wünscht, er sei unsichtbar. Regungslos verfolgt er aus den Augenwinkeln, wie eine Sekretärin einen Stapel Akten auf den Schreibtisch legt. Der Mann bedankt sich, schickt sie wieder raus und wendet sich erneut Pavel zu. Er verengt seine Augen zu schmalen Schlitzen und flüstert: »Genosse. Ich rate Ihnen nur eines: Gehen Sie. Ganz schnell. Und lassen Sie sich nie wieder blicken. Halten Sie sich vom Minister fern. Das ist meine allerletzte Warnung. Sonst verstreuen Mitarbeiter der Staatssicherheit eines

Tages Ihre Asche über einem namenlosen Feld vor den Toren Prags.«

Pavel verstummt endgültig. Mit zitternden Händen sammelt er die Dokumente zusammen, die noch auf dem Schreibtisch liegen. Was hat dieser Mann gesagt? Es klang nach einem allerletzten Warnschuss. Er klemmt Věras Papiere unter den Arm und stolpert, ohne sich zu verabschieden, aus dem Zimmer.

Angst ist ein ungeheuer mächtiges Werkzeug. Im Flur läuft er zunächst in die falsche Richtung. Verdammt, hier muss doch irgendwo der Ausgang sein! Er dreht um. Findet das Treppenhaus und rennt die Stufen herunter. Was hatte er getan um Himmels willen? Welcher Teufel hat ihn geritten? Die Angst schnürt ihm die Kehle zu. Eines Tages könnte ihm diese Unbeherrschtheit zum Verhängnis werden. Aber danach fragt die Liebe nicht.

War dieser Mann jetzt Freund oder Feind? Er weiß es nicht.

Prag – 5. November 1962

Heute ist ein guter Tag. Pavel kann sich das Schmunzeln nicht verkneifen. Seine vierjährige Tochter Pavli hüpft neben ihm her. Das Mädchen versprüht pure Lebensfreude. Sie springt vor, zurück, zur Seite und wieder vor. Sie löst sich von ihm, nimmt Anlauf, schlägt ein Rad und strahlt ihn an. Sie ist sein größtes Glück. »Das hast du gut gemacht!«, lobt er und sie hopst wieder auf ihn zu, umschließt seine Hand.

Er spaziert rechts der Moldau entlang und schaut permanent nach links oben auf den Hügel des Ortsteils Letná. Das gigantische Stalindenkmal wird mit einem ebenso riesigen Holzverschlag vor den Augen der Schaulustigen geschützt. Alles ist großräumig abgesperrt, aber die Detonationen auf der anderen Flussseite sind nicht zu überhören. Stalin wird gesprengt. Befehl aus Moskau. Chruschtschow forciert ein politisches Tauwetter.

Pavels Gedanken zaubern ein Lächeln auf sein Gesicht. Der moskautreue Regierungschef Antonín Novotný legt größten Wert darauf, dass Stalin respektvoll abgebaut wird. Pavel kichert in sich hinein. Schon im Oktober dröhnten die Presslufthammer und eine gewaltige Detonation erschütterte die Stadt. Stück für Stück donnerten Arbeiter mit schwerem Gerät gegen den Granit und köpften den Diktator. Sehr würdevoll! Die Prager entfernen Stalin mit der gleichen Feinfühligkeit, mit der er einst sein Volk regierte. Die Ironie schlägt Kapriolen in Pavels Kopf. Du erntest, was du säst. Steht schon in der Bibel. Gut sieben Jahre lang thronte Josef Wissarionowitsch Dschughaschwili, wie er mit bürgerlichem Namen hieß, in Granit gemeißelt über Prag. Den Sockel eingerechnet, war das Denkmal mehr als dreißig Meter hoch. Hinter dem monströsen Stein-Stalin, dessen Schuh alleine zwei Meter maß, marschierten zwei Reihen weiterer Figuren. Sie stellten das Volk der Tschechoslowakei und der Sowjetunion dar: Arbeiter, Bäuerin, Erfinder, Soldat, Kolchosarbeiterin, Wissenschaftler und Rotarmist.

»Was machen die da?«, fragt Pavli. »Die bauen die Warteschlange beim Metzger ab«, grinst Pavel und die Kleine schaut ihn mit ihren großen blauen Augen an. »Ach Pavli, da standen doch immer so riesige Figuren.« Das Kind nickt. »Und du kennst die Warteschlangen, in die die Großmutter sich immer einreiht, um etwas für uns zu essen zu kaufen.« Jetzt versteht sie ihn. »So eine Warteschlange finden die Leute nicht gut. Deswegen wird sie abgebaut.« Damit gibt sich die Vierjährige zufrieden. Sie hüpft wieder einige Meter vor. Diesmal auf einem Bein. Das wäre doch eine Vorlage für den Künstler Otakar Švec gewesen, denkt er. Springende Russen und Tschechoslowaken hinter Stalin. Er lacht in sich hinein.

»Papa, der Mann dahinten macht Fotos.« Pavel zuckt zusammen. »Wo?« Der kleine Finger des Mädchens deutet auf eine Nische in der Kaimauer. »Da war er grad eben noch!«, beharrt Pavli. Jetzt wird er neugierig. Jegliche Dokumentation der Sprengung ist strengstens verboten. Bei Zuwiderhandlungen drohen hohe Strafen. Pavel geht in die Richtung, auf die seine Tochter zeigte und lugt um die Ecke. Ein fremder Mann mit rauschendem Schnurrbart und dichtem Haar presst sich gegen die Wand. Es ist das einzige Versteck in der Mauer, kurz hinter dem Pfeiler der ech-Brücke. Gerade groß genug für eine Person.

»Keine Angst«, sagt Pavel sanft, »ich tue Ihnen nichts.« Der Mann ist misstrauisch. Er verbirgt etwas hinter seinem Rücken. »Ich werde Sie nicht verraten.«

»Es gibt auch nichts zu verraten«, blafft er. »Gehen Sie einfach weiter und lassen Sie mich in Ruhe.« Sein großer Bart vibriert beim Sprechen, er blickt ungehalten zu Boden. Das Haar trägt er ziemlich lang. Wie ein Künstler. Pavel seufzt. Er schaut sich um. Außer ihm, Pavli und dem Fremden ist keine Menschenseele weit und breit zu sehen. »Schade«, sagt Pavel, »ich hätte mich gerne mit Ihnen unterhalten. Ich schätze mutige Menschen.« Er macht auf dem Absatz kehrt, steckt demonstrativ seine Hände in die Taschen und flaniert langsam weiter. »Warten Sie«, ruft der Mann hinter ihm her und wagt sich aus der Nische hervor.

»Wie meinten Sie das eben? Worüber möchten Sie mit mir sprechen?«, will der Mann wissen. Seine stahlgrauen Augen blicken jetzt nicht mehr skeptisch, sondern funkeln interessiert. Pavel lächelt ihn an. Dann sagt er nachdenklich: »Diese erste Explosion hat mich fasziniert. Ich wünschte, jemand hätte Fotos.« Der Fremde mustert ihn aufmerksam und kneift ein Auge zu, als wolle er Pavels Aufrichtigkeit prüfen. Er wartet ab. Pavel holt tief Luft und fährt fort: »Zunächst war ich erleichtert, etwas später fand ich es gespenstisch. In der Staubwolke erhoben sich die Reste der Statue. Eine gesprengte Hoffnung.« Der Mann legt den Kopf schief, antwortet immer noch nicht. Er hört nur zu. »Wissen Sie«, fährt Pavel fort, »für mich persönlich ist dieses Denkmal eine unheilvolle Prophezeiung. Dass es nun fällt, werte ich als gutes Zeichen für die Zukunft unseres Landes.« Der Mann streicht sich die langen Haare aus der Stirn und bläst einen Atemstoß durch seinen Oberlippenbart. Er versteckt seine Kamera nicht mehr, sondern trägt sie lässig in der linken Hand. Pavel erzählt von dem russischen Soldaten, der ihn schon 1946 vor anderen Heiligen warnte, die in Granit gemeißelt die Größe des Hradschin überragen und die Stadt bewachen. »So groß war Stalin gar nicht«, bemerkt der Fremde und kratzt sich amüsiert den Schnurrbart. Jetzt hat er Mut gefasst und redet: »Wir haben ihn größer gemacht, damit ihn das folgende Volk nicht überragt.«

»Wir?«, hakt Pavel nach. Der Mann nickt. »Ich war einer der Bildhauer, die für Otakar Švec bei der Errichtung helfen durften. Mein Name ist Josef Klimeš.«

»Freut mich sehr. Ich bin Pavel Vodák.«

Klimeš ist ein mitreißender Erzähler. Sogar Pavli, die aufgrund ihres jungen Alters bei Weitem nicht alles versteht, lauscht gespannt. »Alleine der obere Uniformknopf des Diktators hat einen Durchmesser von 60 Zentimetern.« Gigantisch. Der Bildhauer erwähnt mit keinem einzigen Satz, wie er über die Sprengung des Denkmals denkt. Er liefert Daten und Fakten, schildert die Bauzeit und spricht über seine Erinnerungen. Er trauert um Švec, der sich schon vor der Eröffnung dieses monumentalen

Werkes das Leben nahm, weil sich seine Freunde von ihm abgewandt hatten. »Ein großer Künstler«, lobt Klimeš. Wehmut schwingt mit. Über die Zerstörung von Kunst. Aber auch Eigenwilligkeit. Gegen das Film- und Fotografierverbot.

Wumm! Die Erde bebt unter einer schweren Detonation und eine gewaltige Staubwolke schießt in den grauen Novemberhimmel. Pavel erschrickt und zieht reflexartig den Kopf ein. Pavli quiekt. Sie hält sich die Ohren zu. Ein paar Gesteinsbrocken klatschen in die Moldau und knallen auf die glitschigen Holzbohlen der Čech-Brücke. Es stinkt nach Dynamit und Rauch. Pavel schmeckt den trockenen Staub auf der Zunge. Und staunt über seinen Gesprächspartner. Dieser steht in stoischer Ruhe am Kai und fotografiert.

Heute trotzt kein Kommunist aus Stein und Eisen der Sprengkraft. Als sich die Staubwolke verzieht, ragen nur noch erbärmliche Fragmente vom Sockel empor »Das Podest wird bleiben«, erklärt der Bildhauer. »Die Architekten haben vor einer Erosion des Letná-Hangs gewarnt.« Pavel triumphiert innerlich. Er hofft, dass in den Ruinen ein Lichtblick keimt. Er schnappt sich seine kleine Tochter und wendet sich zum Gehen. Als er sich vom Fotografen verabschiedet, scherzt er: »Das Westufer der Moldau war all die Jahre sowieso der falsche Platz für einen Herrscher, der von Osten her einfiel.«

Karlsbad – 15. April 1965

»Wir sollten uns in die Halle setzen. Hier am Bahnsteig ist es zu kalt.« Nicolas Fodor hat Recht. Würde er noch länger hier mit Pavel im frischen Wind auf den Zug warten, wäre beiden eine dicke Erkältung sicher. Sie sind in Karlsbad, um sich zu erholen und neue Kraft zu tanken. Nicht, um krank zu werden.

Krank war Pavel in den letzten Monaten mehr als genug. Er konnte sein Leben nicht mehr verdauen. Der gesamte Bauchraum zeigte ihm die rote Karte. Die Därme rebellierten, der Magen war übersäuert, Steine verstopften die Gallengänge und zu allem Übel entzündete sich die Bauchspeicheldrüse. Der Mediziner landete selbst im Krankenbett und auf dem Operationstisch. Es gab Tage, an denen wünschte er sich, dass alles vorbei wäre. Nur noch Ruhe. Keine Schmerzen mehr.

Vollkommen entkräftet hatte er im sterilen Bett des Krankenhauses gelegen und vor sich hingedämmert. Weder Ärzte noch Schwestern erklärten ihm den Ernst der Lage. Er war ihnen dafür dankbar. Denn er wusste selbst, wie es um ihn stand und wollte keine Prognose aus fremden Mündern hören. Věra kam jeden Tag, blieb an seinem Bett und streichelte seine Hand. Das waren die Momente, in denen er wusste, wofür es sich lohnte, wieder gesund zu werden. Besonders, wenn sie von Pavli erzählte. An einem Tag, als es ihm besonders schlecht ging, brachte sie ihre Tochter mit in die Klinik, obwohl das eigentlich verboten war. So sehr Pavel sich über diesen Besuch gefreut hat, er flößte ihm auch große Angst ein. Wenn das Krankenhaus sogar ein Kind auf der Station duldet, muss sein Zustand wirklich schlimm sein.

Heute werden Věra und Pavli ihn wieder besuchen. Aber dieses Mal macht ihm das keine Angst. Er freut sich auf die willkommene Abwechslung während der Kur. Es ist Gründonnerstag, über die Osterfeiertage stehen sowieso keine Anwendungen auf seinem Therapieplan. Nicolas Fodor, mit dem er sich während der Kur angefreundet hat, begleitet ihn. Pavel hat ihm schon viel von seiner Familie berichtet. Fodor hört gerne zu und ist ein lebhafter Erzähler.

»Diese Bänke sind ziemlich unbequem«, klagt er. Stimmt. Pavel lehnt sich an das alte Holz. Der Mülleimer neben ihm stinkt. Ansonsten macht der Bahnhof einen sauberen Eindruck. Die im Schachbrettmuster verlegten Kacheln sind frisch gewischt und die blassgelben Fliesen an der Wand glänzen. Die Halle ist menschenleer. Niemand, der am Schalter nach Fahrkarten fragt. Dabei wartet hinter jeder der drei Glasscheiben ein mürrischer Bahnangestellter.

Klack. Wieder wippt der schwarze Zeiger der großen Bahnhofsuhr zwischen den beiden dunkelbraunen Ausgangstüren eine Minute weiter. Wenn die Zeiten auf der Ankunftstafel darüber stimmen, müsste der Zug aus Prag in zwölf Minuten ankommen. Die beiden Männer plaudern ein wenig. »Was ist mit Ihrer Familie? Sie haben mir noch nie von ihr erzählt«, fragt Pavel. Nicolas Fodor schüttelt nur wortlos den Kopf und Pavel spürt, dass sein Bekannter nicht darüber sprechen möchte. Der Mann ist einige Jahre älter als Pavel und arbeitet als Arzt im östlichsten Zipfel der Tschechoslowakei. Seine schmalen, langen Hände erinnern an die eines Klavierspielers. Wenn er sich mit ihnen durch die grauen Haare fährt, sieht er eher wie ein Künstler aus. Im Land des Sozialismus wirkt er wie ein Schmetterling am Nordpol. Er hat seinen eigenen Stil. Elegant, immer mit Hemd und exakt gebundener Krawatte, manchmal sogar mit Fliege. »Wenn ich Sie betrachte«, neckt Pavel, »sehe ich einen englischen Beamten, der viele Jahre in Indien lebte.« Fodor lacht. »Ich habe weder englischen noch indischen Boden je betreten.« Vor dem Krieg hat er als Chefarzt der Chirurgie gearbeitet. Er war viel in Polen und Ungarn gewesen. Nie im Westen.

»Der Zug ist da!« Pavel springt auf. Sofort verspürt er einen stechenden Schmerz. Reflexartig drückt er seine Hände auf die Bauchdecke. Verdammt, das muss doch endlich besser werden. »Niemand, der durch die Welt springen kann, bekommt eine Kur verordnet. Vergessen Sie das nicht«, mahnt sein Kollege. »Ja«, stöhnt Pavel, »ich mache jetzt langsam.« Er drückt seinen Körper mit verzerrtem Gesicht gegen die Bahnhofstür. Sie lässt sich leicht öffnen. Der Bahnsteig füllt sich mit Menschen. Einige steigen aus, andere ein. Pavel reckt seinen Hals und sucht. Da! Věra hat Pavli an der Hand, sie haben ihn offenbar schon entdeckt. Sofort nimmt er die Hände vom Bauch, strafft sich und winkt ihnen zu. Bloß nicht zeigen, dass sein Körper noch immer jede falsche Bewegung mit quälenden Stichen quittiert. »Papa!« Pavli lässt die Hand ihrer Mutter los und stürmt auf ihn zu. Er schließt sie in seine Arme und drückt sie an sich. Gerade so fest, wie es seine Operationsnarbe erlaubt. Danach umarmt er seine Frau und haucht ihr einen Kuss auf die Lippen. Wie schön, dass die beiden hier sind. »Kommt, ich möchte euch jemanden vorstellen.«

Fodor war ihm auf den Bahnsteig gefolgt. In gebührendem Abstand wartete er, bis die Familie bereit war, einen Fremden zu begrüßen. »Das ist meine Frau Věra«, stellt Pavel vor, »und das ist Pavli. Sie wird bald sieben Jahre alt.« Das Mädchen reicht dem älteren Mann höflich seine kleine Hand.

In dem Moment verstummt Nicolas Fodor. Mechanisch greift er nach der Kinderhand, starrt die Kleine an. Er wirkt wie betäubt. Pavel beobachtet, wie seine Tochter vor dem Anblick des Mannes zurückschreckt. Sie lässt ihre Hand folgsam in seiner und bewegt sich nicht. Pavel glaubt, dass sie den Atem anhält. Er ist selbst komplett überrascht vom Verhalten seines Bekannten.

Fodors Augen füllen sich mit Tränen. Er zieht seine Hand zurück, fasst sich an den Hals, lockert seine Krawatte und öffnet den obersten Knopf seines Hemdes. »Entschuldigen Sie«, stammelt er, dreht sich um und eilt davon. Erst am Ende des Bahnsteigs verlangsamt er seine Schritte. Er sieht kraftlos aus und hebt kaum seine Füße. Den Kopf gesenkt, verlässt er den Bahnhof.

»Papa, warum hat der Mann angefangen zu weinen, als er mich gesehen hat?« Pavli hat ihre Augen weit aufgerissen. »Ich habe ihm doch nichts getan.« Pavel streicht ihr über den Kopf. »Ich weiß es nicht. Du hast nichts falsch gemacht.« Věra ist entsetzt. »Was war das denn für eine Begegnung? Am Telefon erzähltest du von einem alten Arzt mit außergewöhnlich guten Manieren.« Pavel blickt sie ratlos an. »So habe ich ihn noch nicht erlebt.«

Noch während die drei perplex an den Gleisen stehen, bemerken sie, dass Nicolas Fodor zurückkehrt. Er taumelt leicht. Pavel erschrickt. Der Mann ist kreidebleich. Er schwitzt und aus seinen Augen rinnen dicke Tränen. Die Krawatte baumelt offen um den Hals, er hat einen weiteren Kopf geöffnet. »Geht schon mal vor«, bittet Pavel seine Frau, »ich komme gleich nach.«

Fodor sinkt auf einen Mülleimer aus Beton und lehnt sich mit dem Rücken erschöpft an den rostigen Metallpfeiler, der das Dach des Bahnsteigs trägt. Pavel merkt, dass er auch bei anderen Gästen, die sich dort aufhalten, Aufsehen erregt. Sie stieren zu ihm herüber und tuscheln. »Ich bin Arzt«, erklärt Pavel laut, »ich kümmere mich.« Sofort ebbt das Interesse der Fremden ab.

»Bekommen Sie keine Luft?«, erkundigt sich Pavel. Er fasst sofort ans Handgelenk des alten Arztes und prüft den Puls. Dieser zieht seine Hand zurück. »Lassen Sie. Es geht schon wieder«, keucht er. Er knöpft sein Hemd noch ein Stück weiter auf. Pavel sorgt sich. »Setzen Sie sich«, bittet Fodor. »Ich möchte Ihnen etwas zeigen.« Pavel schaut sich um. Dieser dreckige Mülleimer direkt an dem Pfeiler ist die einzige Sitzgelegenheit auf dem Bahnsteig. Ein Armutszeugnis für einen Kurort. »Danke, ich bleibe stehen.« Fodor nickt erschöpft.

Er fasst unter sein Hemd und holt eine goldene Kette

mit einem Medaillon hervor. Pavel erstarrt. Der alte Arzt braucht einen Moment, bis er es öffnen kann. Durch den Druck auf eine kleine Feder springt es auf.

In der Innenseite des Medaillons befindet sich eine Schwarz-Weiß-Fotografie. Das Portrait eines kleinen Mädchens, etwa im Alter von Pavli. Pavel schluckt schwer. Die beiden Mädchen sehen sich sehr ähnlich. Jetzt bereut Pavel, dass er sagte, er wolle stehen. Er braucht einen Stuhl. Dringend. Sofort! Er merkt, wie seine Beine weich werden, denn er ahnt Böses. Deswegen hat sein Bekannter nie von seiner Familie erzählt.

Nicolas Fodor spricht mit monotoner Stimme und sein Blick geht ins Leere: »Das war meine Tochter. Sie war sieben Jahre alt. Hellbraune Zöpfe und stahlblaue Augen.« Er macht eine lange Pause. Pavel würde ihn gerne bitten, dass sie einen Platz suchen, wo beide sitzen können. Aber er wagt keine Unterbrechung. »Ich bin Jude«, setzt Fodor seinen Monolog fort, »meine Frau war eine katholische Tschechin. Wir lebten damals in Ungarn. Direkt hinter der Grenze. Ich verlor wegen meiner Religion zwar meine Chefarztstelle, durfte aber wegen meiner Frau als praktischer Arzt weiterpraktizieren. Eines Tages erhielt ich eine Aufforderung zur Vorstellung beim Innenministerium in Budapest. So fuhr ich mit dem Zug in die Hauptstadt. Als ich abends zurückkehrte, sagte meine Magd unter Tränen, dass meine Frau und meine Tochter abgeholt worden sind.«

Nicoloas Fodor versuchte, den Transport nach Deutschland einzuholen. Es gelang ihm nicht. Der Güterzug hatte bereits das slowakische Gebiet passiert und deutsches Territorium erreicht.

Jetzt weint der Mann hemmungslos. Er lehnt seinen Kopf zurück und blickt unter das fleckige Wellblech des Bahnsteigdaches. Seine weißen Haare kleben am Rost des Pfeilers. Der dünne Körper wird vom Weinen geschüttelt und der Mülleimer stinkt weiterhin erbärmlich. Pavel sagt nichts. Er steht neben seinem Bekannten und hält aus. Mehr kann er nicht tun. Die würdevolle, elegante Erscheinung ist binnen weniger Minuten zu einem Häufchen Elend zusammengefallen. »Ich verstehe es nicht«, schluchzt Fodor. »Ich bin Jude. Ich! Meine Frau und meine Tochter nicht. Mich hätten sie abtransportieren müssen. Mich!« Pavel berührt ihn sanft an der Schulter. Er wartet geduldig, bis sein Bekannter so viel Kraft hat, dass er ihn wieder ansehen kann. Und hofft, dass seine eigene Stärke ausreicht, um stehen zu bleiben.

Bis vor wenigen Minuten war Pavel der Ansicht, dass seine größte Herausforderung darin besteht, sich an das sozialistische System zu gewöhnen. Sich einordnen, unterordnen und überleben. Gesund werden.

Jetzt wird ihm klar, dass das alte Leiden noch lange nicht beendet ist. Dieses kranke, totalitäre Regime unter Hitler hat verbrannte Erde hinterlassen. Mehr, als Pavel bewusst war. Die Tortur im Namen des Hakenkreuzes wirkt unvermindert, während Hammer und Sichel neue und zusätzliche Leiden bescheren.

Er überlegt, ob das Krokodil sich bei Nicolas Fodor in seiner Abscheulichkeit übertroffen hatte. Wenn einem

Menschen das Liebste entrissen und grausam ermordet wird, ist Überleben die Höchststrafe.

Pavel spürt, dass er sich neu sortieren muss. Die Wunden der Vergangenheit werden wohl immer wieder aufreißen. Er hatte sich einen Schlussstrich gewünscht. Aber so einfach scheint das nicht zu sein. Jedes Ereignis, ja jede Entscheidung zieht weitere nach sich. Niemand kann vor dem Schatten des Gewesenen fortlaufen. Er wird stets ein leiser Begleiter sein. Die Frage ist nur, wie viel Macht ein Mensch ihm zugesteht. Wer den Schatten in den Fokus seines Bewusstseins rückt, sieht nur Dunkelheit. Wer aber um ihn weiß und ihn akzeptiert, der kann ihn hinter sich lassen und seinen Blick nach vorne, ins Licht richten.

Pavel kommt zu dem Schluss, dass es nur einen Weg aus dem Dilemma gibt. Er wird sich dem Leben zuwenden und nach Kräften versuchen, es zu gestalten. Er verspricht sich, dass er sein Bestes geben wird, damit Kinder wie Pavli in einer heileren Welt aufwachsen dürfen. Verbrechen gegen die Menschlichkeit, wie Nicolas Fodor, seine Familie und unzählige andere erleben mussten, dürfen sich nicht wiederholen.

Prag – 20. März 1968

Es schmeckt ihm vorzüglich. Pavel zerschneidet die mit würzigem Hackfleisch gefüllte rote Paprika auf seinem Teller. Die fruchtig deftige Tomatensoße flutscht durch die Gabel. Aber das macht nichts. Der Reis als passende Beilage hält alles zusammen. Sein Lieblingsessen, liebevoll zubereitet von seiner Schwiegermutter. »Pavel, schling das Essen doch bitte nicht so herunter«, mahnt Věra. »Es wird dir nicht bekommen.« Doch, denkt er, wird es. Er hat keine Zeit. Hektisch schiebt er den linken Hemdsärmel ein Stück hoch, um auf die Uhr zu schauen. »Ich muss gleich los.« Věra legt ihr Besteck zur Seite. In ihren Augen kann er ihren Vorwurf lesen, das gesprochene Wort erübrigt sich. Ihr Blick ist intensiv. Angst und Sorge mischen sich mit einem verzweifelten Flehen. »Musst du überall dabei sein?«, zetert sie. »Wir haben auch ohne deine politischen Freunde genug zu tun! Und wir haben eine Tochter!« Pavel hustet bellend über den Tisch. Ein Reiskorn hat sich in seiner Luftröhre verirrt. »Pavel!«, schimpft Věra. »Da siehst du es. Iss langsam!« Seine Schwiegermutter und die zehnjährige Pavli lachen, während er nach Luft schnappt, den Hustenanfall zu beenden versucht und sich die Tränen von den Wangen wischt. »Glänzt du an deinem Institut auch mit derartigen Tischmanieren?«, hakt Věra mit sarkastischem Unterton nach. Pavel überhört ihre Tiraden und zwinkert seiner Tochter zu. Pavli zwinkert zurück und gluckst belustigt vor sich hin. Pavel sieht noch einmal auf die Uhr. Kurz vor 19 Uhr. Er muss los.

In ihm brennt ein Feuer, ausgelöst durch einen Funken Hoffnung auf eine bessere Zukunft. Für ihn, seine Ehefrau und all die Menschen, die ihm wichtig sind. Vor allem aber für seine Tochter und für alle kommenden Generationen des tschechoslowakischen Landes. »Pavli«, fragt er die Zehnjährige, »wie sieht's aus? Alle Hausaufgaben fertig?« Die kleine Musterschülerin nickt stolz. Ihre blauen Augen funkeln, die hellbraunen Haare hat sie zu zwei Zöpfen gebunden, die mit jeder Kopfbewegung wippen. Pavel liebt sie über alles. »Na dann komm, wir haben noch etwas sehr Wichtiges vor.«

»Was denn?«

»Wir spielen so etwas wie Architekt. Weißt du, was ein Architekt macht?«

»Er baut Häuser!«

»Sehr gut!«, sagt er, wischt sich den Mund mit einer Serviette ab und schnappt sich seine Tochter. Sie ist groß geworden. Noch gerade so eben kann er sie hochheben und mit einer Umdrehung durch die Luft wirbeln. »Wo bauen wir denn ein Haus?«, will sie wissen. Er setzt sie wieder ab. »Nun ja, bauen ist nicht ganz richtig. Maurer bauen das Haus. Der Architekt hat die Idee. Er plant das Haus. Er zeichnet seine Ideen auf Papier. Das nennt man einen Plan. Nach dem Plan mauern die Maurer das Haus.«

»Also planen wir ein Haus?«, fragt Pavli voller Begeisterung.

»Ja«, sagt Pavel stolz, »wir planen. Wir schreiben Ideen auf und diskutieren darüber. Und das Haus, das darfst du dir nicht so vorstellen wie das, in dem wir wohnen, sondern viel größer. In dem Haus wohnen alle Tschechoslowaken und das Beste daran ist: Die fühlen sich wohl und sind glücklich darin. Und vielleicht holen sich noch andere Länder unsere Pläne, damit die Menschen dort auch glücklich sind. Es ist also kein Haus aus Steinen mit einem Dach drauf, sondern so ein Haus, welches man nicht sehen kann, aber in dem man trotzdem gerne lebt.« Er merkt, dass er seine Begeisterung nicht bremsen kann. Einmal begonnen, kann er seinen Rededrang kaum unterdrücken. Die Fülle seiner Ideen entwickelt eine Energie, die weitere Gedanken in Gang setzt und sich immerwährend verstärkt. Pavli strahlt. »Das sind gute Pläne!«

»Ja, so ist es. Komm, wir müssen los. Nimm dir ein Buch mit, dann kannst du lesen, wenn dir langweilig wird.« Sofort stürmt die Kleine aus dem Zimmer, ein Buch suchen.

Vĕra schüttelt ratlos ihren Kopf und die Schwiegermutter räumt den Tisch ab. Pavel weiß, dass sich die beiden nicht damit anfreunden können, dass er sich mit anderen Intellektuellen für einen Sozialismus mit menschlichem Antlitz engagiert. Sie haben Angst. Die Aufbruchsstimmung im Land ist ihnen zwar nicht entgangen, aber sie bleiben skeptisch in ihrer bescheidenen kleinen Welt. Zwischen Pavel und Vĕra gilt eine stumme Übereinkunft: Er macht, was ihm möglich ist und berichtet von seinen Aktivitäten nur, wenn sie konkret nachfragt. Das tut sie sehr selten. Je weniger sie weiß, desto ruhiger ist sie. »Pass auf«, mahnt Vĕra, nimmt ihn in den Arm und lehnt sich an. »Ja, das tue ich«, flüstert er in ihr Ohr und küsst sie zärtlich auf die Wange. Jedes Mal, und sei der Moment auch noch so kurz, genießt er ihre Nähe. Wenn seine Nase nah an ihrem Körper ist, taucht er in ihren Duft ein, schließt die Augen und nimmt ihren Duft tief in sich auf. In diesen Momenten erlebt er für Sekundenbruchteile eine zeitlose, ewige Liebe.

»Auf geht's«, sagt er, nimmt seine Tasche mit den Unterlagen und schnappt sich seine Jacke vom Haken. Seine Tochter steht schon fix und fertig mit einem Buch bewaffnet an der Wohnungstür. Im Treppenhaus drückt er den Knopf des Fahrstuhls. Ächzend setzt sich dieser aus dem Erdgeschoss in Bewegung. »Papa, komm«, ruft die Kleine. Sie hüpft fröhlich die Treppe hinunter. Dieses Kind kann überhaupt nicht normal gehen, denkt Pavel, es hüpft durch's Leben. Mit einem dumpfen Ruck stoppt der Fahrstuhl in der dritten Etage. Pavel zieht die Tür auf und steigt ein. Die Tage sind vorbei, als auch er als kleiner Junge lieber Treppen hinunterhüpfte. Es dauert eine kleine Ewigkeit, bis sich der Fahrstuhl endlich in Bewegung setzt. Erst wenn sich die schwere Tür von außen schließt, folgt das Gefährt den Anweisungen seiner Insassen. Es braucht ein wenig Kraft, um die vergilbten Plastikknöpfe neben den Zahlen der Stockwerke zu drücken. Technischer Fortschritt sieht anders aus. Der Fahrstuhl ist nur ein Beispiel für die Tschechoslowakische Republik. Neuerungen werden im Keim erstickt, das Land liegt brach, steckt fest. Die Menschen wirken resigniert, finden keine Anreize zur Anstrengung. Das Leben plätschert vor sich hin, bisweilen scheint es stillzustehen. Pavel, der häufig ins westliche Ausland reist, sich auf Kongressen austauscht und in europäischen Universitätshörsälen doziert, kennt die andere Welt. Die, in der Engagement und Leistung belohnt werden. Wo Fortschritt honoriert und Innovation gefördert wird. Wo Menschen sich frei entwickeln und ihren Neigungen und Talenten folgen dürfen. Hier versickern Intelligenz und Potenziale im Sumpf sozialistischer Verordnungen.

Rumms! Mit einem Ruck, den Pavels Bandscheiben gequält zur Kenntnis nehmen, stoppt der Fahrstuhl im Erdgeschoss. Er drückt die Tür nach außen und tritt heraus. Pavli wartet schon in der geöffneten Haustür. Er greift die Kinderhand und geht mit ihr die Straße hinunter. Er geht, sie hüpft. »Guten Abend, Herr Doktor«, winkt eine Nachbarin von der anderen Straßenseite, »wollen sie das Frühlingswetter mit ihrer Tochter nutzen?«

»Ja«, antwortet er höflich. Er ist froh, dass die Kleine ihn gern begleitet. Mit einem unbeschwerten Kind an der Seite kommt niemand auf die Idee, dass er auf dem Weg zu einem konspirativen Treffen ist. Er hat sich inzwischen daran gewöhnt, seine Tochter auch. Sie hockt sich meist in eine Ecke und liest.

Die ersten Male ließ er sich von einem warnenden, unangenehmen Grummeln in der Magengegend ängstigen. Niemand, weder er noch die anderen, weiß, wohin das Sammeln ihrer Gedanken und Ideen führen wird. Die einzige Gewissheit liegt in der Tatsache, dass wirklicher Aufbruch für die Mächtigen der Republik ein Fremdwort ist. Noch. Es scheint an der Zeit, die Missstände zu benennen und mögliche Lösungen aufzuzeigen. Es tut sich was. Ganz langsam, aber stetig. Die KPČ, die Kommunistische

Partei der Tschechoslowakei, hat eine neue Führung. Der Slowake Alexander Dubček steht einem Reformkurs offen gegenüber. Offener als seine Vorgänger. Die Politik, da ist Pavel sich ganz sicher, braucht Impulse aus dem eigenen Volk, nicht aus Moskau.

Das Tauwetter hat bereits eingesetzt, nun darf guter Samen in die Erde, bald wird er aufgehen. Der Tag, an dem die geschriebenen Worte der gesamten Öffentlichkeit präsentiert werden, rückt unaufhaltsam näher.

Pavel ist motiviert und in seinem Kopf überschlagen sich die Gedanken, die er gleich mit seinen Verbündeten sortieren und zu Papier bringen will. Sie sind ein gutes Team: Literaten, wie der Schriftsteller Ludvík Vaculík, kreative Denker wie der Dramatiker und Essayist Václav Havel, Juristen und Künstler, Ärzte und andere Menschen, die die Missstände sehen und ihre Augen und ihren Geist nicht verschließen. Pavel freut sich auf das Treffen.

Die Straßenbahn Nummer 17 naht und er zieht sanft an der Kinderhand. »Bleib stehen«, mahnt er Pavli. Die Tram bremst mit einem metallischen Quietschen und öffnet ihre Türen. Pavel beobachtet, wie die Menschen aussteigen. Sie bewegen sich anders als noch vor wenigen Monaten. Motivierter, forscher, zielgerichteter. Wer genau hinsieht, nimmt die Aufbruchsstimmung war. Heute ist Frühlingsanfang. Die Sonnenstrahlen werden wärmer und hellgrüne Knospen sprießen aus braunen Ästen, die noch vor wenigen Wochen wie abgestorben wirkten.

Pavli hüpft mit beiden Beinen gleichzeitig in die Bahn. Er muss lächeln. Die Unbeschwertheit von Kindern und ihre Fähigkeit, vollkommen im Hier und Jetzt zu leben, faszinieren ihn immer wieder aufs Neue. Die beiden setzen sich ans Fenster und schauen hinaus. Die letzten Sonnenstrahlen des Tages brechen sich im Wasser der Moldau und verzieren die sachten Wellen mit funkelnden Sternchen. Die Straßenbahn fährt schneller als der Strom des Flusses. In den Kurven entlang des Moldauufers schrappen die Räder in den Schienen. Vertraute Geräusche. Ein kleiner Tunnel unter dem Felsen des Vyšehrad verschluckt für einen Augenblick das Tageslicht und hüllt die rotweiße Straßenbahn und ihre Passagiere in Dunkelheit. Pavel beobachtet seine Tochter und gewinnt seine innere Wette: Kurz vor dem Tunnel wird sie ihre Augen schließen und erst wieder öffnen, wenn das Tageslicht durch die Fenster dringt. Erwartungsgemäß tut sie es auch dieses Mal. Pavel ist glücklich.

»Herr Fiala baut auch Häuser, stimmt's?«, fragt das Kind.

»Ja«, antwortet Pavel und rückt noch etwas näher an sie heran. »Fiala ist Architekt. Er zeichnet, was andere später bauen.« Mit dieser Antwort gibt die Kleine sich zufrieden. Pavel überlegt kurz, ob er noch etwas über ihn ergänzen sollte, aber das verkneift er sich. Die Kleine muss nicht alles wissen. Fiala ist ein guter Freund der Familie. Ein ausgebufftes Schlitzohr. Im positiven Sinne. Wenn es etwas gibt, was sich am Rande der Legalität bewegt, ist Fiala dabei. Pavel kennt keinen Menschen, der so ehrlich, direkt und angstfrei ist. Fiala findet immer irgendwo ein Schlupfloch, durch das er seinen Kopf aus der Schlinge zieht. Fast immer. Einmal marschierte er dank seiner diebischen Freude am Verbotenen direkt ins Gefängnis. Aber auch diese Lektion vermochte es nicht, seinen unerschütterlichen Humor zu bremsen. Er nimmt das Leben auf die leichte Schulter und hat sichtliche Freude daran.

Zwei Haltestellen weiter steigen die beiden aus. Er mit festem Schritt, sie springt mit einem leichten Hopser aus der Bahn. Nur wenige Meter von der Haltstelle entfernt steht ein großes Wohnhaus im Jugendstil, eine Oase des freien Geistes. Die helle Wohnung in der ersten Etage übt eine magische Anziehungskraft auf Pavel aus. Entschlossen und voller Energie geht er die Treppe hinauf. Die alten Holzdielen knarren unter seinem Gewicht, das kunstvoll verzierte Geländer aus dunklem Holz ist blank poliert. Hohe weiße Stuckdecken und ein im Schachbrettmuster gekachelter Boden zeugen von der ehrwürdigen Vergangenheit der goldenen Stadt. Pavel fühlt sich wohl. Er merkt nicht, dass seine Tochter nicht mehr hüpft, sondern zögerlich einen Fuß vor den anderen setzt. Sie folgt ihm still und möglichst unsichtbar.

In der lichtdurchfluteten Wohnung riecht es nach Kaffee, Zigarettenrauch und Buchteln. Ein erregtes Stimmengewirr mischt sich mit dem Klackern von Schreibmaschinen: »Das ist unmenschlich …«

»Denk mal in eine ganz andere Richtung …«

»Was genau verstehst du unter Hoffnung …?«

»Der Sozialismus hat seine Berechtigung …«

»Sein Ansatz ist nicht verkehrt …«

»Aber die Umsetzung …«

»Unsere Wirtschaft stirbt …«

Pavel schnappt die Wortfetzen auf und schaut sich um. Alle sind hochkonzentriert und in ihrem Element. Sie schreiben, diskutieren, lesen. Ziehen Papier aus der Schreibmaschine, zeigen es den anderen. Einige Papiere landen sorgfältig und für alle sichtbar auf einem Tisch am großen Fenster, andere werden zerknüllt und im Papierkorb entsorgt.

Noch bevor Pavel seinen Platz gefunden hat, kommt Miroslav auf ihn zu. Sein Blick ist ernst. »Ich muss dir was sagen«, eröffnet er das Gespräch. »Komm.« Miroslav ist drei Jahre jünger als Pavel und ebenfalls Arzt. Als Mitglied der tschechoslowakischen Akademie der Wissenschaften ist er auf dem Gebiet der Immunologie ein Experte, der seinesgleichen sucht. Er zieht Pavel am Ärmel in eine ruhige Ecke der großen Wohnung. Pavel wird nervös. So ist er noch nie empfangen worden.

»Hör mir genau zu«, sagt Miroslav und fixiert ihn mit seinen Augen. »Dein Bruder wird gefährlich!« Pavel ist verwirrt. »Er ist Kommunist«, fährt Miroslav fort. »Pass bitte auf, was du im Kreise deiner Familie sagst.« Pavel nickt, obwohl er eigentlich nichts versteht. Ihm ist schwindlig. Er schwitzt. Er muss erst seine Gedanken sortieren. Sein kleiner Bruder soll also gefährlich sein.

Pavel steht in der Ecke des Raumes. Er fühlt sich plötzlich als Statist in einem Film, auf den er keinen Einfluss hat. Der Film läuft weiter, er steht teilnahmslos und deplatziert mitten in einer Szene. Surreal.

Ganz langsam dringen Miroslavs Wort in sein Bewusstsein. Er sondiert, worin genau die Gefahr besteht. Er hat ein reines Gewissen. Er tut nichts Verbotenes. Schon vor vielen Jahren hat er sich abgewöhnt, mit seinem Bruder über politische Themen zu sprechen, denn die beiden kommen nicht auf einen Nenner. Wenn Vláďa den Sozialismus, so wie er jetzt ist, akzeptiert, soll er das tun. Leben und leben lassen. Er selbst sieht Handlungsbedarf, also engagiert er sich. So einfach.

Trotzdem kann Pavel die Worte seines Weggefährten nicht abschütteln. Sie treffen ihn hart an einer empfindlichen Stelle. Miroslav ist hochintelligent und als Immunologe weiß er um den Mechanismus, der in Gang gesetzt wird, wenn sich ein Virus oder Bakterium in einen gesunden Organismus schleicht. Auch noch so kleine Teilchen werden zu Gift, das, wenn es einmal einen Nährboden findet, sich unaufhaltsam vermehrt und zu einer ernsten Bedrohung wächst.

Miroslav steht weiterhin vor ihm und mustert ihn eindringlich. »Danke«, flüstert Pavel und kämpft gegen die Übelkeit, die in ihm emporkriecht. Er will fort.

»Pavel, da bist du ja!«, ruft ein anderer Mann. Er sitzt lässig auf einer Fensterbank. In der einen Hand eine Zigarette, in der anderen ein Blatt Papier. »Komm her, ich möchte dir was zeigen!« Pavel schüttelt den Kopf. Er kann nicht. Er muss nachdenken. Alleine.

Sein verstörter Blick schweift durch den Raum, der immer noch unwirklich und fremd anmutet. Links werden Stühle gerückt. Ein Diskussionskreis entsteht. Da wäre sein Platz. Er kann ihn nicht einnehmen. Miroslav klopft ihm aufmunternd auf die Schulter. »Komm, wir wollen beginnen.« Pavel schüttelt den Kopf. »Heute nicht. Beim nächsten Mal bin ich wieder dabei. Ihr könnt auf mich zählen!«

Seine kleine Tochter sitzt auf einem Stuhl in seiner Nähe. Sie hat ihr Buch geöffnet auf dem Schoß, aber sie liest nicht. Sie schaut ihn mit ihren großen blauen Augen an, als wolle sie erfassen, was gerade geschieht.

Aufpassen, was in der Familie erzählt wird – diese Worte hallen in Pavels Kopf nach, während er seine Tochter wie in Zeitlupe betrachtet. Pavli geht jeden Morgen mit Dana, der Tochter seines Bruders, zur Schule. Die Mädchen sind im gleichen Alter, spielen miteinander, gehen in die gleiche Klasse. Pavel glaubt manchmal, dass sie einander nicht mögen. Sie wachsen im gleichen Prager Viertel, in Podoli, auf. Er nimmt Pavli gern mit zu den konspirativen Treffen. So wie heute Abend. Ist das ein Fehler? Wäre es gefährlich, wenn Pavli ihrer Cousine davon erzählt? Und wenn schon! Was soll sie schon erzählen? Es sind doch nur Kinder!

Bis zu diesem Moment hatte Pavel keinen Gedanken darauf verschwendet, dass die eigene Familie nicht auf seiner Seite stehen könnte. Das ungute Gefühl, das er manchmal verspürte, wenn er Vláďa in die Augen sah, hatte er erfolgreich verdrängt. Nun schleicht sich eine neue Erkenntnis an die Oberfläche seines Bewusstseins.

Vláďa war für ihn stets der Kleine. Drei Jahre jünger als er selbst.

Pavel kann die Übelkeit nicht mehr unterdrücken. Ein dicker Kloß schnürt seinen Hals zu und verhindert, dass er sich übergibt. Sein Mund ist trocken.

Sie sind Brüder. Nicht mehr und nicht weniger. Geschwister, die stets zusammenhalten, sich nicht streiten und immer einer Meinung sind, gehören ins Reich der Märchenbücher. Findet Pavel. Natürlich war er, vor allem zu Schulzeiten, von Vláďa genervt. Wenn die Mutter verlangte, dass er Vláďas Hausaufgaben erledigte, obwohl dieser sie auch alleine geschafft hätte, wünschte er, er sei Einzelkind. Ist nicht jeder ältere Bruder manchmal sauer auf den jüngeren und umgekehrt? Kann ein Bruder tatsächlich zur Gefahr werden, nur, weil er eine andere politische Ansicht vertritt?

»Komm Pavli, wir gehen nach Hause.« Die Kleine schlägt ihr Buch zu und erhebt sich sofort von ihrem Stuhl. Sie stellt keine Fragen und dafür ist er ihr dankbar.

Prag – 27. Juni 1968

Die Arbeitstasche unter den Arm geklemmt geht Pavel die Treppenstufen hinunter. Er pfeift eine beschwingte Melodie und tänzelt durch die Stockwerke bis zur Haustür. »Guten Morgen«, flötet er dem alten Nachbarn zu, der wie gewohnt im geöffneten Fenster neben der Eingangstür hockt und alles beobachtet. Seine Arme ruhen auf dem Fenstersims. Kommt jemand am Haus vorbei, hebt er kurz die rechte Hand zum Gruß und freut sich über einen kurzen Plausch. »Guten Morgen, Herr Doktor! Sie sind heute aber früh unterwegs!« Pavel lächelt. Diesem Mann, der seine karge Rente mit Hausmeistertätigkeiten aufbessert, entgeht wirklich nichts. Gut möglich, dass er in seinen Gedanken Buch führt, wer wann das Haus verlässt und wer regelmäßig vorbeiflaniert. Mit dem Abgleich dieser Regelmäßigkeiten vertreibt er sich allem Anschein nach die Zeit.

Pavel spaziert quer über die kleine Rasenfläche vor dem Haus, die eine alte Linde und einen Spitzahorn beheimatet. Es riecht nach Sommer. Das Gras ist noch taufrisch, der Boden weich. Das Kopfsteinpflaster der Straße dagegen ist holprig und glitschig unter seinen feuchten Sohlen. Er muss langsamer gehen, um auf der abschüssigen Straße nicht auszurutschen. Zielsicher überquert er die Straße, den kleinen Kiosk neben der Apotheke im Visier. Die braunen Medizinflaschen im Fenster der Apotheke schlafen noch. Der Kiosk aber wartet bereits auf die ersten Kunden. Seine Tür ist weit geöffnet, frischer Wind weht durch den kleinen Raum. Die

Besitzerin, Frau Blažeková, sortiert die druckfrischen Zeitungen in die Ständer, einige liegen noch in einem geschnürten Paket auf dem kleinen Tresen. Erwartungsfroh riskiert er einen Blick auf den Ständer. Ja! Es ist veröffentlicht!

Pavel jubiliert innerlich. Die Tageszeitungen *Lidové noviny, Práce, Mladá fronta* und *Zemědělské noviny* verkünden an diesem Morgen alle die gleiche Schlagzeile. Fast ehrfürchtig steht er in dem kleinen Kiosk und wartet geduldig, bis Frau Blažeková alles eingeräumt hat. Die zweitausend Worte auf den Titeln riechen nach Druckerschwärze und Neuanfang.

Die Besitzerin macht keine Anstalten, sich zu beeilen. Ihre Augen hängen an den Titelseiten. So soll es sein, denkt Pavel. Nach einiger Zeit dreht sie sich bedächtig zu ihm um, grüßt und zwängt sich hinter die Ladentheke. »Die schreiben an uns«, sagt sie gerührt, »das müssen Sie lesen!« Pavel nickt freundlich und deutet mit seinem Zeigefinger auf die kulturpolitische Zeitschrift *Literární Listy,* die noch auf dem Tresen wartet. Frau Blažeková zückt ein kleines Messer aus ihrer Jackentasche und zerschneidet das Paketband. Danach sind sie Zeitungen frei.

»›2 000 Worte, die für die Arbeiter, Landwirte, Angestellten, Wissenschaftler, Künstler und alle bestimmt sind‹«, liest sie laut vor. Normalerweise verkauft sie die Zeitungen an ihre Kunden binnen weniger Sekunden. Sie bekommt das Geld, der Käufer die Nachrichten des Tages. Alle Worte, die dabei gewechselt werden, beschränken sich auf Begrüßung und Verabschiedung. Selten ausgeschmückt durch eine oberflächliche Plauderei. Heute ist das anders. Sie hält inne und starrt unentwegt auf die erste Seite. Bevor sie Pavel die Zeitung aushändigt, zitiert sie eine weitere, lange Passage: »›In diesem Augenblick der Hoffnung, die aber ständig gefährdet ist, wenden wir uns an Sie. Es dauerte einige Monate, bevor viele von uns glaubten, dass sie sprechen können, doch viele glauben das nicht einmal jetzt. Wir haben aber schon so viel gesprochen und so viel aufgedeckt, dass wir unsere Absicht, dieses Regime zu vermenschlichen, auch zu Ende führen müssen. Sonst wäre die Vergeltung der alten Kräfte fürchterlich. Wir wenden uns hauptsächlich an jene, die bisher nur gewartet haben. Die Zeit, die anbricht, wird für viele Jahre entscheidend sein.‹«

Sie blickt Pavel an und eröffnet ihm überwältigt: »Ich fühle mich wirklich angesprochen. Es stimmt, was Ludvík Vaculík schreibt. Ich habe diesen Artikel heute schon mehrmals gelesen.«

Pavel freut sich. Er legt 10 Kronen auf den Tresen, obwohl die Zeitschrift nur 1,20 kostet. Heute ist sie mehr wert.

Die Luft an diesem frühen Morgen ist klar und rein, Frühsommer. Pavel gönnt sich eine kleine Auszeit vor der Arbeit und lehnt sich entspannt ans Geländer, das den Gehsteig vom Moldauufer trennt. Keine Wolke trübt den blauen Himmel. Ein paar Enten schnattern auf dem Wasser, die Straßenbahn klingelt an der Haltestelle. Zufrieden überfliegt er den Text auf der Titelseite. Er kennt die Worte in und auswendig. All die Ideen und Erkenntnisse, die Seele und das Herzblut von siebzig Unterzeichnern prangen nun in schwarzen Lettern auf dem Titel. Die Zeit ist reif, das Volk für die Reformen zu begeistern. Wenn alle einen menschlichen Sozialismus leben und sich für diese Werte einsetzen, ist der Umbruch nicht mehr aufzuhalten. Künftig soll der Mensch mit seiner Würde, seinem Recht auf Freiheit und Entfaltung im Mittelpunkt des Sozialismus stehen.

Pavel spürt Zufriedenheit. Er betrachtet die Karikatur, die die Redaktion rechts neben Vaculíks Text gesetzt hat. Sie zeigt Alexander Dubček im Arztkittel als Geburtshelfer. Ein Stethoskop baumelt vor seinem Bauch. Rechts neben ihm steht eine Schwangere, die Kommunistische Partei der Tschechoslowakei, die die Demokratie unter ihrem Herzen trägt. Sie ist schon im neunten Monat. Der Untertitel des Bildes ist in Slowakisch verfasst, der Muttersprache Dubčeks. Die beiden sind guter Hoffnung. Auf eine komplikationslose Geburt.

Der Gedanke, dass Prag zum Kreißsaal eines erneuerten Sozialismus wird, erfüllt Pavel mit Stolz. Sorgfältig faltet er die Zeitung und verstaut sie wie einen Schatz in seiner Arbeitstasche. Zeit zu gehen.

Auf dem Weg in die Stadt blickt er zufrieden aus dem Fenster der Straßenbahn. Vor den Zeitungsständen bilden sich erste Menschentrauben. Sie lesen und sprechen miteinander. Die Botschaft breitet sich aus. Pavel schließt kurz seine Augen und dankt dem Himmel.

Im Institut gibt es kein anderes Thema. »Genosse«, warnt die Oberärztin, Frau Dr. Pološerová, »das riecht nach Konterrevolution und wird nicht ungestraft bleiben.« Pavel stockt der Atem. Sie ist entrüstet und macht keinen Hehl aus ihrem Unmut. Pavel schreitet mit ihr durch die Klinikflure, sie haben Visite. Immer wieder kommt sie zwischen den fachlichen Gesprächen über den Zustand der Patienten auf das Manifest zurück. »Was maßen sich diese Pseudointellektuellen an!« Pavel kommentiert ihre verbitterten Aussagen nicht. Sie ist gebildet und kompetent. In diesem Falle aber glaubt er, dass sie irrt. Er hält es für unerlässlich, dass die Menschen diskutieren. Über den Text, über die Missstände und über mögliche Veränderungen. Konträre Meinungen eingeschlossen. Diese Dialoge halten die Politik lebendig, eine Demokratie lebt vom Wortwechsel und steht nicht im Widerspruch zum Sozialismus. Langfristig werden sich Menschlichkeit und Ehrlichkeit durchsetzen. Da ist sich Pavel ganz sicher.

Auch die anderen Ärzte und die Schwestern setzen sich intensiv mit den Nachrichten des Tages auseinander. Sie tauschen sich aus, über den Text und ebenfalls über die Karikatur der Literární Listy. »In meinen Augen muten die beiden Figuren wie Engel an, die auf einer Wolke schweben«, offenbart Pavel in einer kleinen Runde. Dass er davon überzeugt ist, die Tschechoslowakei sei auf dem besten Weg in eine himmlische Zukunft, verschweigt er wohlweislich. Der Künstler lässt viel Raum für Interpretationen. Die Zeitung wandert durch viele Hände.

Pavel merkt, dass Druckerschwärze an seinen Fingern klebt. Er versucht, sie abzuwischen. In dem Moment sagt Dr. Pološerová spitz: »Himmel ist gar nicht so falsch. Wer abgeschossen wird, landet genau dort.«

Prag – 20. August 1968

»Gleich geht's dir besser.« Pavel streicht dem kleinen Jungen behutsam über die blonden Haare. Der Achtjährige atmet schnell und flach. Es ist schwer gewesen, seine Vene zu treffen, um das Beruhigungsmittel zu injizieren. Er hat wie am Spieß geschrien und um sich geschlagen. Panisch hatten die Schwestern nach dem Chefarzt gerufen. Sie konnten den Jungen kaum bändigen, obwohl er klein und zierlich ist. Pavel wollte schon vor einer halben Stunde zu Hause sein. Aber heute ist für niemanden in dem Institut an einen pünktlichen Feierabend zu denken. »Was ist bloß los?«, fragt Dr. Horák, der junge Assistenzarzt. Pavel zuckt gelassen mit den Schultern. »Ist so.« Immer noch sitzt er auf der Bettkante des Jungen, seine Hand ruht auf dessen verschwitztem Kopf. Die Stirn fühlt sich klebrig an. Aber dafür kann der Kleine nichts.

Dr. Horák lehnt an der Wand des kargen Zimmers. Er wirkt müde. »Wenn Sie zwei Meter entfernt stehen, können Sie keinen Patienten beruhigen. Kommen Sie her.« Er winkt den jungen Kollegen zu sich. »Aber Autisten mögen doch keinen Körperkontakt«, rechtfertigt sich der Assistenzarzt. Pavel seufzt. Manchmal erschöpft es ihn, dass er jungen Ärzten, die über ein beachtliches theoretisches Wissen verfügen, Selbstverständlichkeiten erklären muss. Ein guter Arzt nutzt neben seiner diagnostischen Kompetenz auch seine Intuition. Er spürt die Bedürfnisse der Patienten und geht auf sie ein. »Er braucht jetzt einen Moment

Zuwendung und Kontakt. Das können Sie spüren, wenn Sie sich näher heranwagen.«

Dr. Horák folgt den Anweisungen und Pavel steht auf. Die Krankenakte des Kindes liegt auf einem kleinen Rollwagen. Er putzt seine Hände am weißen Kittel trocken und zückt den Kugelschreiber aus seiner Brusttasche, dokumentiert die Attacke und die verabreichte Medikation. Akribisch sucht er nach Aufzeichnungen, die die akute Verschlechterung des Zustandes erklären könnten. Er findet nichts. »Sag mal«, wendet er sich wieder dem Jungen zu, »was genau ist passiert, dass du so schreien musstest?« Das Kind schweigt. Es nimmt keinen Blickkontakt auf. Pavel sucht nach Abweichungen in der alltäglichen Routine, die dem Jungen seine Sicherheit raubten. Er findet nichts. Also versucht er es noch einmal: »Was hat dich vorhin geärgert?« Der Junge schweigt. Pavel gibt sich nicht so schnell geschlagen. »Hast du was gehört oder gesehen, was dir Angst gemacht hat?« Jetzt scheint er zu ihm durchzudringen. »Ja, Angst«, stammelt der Junge, »Angst.« Diese drei Worte aus dem kindlichen Mund lassen Pavel erschaudern. Angst. Das ist es. Aber wovor? Pavel bohrt weiter: »Wovor hattest du solche Angst?«

»Weiß nicht«, stammelt der Junge. Die kleinen Augen fallen ihm zu. Zeit zu gehen.

»Er wird jetzt schlafen«, sagt Pavel zu Dr. Horák. Der junge Mediziner ist verblüfft, dass der kleine Patient doch noch geantwortet hat. Eine wertvolle Lektion. »Sehen Sie was ein bisschen Geduld und Menschlichkeit bewirken?«, fragt Pavel und Horák nickt.

Auch, als er das Zimmer des Jungen schon längst verlassen hat, kann er dessen Angst noch spüren. In den vertrauten Geruch der Klinik aus Desinfektionsmittel mischt sich eine unbekannte Bedrohung. Der Flur, den er jeden Tag unzählige Male durchquert, erscheint ihm verändert. Kälter, unwirklicher, unerklärlich fremd.

Manchmal spinnst du selbst, denkt Pavel. Lass dich bloß nicht in die Wahnvorstellungen deiner Patienten ziehen! Er schreitet bewusst forsch durch den Gang, als könne er dem unangenehmen Gefühl davonlaufen.

Als er endlich mit einer Stunde Verspätung das Institut verlässt, freut er sich auf einen ruhigen Abend. Das Wetter ist angenehm, es duftet nach Entspannung und Ferien. Er plant noch einen ausgiebigen Spaziergang mit Ready. Nach diesem anstrengenden Tag braucht er eine Prise warmen Sommerwindes um die Nase. Den Kopf durchlüften. Er steigt in seinen Škoda, kurbelt das Fenster vollständig herunter und lässt den Wagen die Straße hinunter zur Moldau rollen. Er fährt langsam und genießt das Gefühl eines wohlverdienten Feierabends. Die Sonne verleiht seiner Stadt einen goldenen Glanz. Er schaut nach rechts herüber zum Hradschin und ist froh, dass er einen Augenblick warten muss, bis der Verkehr ihm das Einfädeln auf die Straße erlaubt. Erst mal richtig durchatmen. Auch wenn er seit vielen Jahren hier wohnt, verzaubert ihn die Silhouette der Burganlage im warmen, rötlichen Abendlicht immer wieder. Er lässt die Straßenbahn passieren, gibt Gas und biegt links ab. In gemächlichem Tempo fährt er parallel zur Moldau nach Hause. Pavli steht schon mit Ready an der Leine auf der kleinen Grünfläche vor dem Haus. Hier hat der Boxer im wahrsten Sinne des Wortes seinen Stammbaum. Pavli strahlt und winkt aufgeregt. »Hallo mein Schatz«, ruft Pavel durch das geöffnete Seitenfenster. Das Kind würde am liebsten sofort zu ihm laufen, aber der Hund hebt gerade sein Bein, markiert, schnüffelt ausgiebig an der Stelle und markiert zur Sicherheit ein weiteres Mal. Geduldig bleibt Pavli bei ihm und wartet. Pavel parkt das Auto, kurbelt die Scheibe hoch und steigt aus. Die Kurbel läuft einwandfrei und leicht. Die Mechanik ist ausgeklügelt, perfekt. Er weiß um den Luxus und das Privileg, einen Neuwagen sein Eigen nennen zu dürfen. »Amina«, streichelt er über das Lenkrad, »du bist mir ein treuer Gefährte.« Sein Auto hat einen Namen. Amina. Der kam ganz automatisch, als er das Kennzeichen mit den Buchstaben AM zum ersten Mal sah. Du hast wirklich nicht alle Tassen im Schrank, lacht er in sich hinein, taufst Autos und erliegst wahnhaften Wahrnehmungen im Institut! Er schüttelt sich, lächelt und steigt aus. Feierabend! Schluss jetzt mit den paranoiden Gefühlen.

Ready stürmt auf ihn zu, die Kleine hechtet hinterher. »Na, wer geht denn da mit wem spazieren«, lacht Pavel. Der Hund springt vor Freude an ihm hoch und schlabbert an der Hose. »Nein Ready«, mahnt Pavli streng, »da schimpft die Großmutter, wenn du die Hosen versaust!«

»Und was machen wir dann?«, fragt Pavel mit gespieltem Entsetzen.

»Dann lassen wir sie schimpfen«, grinst Pavli und hält sich vor Schadenfreude die Hand vor den Mund.

»Ja«, flüstert Pavel und beugt sich zu ihr runter, »aber das darf sie nicht merken. Wir tun immer so, als würden wir das Schimpfen sehr ernst nehmen!« Er legt seinen Zeigefinger bedeutungsschwer auf seine Lippen und schmunzelt. Sie freut sich. Die beiden sind das perfekte Team.

Ausnahmsweise geht Pavel am Fahrstuhl vorbei und nimmt die Treppenstufen hinauf zur Wohnung. Er kann sich nicht sattsehen an seiner hüpfenden Tochter. Jede einzelne Stufe verwandelt sie zu einem Spiel. Das Mädchen klopft und Věra öffnet die Tür. Sie begrüßt ihn mit einem vorwurfsvollen Blick. »Kommst du auch schon nach Hause?« Die Ironie hätte sie sich sparen können. Er weiß selbst, dass er spät dran ist. Er drückt ihr einen Kuss auf die Lippen und tritt ein. Diskussionen über solch leidige Themen hat er sich abgewöhnt. Sie führen zu nichts. »Mein Tag war anstrengend«, stöhnt Věra und lässt sich auf die Couch fallen. »Meiner auch«, flötet Pavel, raubt dem Moment die Erschöpfung und lümmelt sich neben sie. Feierabend. Endlich. Er kuschelt sich an seine Frau und streift sich die Schuhe von den Füßen. Aus der kleinen Küche strömt deftiger Essensgeruch. Zuhause! »Was zaubert sie da?«, fragt Pavel und atmet mit geschlossenen Augen tief durch die Nase ein. »Na, dein Wunschessen«, antwortet seine Frau lächelnd.

»Kinder, schaut euch den Himmel an«, ruft die Schwiegermutter aufgeregt aus der Küche. Pavel reckt seinen Hals zum Fenster. Er kann nur satte Rottöne erkennen. Mühsam rafft er sich von der Couch auf und geht zum Fenster. Pavli steht schon davor. Sie hat den Mund weit geöffnet und bestaunt das Naturschauspiel. Der Himmel glüht in der Abendsonne. Pavel hält den Atem an. »Wunderschön«, flüstert Pavli. Věra stellt sich leise zu ihnen. Feinste Wolkenfähnchen schweben lautlos in der Luft. In warmen Orangetönen heben sie sich leicht vom kräftigen Rot des Himmels ab. Kein Blau. Nur Rot. Wie ein wohliges Feuer, von feiner Künstlerhand in schönsten Farben ans Firmament gezeichnet.

Was für ein wunderbarer Abschluss eines anstrengenden Tages, denkt Pavel. Reich ist, wer versteht, die kleinen Wunder, die das Leben täglich bereithält, zu sehen und für immer in seiner Seele zu bewahren. Er atmet tief ein. Das Leben ist schön. Diesen Augenblick möchte er festhalten. Er hat den Arm um Věras Schultern gelegt und schaut gemeinsam mit ihr und seiner Tochter in den glühenden Himmel.

»Das ist ein böses Zeichen!« Die ernste Stimme der Schwiegermutter zerschneidet diesen heiligen Moment. Pavel erschrickt und dreht sich um. Die Großmutter steht besorgt hinter ihnen. Sie starrt aus dem Fenster und in ihren Augen spiegelt sich Besorgnis. Pavel ist verwirrt. Er kann sich nicht erklären, warum sie derart verstört auf diesen leuchtenden Himmel reagiert. Auch Pavli weiß nicht, wie sie sich verhalten soll und blickt ihn hilfesuchend an. Pavel staunt. »Wie kommst du darauf?« Die Schwiegermutter schaut ihn an. Diesmal spricht sie ganz leise: »Das ist ein böses Zeichen. Vor vielen, vielen Jahren glühte der

Himmel genau so. Es war der Vorabend der Schlacht am weißen Berg.« Sie dreht sich um und schlurft langsam zurück in die Küche und murmelt vor sich hin: »Da haben sie verloren.«

Prag – 21. August 1968

Es ist kurz nach fünf. Pavel schreckt hoch. Ein unheimliches Dröhnen und Heulen hat ihn aus dem Schlaf gerissen. Er muss sich erst einmal orientieren. »Hörst du das?«, wispert Věra. Sie sitzt kerzengerade im Bett und zittert wie Espenlaub. Die Beine hat sie eng zum Körper gezogen, ihre Finger krallen sich in die Bettdecke, die sie vor ihren Mund hält. Ja, natürlich hört er das. Er kann die Geräusche aber nicht zuordnen. Sie kommen näher. Er lauscht. »Sind das Flugzeuge?«, fragt Pavel mehr sich selbst als seine Frau. Das ergibt keinen Sinn. So viele Flugzeuge fliegen nicht über den Prager Nachthimmel. »Tu doch was«, fleht Věra. Er horcht weiter. Sie stupst ihn an. Ratlos krabbelt er aus dem Bett und geht zum Fenster. Der Himmel ist noch dunkel, er kann nichts erkennen. Das Dröhnen kommt immer näher. Er schleicht durch die kleine Wohnung und schaut nach seiner Tochter und seiner Schwiegermutter. Beide schlafen tief und fest. Die Schwiegermutter schnarcht wie gewohnt selig vor sich hin. Pavli liegt friedlich auf der Couch. Inzwischen haben sich Pavels Augen an die Dunkelheit gewöhnt und er kann im fahlen Licht, das von der Straßenlaterne durchs Fenster scheint, seine kleine Tochter erkennen. Sie schläft auf der Seite. Einen Arm ums Kopfkissen geschlungen, in der anderen hält sie Öhrchen. Den hatte er ihr mal geschenkt, als sie an einer schmerzhaften Mittelohrentzündung litt. Ein kuscheliges Trostpflaster für sein kleines, tapferes Mädchen. Der Lärm draußen wird lauter und bedrohlicher. Pavel spürt, wie auch in ihm Angst emporkriecht. Es müssen Flugzeuge sein. Eine ganze Schar von Flugzeugen. Er kennt die Motorengeräusche. Aus dem Zweiten Weltkrieg und aus seiner Kindheit auf dem Militärgelände.

Mit wackeligen Beinen geht er wieder zum Fenster und zieht die Vorhänge zur Seite. »Mach das Licht aus«, herrscht er Věra an, die auf den Schalter gedrückt hatte. Sie löscht es sofort. »Was ist das?«, flüstert sie alarmiert.

»Flugzeuge.« Das Schnarchen der Schwiegermutter verstummt schlagartig. Sie ist wach. Pavel starrt in den Himmel, der seine Farbe ganz langsam ändert. Die Morgendämmerung wagt sich zögerlich durch die Nacht. Er ist unfähig, sich zu bewegen. Mit jedem Millimeter, den die Sonne steigt, offenbart sich die unglaubliche Geräuschquelle: Der Himmel hängt voll stahlgrauer Ungeheuer. Militärflugzeuge. Pavel kann nicht glauben, was seine Augen sehen und seine Ohren hören. Er träumt. Bestimmt träumt er. Ganz bestimmt sogar. Jeden Moment wird er aufwachen, weil sein Wecker klingelt und ihn zum Aufstehen drängt. Ein neuer Tag im Institut beginnt. Pavli genießt die Ferien und spielt. Věra macht sich hübsch für die Arbeit. Die Schwiegermutter verlässt die Wohnung, um sich vor einem der Lebensmittelläden in die Schlange einzureihen. Erst vor der Ladentheke würde sie wissen, was es an diesem Tag zu kaufen gibt und daraus ein wunderbares Abendessen zaubern. Genau so wird es sein. Wenn er aus diesem Alptraum erwacht.

»Wo kommen die her?« Věra steht in ihrem Nachthemd

neben ihm. Sie hat die Bettdecke um ihre Schultern gelegt und sieht aus wie eine Königin aus einem schlechten Märchenfilm. Sie zittert immer noch. Pavel kann keinen klaren Gedanken fassen. »Ich weiß es nicht«, stammelt er. Es wird heller. Er steht bewegungslos am Fenster. Wann hört dieser Alptraum endlich auf? Er kneift sich in den Arm. Nichts. Er kneift sich noch einmal. Nichts. Alles bleibt wie es war. »Papa, was ist das?« Pavli steht auch am Fenster. Sie hat Öhrchen im Arm und reibt sich den Schlaf aus den Augen. Pavel antwortet nicht. Er geht wie ferngesteuert in die Küche und setzt Wasser auf. Er braucht einen Kaffee. Wie durch einen Tunnel blickt er auf den Wasserkessel. Langsam, ganz langsam beginnt das Wasser darin zu brodeln. Mit einer automatisierten Handbewegung greift er zum Kaffeepulver, füllt damit drei Tassen und gießt sie mit dem heißen Wasser auf. Er trägt jede Tasse einzeln zum Tisch. Er geht dreimal von der Küche zum Esstisch und ein viertes Mal, um Milch und Zucker zu holen. Erdrückendes Schweigen füllt den Raum. Die Großmutter sitzt auf ihrem Bett und starrt ins Leere. Diesen Blick kennt er. So sehen traumatisierte Menschen aus.

»Das ist Krieg«, sagt sie nach einer gefühlten Ewigkeit. Pavel antwortet nicht. Er sinkt resigniert auf einen Stuhl und wärmt seine Hände an der Tasse. Er friert. Das Dröhnen ist ein wenig leiser geworden. Er findet aber keine Stärke, aufzustehen, um ein weiteres Mal aus dem Fenster zu gucken. Er möchte endlich einen klaren Gedanken fassen. Es gelingt ihm nicht. Wer sollte Prag angreifen? Es gab weder eine Kriegserklärung noch verfeindete Staaten. Ja, es gab politische Differenzen. Aber die lassen sich mit Worten klären. Niemand hatte irgendwem einen Krieg erklärt, Steine geworfen oder Waffen erhoben. Bilder aus Berlin von 1953 und Budapest drei Jahre später dringen in sein Bewusstsein. Nein, das kann nicht sein, wehrt sich sein Verstand. »Was ist das jetzt?« Věra hat sich zu ihm gesetzt. Ihre Augen blicken wirr in alle Richtungen. Sie lauscht. Ein neues Geräusch mischt sich unter das der Flugzeugmotoren. Es klirrt und rattert metallisch. Er horcht. Das Geräusch kommt immer näher. Aus allen Richtungen. Er kennt es. Er hat es schon einmal gehört, aber sein Gehirn kann im ersten Moment keine logische Verknüpfung herstellen. Er nippt am Kaffee. Es wird lauter. Dann weiß er es.

Er schaut seine Frau an und antwortet monoton: »Das sind Panzerketten, die über Kopfsteinpflaster rattern.«

Věra springt auf und schaltet das Radio ein. Sie dreht am Senderknopf und sucht nach einem guten Empfang. Ready fiept, die Schwiegermutter sitzt weiterhin erstarrt auf ihrem Bett und Pavli drückt Öhrchen fest an ihre Brust. Die Meldungen überschlagen sich. Die Stimmen der Reporter sind hektisch: Sie setzen Hilferufe ab und mahnen gleichzeitig zur Besonnenheit. Pavel erwacht aus seiner Lähmung. Sein Gehirn rattert schneller als die Panzerketten auf den Steinen. »Los, zieht euch an«, fordert er. »Wir müssen raus.«

Eine Stunde später steht er mit Pavli am Rathaus am Altstädter Ring. Die Apostel der astronomischen Uhr drehen ihre Runden zur vollen Stunde, auch der Tod zeigt sich als Sensenmann kurz am Fenster. Das stündliche Ritual nimmt niemand zur Kenntnis. Und doch ist es da. Die Apostel, Verkünder der Friedensbotschaft Jesu, ziehen sich nach dem unpassenden Puppenspiel wieder ins Innere des Turms zurück. Auch der Tod. Aber nicht, ohne zuvor hämisch auf den Platz zu grinsen. Unweit des Rathauses steht die große Skulptur des Jan Hus auf dem Scheiterhaufen. Eine skurrile Szene, gerahmt von Panzern. Heute stapelt die Menschheit kein Brennholz mehr, um Menschen, die sich in friedlicher Absicht auf den Weg machen, zu vernichten. Heute kommen Flugzeuge und Panzer.

Věra und ihre Mutter sind in der Wohnung geblieben. Sie hatten sich hartnäckig geweigert, die Kleine folgte bereitwillig. Er fragt sich in diesem Augenblick, wie um Himmels willen er nur ein Kind hierher hatte mitnehmen können! Jetzt ist sie hier. An seiner Hand. Er würde sie beschützen! Außerdem hatte er dieses Ausmaß nicht erwartet. Er ist völlig überfordert.

Die Straßenbahnen fahren nicht mehr. Die Stadt ist besetzt von Militärfahrzeugen und Panzern. Pavel irrt mit dem Kind an der Hand umher. Er denkt nicht. Er handelt automatisch. Er nimmt ausschließlich Seitenstraßen. Es ist das Militär der Bruderstaaten. Sowjetunion, Polen, Bulgarien, Ungarn. Er meint auch, Fahrzeuge aus der DDR erkannt zu haben. »Die eigenen Brüder kämpfen gegen uns!«, schreit ihm ein Passant entgegen. Pavel hält seine Tochter fest. Verlier das Kind nicht, pass auf! Das ist alles, woran er denken kann.

»Können Sie mir helfen?«, ein Passant winkt Pavel zu

sich. Der Mann versucht, an einem Straßenschild hinaufzuklettern. »Ist das Ihre Tochter?« Pavel nickt.

»Können Sie sie auf die Schulter nehmen, so haben wir die notwendige Höhe«, gestikuliert der Fremde. Pavel versteht sofort. »Pavli, los«, er hievt das Mädchen auf seine Schulter, »wir drehen das Schild um.« Es ist ein Wegweiser. Der Fremde hat einen Schraubenzieher, reicht ihn zu Pavli hoch. »Siehst du die Schrauben? Daran musst du drehen, damit sie sich etwas lockern.« Pavli schafft es. Es geht schnell. Jetzt weist das Schild »Centrum« aus der Stadt heraus. Pavel setzt das Kind wieder ab und der Fremde lobt: »Das hast du sehr gut gemacht.« Pavli strahlt. »Wir vertauschen auch Straßenschilder oder entfernen sie komplett! Machen Sie mit, wir brauchen jede helfende Hand!« Dann rennt er davon.

Pavel irrt weiter. Immer wieder rollen Panzer und schwer bewaffnete Soldaten in Militärfahrzeugen dröhnend an ihnen vorbei. Auch Flugzeuge kreisen weiter wie Aasgeier über der Stadt. Jeder verdrehte Wegweiser führt die Truppen aus der Stadt hinaus. Sie kennen sich nicht aus. Das wird ihnen zum Verhängnis.

»Pavel, komm rein!« Er wirbelt herum. Woher kommt die Stimme? Als er niemanden entdeckt, blickt er nach oben. Miroslav winkt aus einem Fenster im dritten Stock. Pavel hat keinen blassen Schimmer, wer dort wohnt. Er überlegt nicht. Noch während er zum Hauseingang läuft, kracht ein sowjetischer Panzer in eine Straßenlaterne. Funken unkontrollierter Elektrizität wirbeln durch die Luft. Pavel zieht seine Tochter mit sich und verschanzt sich hinter der Haustür. Jemand hatte eine tschechoslowakische Flagge vor das Sichtfenster des Panzers gespannt, der daraufhin die Orientierung verlor. Pavli klammert sich an ihn. Er nimmt sie auf den Arm und wundert sich über seine enorme Kraft. Er spürt ihr Gewicht kaum. Trotzdem setzt er sie ab, als er die Treppen hinaufrennt. Hier irgendwo muss die Wohnung sein, aus der sein Freund gewunken hat. Miroslav stürmt aus einer Wohnungstür. »Komm rein, hier bist du sicher!« Pavel folgt ihm.

Drinnen traut er seinen Augen kaum. Die Privatwohnung ist voller Technik. Eine komplette Fernsehstation wurde in Windeseile provisorisch errichtet. Ein Reporter, den Pavel nicht kennt, spricht eindringliche Botschaften in deutscher Sprache mit starkem Akzent: »Liebe Österreicher und Westdeutsche! Liebe Bürgerinnen und Bürger da draußen! Hier ist Prag! Wir brauchen Ihre Hilfe! Heute in den frühen Morgenstunden wurde unser Land durch Truppen des Warschauer Pakts besetzt. Es herrschen Kriegszustände. Es wird geschossen! Unsere Fernsehsender und Radiostationen wurden besetzt, wir wissen nicht, wie lange wir noch aus diesem Versteck senden können …«

Vor dem Reporter, der die Worte von einem Blatt Papier abliest, stehen mehrere Männer mit Kameras und Mikrofonen mit großen Aufnahmegeräten. Schreibtischlampen und einfache Glühbirnen, die auf abenteuerliche Weise an Kabel geklemmt wurden, dienen als Scheinwerfer.

Pavel lässt seine Tochter in einem anderen Raum der Wohnung und wagt sich wieder zu den anderen. »Was soll ich tun?«, fragt Pavel. Miroslav drückt ihm ein paar handgeschriebene Seiten in die Hand. »Übersetz das in korrektes Deutsch!« Er gibt ihm Papier und einen Bleistift. »Beeil dich! Dass wir das noch senden können!« Pavel macht sich sofort an die Arbeit. Es sind kurze Sätze:

Der Staatspräsident Ludvík Svoboda fordert alle Tschechen und Slowaken auf, unter allen Umständen Ruhe zu bewahren. Hochrangige Regierungsmitglieder und der Vorsitzende Alexander Dubček selbst wurden festgenommen und nach Moskau verschleppt, alle Regierungsgebäude sind seit drei Uhr morgens in der Hand der Warschauer-Pakt-Staaten …

Pavel übersetzt und kritzelt hektisch Satz um Satz in perfektem Deutsch auf das Papier. Es geht schnell.

Plötzlich stoppt alles. Einer der Techniker legt seinen Zeigefinger auf die Lippen und schreit: »Ruhe, seid kurz ruhig!« Stille. Alle halten den Atem an. Der Techniker dreht an einem Knopf des Radios. Es ist der Sender *Radio Prag*. Sie berichten noch. Wie durch ein Wunder. Doch dann … Pavel schließt die Augen. Und Ohren. Und betet zu einem Gott, von dem er nicht weiß, ob er an ihn glauben soll oder nicht. Er will das nicht hören. Auf keinen Fall!

Eine gefühlte Ewigkeit lang kommt nichts mehr aus dem Radio. Kein Ton. Keine Stimmen, keine Musik mehr. Bloß ein unheilschwangeres Rauschen. Allen wird klar: Der Sender ist tot.

Pavel hat nur noch einen einzigen Gedanken: Weitermachen. »Wo sind die anderen?«, will er von Miroslav wissen. »Ich weiß es nicht. Entweder irgendwo aktiv wie wir beide hier. Oder verhaftet.« Pavel schluckt. »Ich muss weiter. Komme später wieder«, sagt er, stürmt davon und schnappt sich seine Tochter, die im Nebenzimmer wartet. »Wenn wir dann noch hier sind!«, brüllt Miroslav hinter ihm her.

Pavel rennt die Treppe herunter und zieht Pavli hinter sich her. Der sowjetische Panzer ist weg, die Laterne liegt auf dem Boden. Sie sind kurz vor dem Wenzelsplatz. Durch eine kleine Seitengasse schleichen sie sich über einen Hinterhof an die rechte Seite des Platzes. Oben vor dem Nationalmuseum stehen Panzer in Reih und Glied. Es fallen dumpfe Schüsse – schweres Geschütz. Die kleine Kinderhand krallt sich in seine. Kein Ort für ein Kind. Instinktiv hält er seine freie Hand vor die Augen des Mädchens. In einer Einfahrt liegt ein erschossener Mensch regungslos in einer Blutlache. Zwei andere hocken fassungslos daneben. Niemand, der den Leichnam würdevoll abdeckt. »Wir gehen«, bestimmt Pavel mit fester Stimme. Pavli gibt keinen Laut von sich und folgt ihm gehorsam und unauffällig. Zielsicher steuert er durch die engen Gassen und meidet alle öffentlichen Gebäude. Nach einer Ewigkeit erreichen sie ihr Zuhause.

»Pack ihre Sachen!«, herrscht er seine Frau an. »Schnell!« Věra und ihre Mutter sitzen angespannt vor dem Radio und verfolgen die Meldungen. Er rechnet mit einer saftigen Standpauke seiner Frau. Aber sie bleibt stumm. Wortlos steht sie auf und rafft ein paar Kleidungsstücke und Kuscheltiere zusammen. Aus dem Radio sind immer noch hektische Stimmen zu hören. Und die Nationalhymne. Sie spielen sie immer wieder.

»Ich bringe sie zu deinem Bruder aufs Land.« Věra nickt nur.

Die Straßen sind kaum passierbar. Hektisch kurvt Pavel mit seinem Auto durch Prag. Es muss einen Ausgang geben. Er fährt Seitenstraßen. Mehrmals wendet er, weil Militärfahrzeuge die Straßen blockieren. Pavli sitzt auf der Rücksitzbank. Sie sagt nichts. Hält ihren Plüschelefanten im Arm und schaut aus dem Fenster. Er ist froh, dass sie keine Fragen stellt.

Nach fast zwei Stunden erreichen sie das beschauliche Böhmisch Leipa. Das kleine Häuschen seines Schwagers ruht friedlich an seinem gewohnten Platz. »*Ahoj*«, begrüßt ihn Lenka, seine Schwägerin, an der Haustür und umarmt ihn stürmisch. »Pavel, hast du schon gehört, dass die den armen Dubček nach Moskau verschleppt haben? Und den alten Svoboda auch. Es ist furchtbar. Was wird denn nun?« Pavel verzichtet auf jeglichen Kommentar. Er ist froh, dass Věra schon angerufen hat und Lenka weiß, weshalb er Pavli bringt. Frída und Lenka haben keine eigenen Kinder und freuen sich sehr, dass ihre Nichte ein paar Tage bei ihnen wohnen wird.

»Ich habe etwas zu essen vorbereitet«, lädt sie ihn ein, während sie Pavli in ihre Arme schließt. »Nein danke«, sagt er höflich, »ich habe weder Zeit noch Hunger.« Er drückt seiner Tochter einen dicken Kuss auf die Stirn. »Sei lieb und hab eine gute Zeit! Ich hole dich bald wieder ab.« Artig folgt Pavli ihrer Tante ins Haus. Er stellt ihre Sachen in den Eingang und wendet sich schnell ab. Er muss zurück.

Während der Autofahrt kommt er erstmals seit den frühen Morgenstunden ein wenig zur Ruhe. Die Ereignisse setzen sich wie ein Puzzle zusammen. Der Aufbruch, in den er und seine Freunde so viel Zeit und Energie gesteckt haben, wird gerade zerschlagen. Nicht durch einen Feind, sondern durch Verbündete. Er reibt sich die Augen. Sie brennen. Er weiß nicht, ob es Erschöpfung oder Trauer ist. Seine Welt gerät aus den Fugen und seine Uhren stehen seit den frühen Morgenstunden still. Es gibt eine neue Zeitrechnung. Nichts ist mehr so, wie es war. Wirklich begreifen kann er es noch nicht. Er weiß nur, dass er sein Leben fortan in zwei Abschnitte teilen wird. In ein Leben vor dem heutigen Tag und in eines danach.

Er ist zerrissen. Wo soll er hin? Zu Hause sitzt seine Frau. Sie wird freiwillig keinen Fuß vor die Tür setzen. Er sollte an ihrer Seite sein. Genau wie im Institut. Wer hält die Arbeit in der Kinder- und Jugendpsychiatrie heute aufrecht? Wer kümmert sich um die Patienten?

Er lenkt sein Auto weiter ins Stadtinnere, aber er hat keine Chance. Ein brennender Lastwagen blockiert die Straße. Er dreht um. So kann er das Institut nicht erreichen. Die Stadt steht still und ist gleichzeitig ein einziger Ameisenhaufen. Die Bevölkerung ist auf der Straße. Stellt sich Panzern entgegen, plakatiert Transparente mit eindeutigen Botschaften. »Unsere Freiheit bleibt!«, liest er in russischer Sprache. Die kyrillischen Buchstaben wurden mit schwarzer Farbe auf ein weißes Bettlaken gemalt. Der Stoff hängt über einem Straßenschild und flattert im Wind. Ohne den Schriftzug könnte es auch eine Friedensfahne sein.

Pavel hat den Überblick verloren. Er möchte weinen,

aber seine Tränen sind in unbekannten Kanälen versickert. Die Reifen seines Autos schlingern über Straßenbahnschienen. Das Leben läuft quer. Er kommt aus der Spur.

Sogar in seinem beschaulichen Viertel Podoli fahren Militärfahrzeuge herum. Sie haben sich offensichtlich verfahren. Wissen nicht, auf welches Ziel sie angesetzt wurden. Verfehlen ihren Auftrag und irren umher. Es sind sehr junge Männer, die komplett überfordert wirken. Irgendwer hat sie in diese Fahrzeuge gesteckt und hierher geschickt. Das sind keine Elitesoldaten, das sind Jungs, von denen ihr Land mehr fordert, als sie leisten können.

Die, auf die Pavel trifft, sind Polen. Nachbarn. Auf fremden Terrain. Für den Bruchteil einer Sekunde glaubt er, dass ein Gewehrlauf auf ihn zielt und er erschrickt vor seiner Reaktion: Es ist ihm egal.

Er tritt das Gaspedal durch und fährt mit quietschenden Reifen an dem Konvoi vorbei nach Hause. Vor der Haustür steht er wie angewurzelt. Er kann sie nicht öffnen. Hier ist er falsch. Hier kann er nichts tun.

Er ist ein Teil des großen Ganzen. Es sind auch seine Ideen und seine Worte, die heute zerschossen und unter Panzerketten zerquetscht werden. Er kann keinen Fehler finden. Er hat nichts Falsches getan und niemanden verletzt. Er hat Gedanken zu Papier gebracht. Das Krokodil wütet in der Stadt. Es hat angegriffen und schnappt wild um sich. Ohne Vorwarnung. Lautlos schlich es sich unter der Tarnung einer geheuchelten Freiheit und der Hoffnung auf eine bessere Zukunft in die Goldene Stadt. Während das Leben an der Oberfläche die warmen Sonnenstrahlen genoss, kroch das Krokodil durch den Untergrund, schliff seine Fangzähne an den Mauern eines längst gescheiterten, starren Kommunismus. Pavel glaubt, es manchmal gespürt zu haben. Aber er konnte es nie sehen.

Immer noch ruht seine Hand auf der Türklinke des Hauses. Am liebsten würde er sofort wieder ins Stadtzentrum laufen. Aber er überwindet sich zu einer kurzen Pause und geht hinein.

Věra sitzt auf der Couch. Ihre Augen sind verweint. Sie ist in sich zusammengesackt. Ihre Mutter sitzt daneben und dreht ein Stofftaschentuch in ihren Händen. Das Radio ist ausgestellt. Sie sitzen und warten. Dass das gewohnte Leben von gestern wiederkommt. Er setzt sich vor die beiden auf den Boden. Endloses, erdrückendes Schweigen. Es gibt Momente, da ist jedes gesprochene Wort zuviel.

Pavel streckt sich aus. Es tut gut, sich lang auf den Teppich zu legen. Er schließt seine Augen, versucht die vielen Bilder, die ihn überrennen, zu sortieren. Allmählich wird er ruhiger. Alexander Dubček und seine Regierungskollegen sind also in Moskau. Werden verhört. Pavel fragt sich, wo seine Mitstreiter sind. Die Männer, die auf den Treffen zu seinen Freunden wurden. Miroslav kämpft in einer improvisierten Fernsehstation. Funkt Hilferufe an die Welt. Ob sie gehört werden? Und wenn ja, wer könnte jetzt noch helfen? Die Tschechoslowakei ist ein kleines Fleckchen Erde auf der Welt. Wer interessiert sich für dieses kleine Land und seine Bewohner? Einst unterdrückt von der Österreich-Ungarischen Monarchie, danach besetzt vom Deutschen Reich und schließlich von der Sowjetmacht verschluckt. Und jene, die Gemeinschaft heuchelten, ersticken heute den letzten Hauch an Menschenwürde.

»Hast du auch was unterschrieben?«, schreit Věra plötzlich in die Stille. Er richtet seinen Oberkörper etwas auf, stützt seine Ellbogen auf den Teppich. »Steht dein Name unter diesem Manifest? Oder auf irgendeiner Liste? Du warst doch auch dabei!«

Sie fragt nicht, sie schreit. Dann springt sie auf. Wie ein Tier in Todesangst läuft sie im Kreis, rauft sich die Haare, schlägt sich die Hände vors Gesicht. Er weiß nicht, was er sagen soll. Er bleibt am Boden. Jetzt verliert sie den Verstand. Vor Angst. Er ist hilflos. »Antworte mir!« Sie rennt weiter. Er wartet, bis sie für einen Moment stehen bleibt und ihn ansieht. Schließlich nimmt er seinen ganzen Mut zusammen und flüstert: »Ja.«

Sie stößt einen schrillen Schrei aus und bricht zusammen. Ihr Körper wird von Weinkrämpfen geschüttelt. Sie kauert auf dem Boden. Behutsam robbt er näher an sie heran. Ganz langsam. Er berührt sie zuerst ganz sacht an den bebenden Schulterblättern, dann wagt er eine Umarmung. Sie erleidet einen Nervenzusammenbruch. Es bleibt ihm nichts, als sie zu halten. Auszuhalten.

Ja, er war dabei. Er gehörte zu jenen, die den Aufruf zu mehr Menschlichkeit und Freiheit verfassten. Intelligente, durchdachte und wohlgewählte Worte. Die Basis für eine lebenswerte Zukunft. Und gleichzeitig eine unbeabsichtigte Provokation der Mächtigen in Moskau. In der Presse wurden nur die 70 Aktiven veröffentlicht, die am Vortrag des Drucks auf die Schnelle erreichbar waren. In der Zeitung wurde Pavels Name daher nicht erwähnt. Aber das bedeutet keine Sicherheit. Denn direkt darunter steht deutlich geschrieben, dass weitaus mehr Personen mitwirkten und hinter den 2000 Worten stehen. Wer also nach vermeintlichen Konterrevolutionären sucht, wird früher oder später auch auf Pavel stoßen. Auf einigen Papieren steht sein Name. Auf Notizen, Ideensammlungen, Skizzen. Auf Vorlagen, aus denen Vaculík die 2000 Worte formulierte. MUDr. Pavel Vodák, Prag. Seine Handschrift. Unverkennbar. In diesem Moment dämmert ihm, dass er sich um Kopf und Kragen geschrieben hat. Seine Unterschrift beweist seine politische Gesinnung. In der allgemeinen Aufbruchstimmung unter dem Reformkurs Dubčeks sah er keine Gefahr. Er war davon überzeugt, seinem Land zu helfen. Die Ereignisse des heutigen Tages konnte er nicht vorausahnen. Würden nun Repressalien folgen? Er weiß es nicht. Das einzige, das er weiß, ist, dass er nichts ungeschehen machen kann.

Ganz langsam erholt sich Věra von ihrem Zusammenbruch. Er greift unter ihre Arme und Beine und hebt sie vorsichtig auf die Couch. »Leg dich hin«, flüstert er ihr ins Ohr. Er hockt sich zu ihr. Ganz nah. So gerne würde er sie beruhigen. Ihr sagen, dass alles gut wird. Aber das wäre eine Lüge. Er weiß nicht, was heute noch passiert und welche bösen Überraschungen die kommenden Tage bereithalten. Er weiß gar nichts mehr.

»Ich gehe noch mal in die Stadt«, sagt er. Sie reagiert nicht. Sie lässt es einfach geschehen. »Pass auf sie auf«, ruft er seiner verstörten Schwiegermutter zu und geht.

Die Lage in der Stadt spitzt sich weiter zu. Menschenmassen umringen die Panzer und hindern sie am Fahren. Das Chaos regiert. Es stinkt nach Feuer, Schwarzpulver und Blut. Feinste Partikel legen sich auf seine Zunge. Das ist der Geschmack des Krieges. Sinnlose Zerstörung und Tod. Hass und rohe Gewalt. Sirenen von Krankenwagen heulen. Aber auch sie stecken fest, weit entfernt von den Verletzten. Zu weit entfernt. Er ist Arzt. Er könnte helfen. Aber er weiß nicht, wo er anfangen soll. Er irrt ziellos umher. Das Nationalmuseum am Wenzelsplatz ist schwer getroffen. Tiefe Einschusslöcher zeugen von der »Hilfe« der Bruderstaaten. In der Altstadt steht ein Haus lichterloh in Flammen. Pavel stolpert über das Kopfsteinpflaster. Er will etwas tun, weiß aber nicht was. Der Geschmack auf seiner Zunge wird unerträglich, den Gestank würde er gerne ausblenden. Aber das geht nicht.

Endlich findet er das Haus, aus dem am frühen Morgen gesendet wurde. Die Tür ist weit geöffnet. Er eilt die Stufen hinauf und betritt die unbekannte Wohnung. Ein eiskalter Schauer läuft über seinen Rücken. Die Wohnung ist menschenleer. Verwüstet. Die Glühbirnen, die noch vor wenigen Stunden der Ausleuchtung dienten, liegen zerbrochen am Boden. Keine Spur mehr von den Kameras, die den Reporter filmten. Keine Aufnahmegeräte mehr, kein Mikrofon. Nur Verwüstung. Die Möbel umgeworfen, der Inhalt der Schubladen und Schrankfächer auf dem Boden verteilt. Porzellanscherben, Bücher, Besteck, Decken, Akten, Kissen, eine Kinderpuppe mit verdrehten Armen. Zerstörung. Behutsam nimmt er die Puppe in die Hand, richtet ihre Gliedmaßen und setzt sie vorsichtig auf das Fenstersims.

Er hat Durst. Findet kein Wasser. Hier muss doch irgendwo eine Toilette sein! Er stolpert orientierungslos durch das Chaos, findet schließlich ein kleines Bad. Sofort dreht er den Wasserhahn auf, beugt sich über den Waschtisch und hält seinen offenen Mund in den Strahl. Wasser! Endlich! Es schmeckt nach Metall und Kalk. Trotzdem nach Leben. Besser als draußen. Er trinkt wie ein Mensch, der kurz vor dem Verdursten ist. Er stürzt das kalte Wasser herunter, lässt es auch über seine Hände laufen. Er formt sie zu einer Schale und sammelt das wertvolle Element darin, benetzt sein Gesicht.

Er blickt in den Spiegel und erschrickt. Ein schmutziger, übermüdeter und erschreckend gealterter Mann schaut aus der blanken Fläche zurück. Das Wasser hat sich mit dem dunkelgrauen Staub, der sich draußen unbemerkt auf sein Gesicht gelegt hat, zu einer schmierigen Masse verbunden. Er dreht den Hahn noch weiter auf und wäscht sich. So gut wie möglich. Auf dem Fenstersims findet er ein sauberes Handtuch. Eine Wohltat.

Er rennt raus. Im Treppenhaus kommt ihm eine junge Frau entgegen. »Wer sind Sie?«, fragt sie ihn misstrauisch. »Pavel«, antwortet er knapp, »wo sind die anderen?« Die Frau sinkt auf die Stufen. Sie kauert sich zusammen, ihre Hände krallen sich ins Treppengeländer. Ein zartes Häufchen Elend, dessen Schulterblätter vibrieren. Hemmungsloses Weinen. Sie riecht nach Qualm, Schweiß und salzigen Tränen. Plötzlich bricht ein Wortschwall aus ihr heraus. Bruchstückhaft, zerfleddert. Aber Pavel kann die Teile zu einem Ganzen zusammensetzen. Die Frau ist Mitarbeiterin der Rundfunkstation im Stadtteil Vinohrady. Sie hat die Toten gesehen. Überrollt von Panzern, als sie sich unbewaffnet davorstellten. »Sie wollten uns helfen! Die Besetzung unseres Senders verhindern!« Andere wurden erschossen. Die Frau weint weiter. Wellen von immer wieder aufflackernden Krämpfen schütteln ihren zierlichen Körper. Das helle Beige ihres Trenchcoats ist nur noch zu erahnen. Sie ist wahrscheinlich schon den ganzen Tag unterwegs. Zwischen Schutt, Asche, Gewalt und Unmenschlichkeit. Ihre Nase läuft, sie wischt den Rotz einfach mit dem Handrücken fort. Ihre Wimperntusche ist über ihre Wangen verteilt. Es ist ihr egal. Sie sucht ihre Freunde. Findet niemanden. Die Ungewissheit raubt ihr die letzte Kraft. Pavel kann ihr nicht helfen. Er klopft ihr kurz auf die Schulter und setzt seinen Weg fort.

Der Tag nimmt kein Ende. Der Terror wütet weiter. Pavel schaut in alle Richtungen, sucht nach bekannten Gesichtern. Findet keine. Alles ist fremd. Er erkennt seine Stadt nicht wieder. Er läuft zwar über den Asphalt, hat aber keinen Boden unter den Füßen. Er geht zum Institut. Endlich, am Eingang, trifft er auf Vertrautes. Der Portier sitzt wie gewöhnlich hinter seiner Glasscheibe. »Herr Doktor«, begrüßt er ihn, »wie schön! Sie sind da!« Pavel nickt. Ja, er ist da. Er spürt ehrliche Freude. Ein längst vergessenes Gefühl. Er verharrt einen Augenblick beim Portier. »Geht's Ihnen gut?«, erkundigt sich dieser. »Ich weiß es nicht«, antwortet Pavel. Er verabschiedet sich mit einem kurzen Winken und geht zu seinem Arbeitsplatz. Vor seinem Dienstzimmer angekommen, stellt er fest, dass die Tür verschlossen ist. Seine Schlüssel liegen zu Hause auf dem Schreibtisch. Er könnte den Portier bitten, die Tür zu öffnen, aber das will er nicht. So schleicht er durch die Gänge der Einrichtung. In der Ambulanz ist niemand. Kein Personal, kein Patient. Nur eine gespenstische Leere.

Auf der Station trifft er den jungen Assistenzarzt Dr. Horák. »Oh, Herr Doktor«, freut sich dieser, »Sie sind ja doch hier! Wir waren uns sicher, dass …« Er stockt.

»Natürlich bin ich hier. Wo sollte ich denn sein?« Horák druckst herum. Er schaut verlegen zu Boden und ärgert sich offensichtlich über seine Worte.

»Horák?«, hakt Pavel nach, »Sie waren sich sicher, dass was?« Der junge Arzt schaut weiterhin zu Boden. Er stammelt, stottert, ringt um Formulierungen.

»Horák!« Pavel wird wütend. »Ich möchte, dass Sie jetzt klar und deutlich Ihren Satz beenden!« Schweigen. Pavel geht auf ihn zu und legt seinen Zeigefinger unter das Kinn des Assistenten und hebt dessen Kopf. Er soll ihn gefälligst anschauen. Pavel wartet.

»Na ja, wir, also ich nicht, also die Oberärzte …«, er räuspert sich und versucht verzweifelt, Pavels Blick auszuweichen. Aber der bleibt unerbittlich. Dr. Horák atmet einmal tief durch. »Herr Doktor, es hieß, Sie seien als Regimegegner heute Morgen verhaftet worden.«

Jetzt ist es raus. Pavel zieht seinen Finger zurück. Nicht aber seinen fixierenden Blick. Er verengt seine Augen und mustert sein Gegenüber eindringlich. »Horák, Sie sind doch ein intelligenter junger Mann.« Er macht eine Pause und der junge Arzt nickt devot. »Wieso glauben Sie alles, was andere sagen?« Horák schaut wieder zu Boden. Er schämt sich.

»Bilden Sie sich künftig gefälligst Ihre eigene Meinung, bevor Sie die Gerüchte anderer verbreiten.«

»Ja, Herr Doktor. Sie haben absolut Recht!«

Pavel schlägt ihm versöhnlich auf den Rücken: »Ich danke Ihnen für Ihre Offenheit. Ich hoffe, Sie haben heute etwas gelernt, das Sie nie vergessen.«

»Ja. Danke, Herr Doktor.« Die beiden gehen kurz über die Station. Es ist erstaunlich ruhig, den Patienten geht es gut.

Pavel verspürt kein Verlangen, einem der Oberärzte zu begegnen. Erst recht nicht seiner Stellvertreterin. Sie ist falsch und intrigant. Er kann sie nicht ertragen. Erst recht nicht heute. »Ich nehme mir ein paar Tage frei. Danach bin ich zurück. Sagen Sie das allen anderen! Klar?«

»Absolut klar, Herr Doktor!«

Es reicht. Er geht nach Hause. Den ganzen Tag hat er noch nichts gegessen. Sein Magen verlangt keine Nahrung. Aber er merkt deutlich, dass er erschöpft ist. Resigniert schleppt er seine Füße durch die Gassen. Er meidet die großen Straßen. Er kann nichts mehr aufnehmen, will kein Militär mehr sehen. Verdrängen und die Augen verschließen ist eine Gnade. Die Schritte fallen ihm schwer. Alles schmerzt. Die Füße, die Knie, der Rücken, der Kopf und vor allem die Seele. Die Sonne sinkt langsam. Pavel will den Himmel nicht sehen. Vielleicht hat er auch Angst, dass er sich wieder in kräftige Rottöne verwandelt. So wie gestern. Eine trügerische Schönheit. Der gleiche Farbton wie das brennende Haus in der Altstadt.

»Gut, dass du wieder da bist.« Věra schließt ihn in die Arme. »Ich lasse dich nicht alleine, versprochen«, sagt er und ist erleichtert, dass sie sich offensichtlich wieder gefangen hat.

Die warme Suppe, die die Schwiegermutter gekocht hat, tut ihm gut. Sie wärmt von innen. Obwohl es August ist, friert er schon den ganzen Tag. Die drei essen schweigend. Danach geht er zum Telefon, wählt die Nummer in Böhmisch Leipa.

»Pavli«, ruft er in den Hörer, »geht es dir gut?« Die Kleine bejaht, ist begeistert. Ein Riesenstein der Erleichterung fällt von Pavels Seele. Sie plappert drauf los: »Tante Lenka hat Fahnen genäht! Ganz viele! Aus rotem, blauen und weißen Stoff! Ich glaube, die nennt man Trikolore. Die sind so schön! Die haben wir uns an die Jacken geheftet und sind auf die Straße gegangen zum Protestieren. Tante Lenka sagte, wir müssen unbedingt damit in die Stadt gehen, wo diese Russen doch den Opa Svoboda verschleppt haben. Das ist so gemein!« Das Mädchen ist in seiner Euphorie kaum zu bremsen und Pavel traut seinen Ohren nicht: »Pavli, stopp! Gib mir sofort Tante Lenka!«

Er hält seine Hand vor den Hörer und flucht in Richtung seiner Frau und Schwiegermutter: »Das kann doch nicht wahr sein!« Die beiden schauen ihn nur mit geöffnetem Mund an und verstehen seinen Zorn nicht. »Lenka, bist du es?«, ruft er in den Hörer. »Sag mal, bist du von allen guten Geistern verlassen? Bleibt im Haus, verdammt noch mal! Ich bringe sie zu euch, damit sie in Sicherheit ist und du hast nichts Besseres zu tun, als aus ihr Kanonenfutter zu machen …«

Seine Schwägerin erklärt ihm detailliert, dass sie ihn und alle Prager unterstützt. Außerdem seien die Trikoloren außerordentlich gut gelungen. Pavel atmet tief durch, rauft sich die Haare und zwingt sich zur Ruhe, damit er nicht vollends explodiert. »Lenka«, fährt er betont langsam und deutlich fort, »Hör. Mir. Jetzt. Bitte. Zu. Bitte.« Stille am anderen Ende der Leitung. »Es interessiert keinen einzigen Menschen, ob du mit Pavli fahnenschwenkend durch Böhmisch Leipa marschierst oder nicht! Bitte!« Stille. Pavel wartet. Er nimmt an, dass sie nickt. »Lenka, du musst schon etwas sagen, wenn wir telefonieren. Ich kann dich nämlich nicht sehen!«

»Ja.«

»Also, du hast mich verstanden?«

»Ja.«

»Gut. Danke.«

»Aber wir wollten protestieren.«

»Ja, das ist lieb von euch. Aber es bringt nichts.«

»Schade.«

»Ja. Es ist sogar gefährlich.«

»Meinst du? Ich dachte, du freust dich.«

»Nein', tue ich nicht. Ich würde mich freuen, wenn ihr damit aufhört. Věra und ich sind dir wirklich dankbar, dass sie bei euch bleiben darf. Aber passt bitte auf und bleibt am besten im Haus.«

»Ja.«

Pavel knallt den Hörer auf die Gabel und flucht: »Herrgott noch mal!«

»Sie ist ein sehr lieber Mensch«, interveniert die Schwiegermutter in mildem Tonfall und hebt ihren Zeigefinger.

»Ja«, seufzt Pavel erschöpft: »Das habe ich nie bestritten. Aber ich kann einfach nicht mehr.«

Prag – 19. Dezember 1968

Die Tage kommen und gehen, die Menschen huschen durch die Straßen. Unauffällig, leise, resigniert. Sie gehen ihrer Arbeit nach, stehen Schlange. Die Schlangen sind länger geworden. Man reiht sich ein. Manchmal, ohne zu wissen, zu welchem Zweck. Die Regale werden immer leerer. Wo man wartet, muss es auch etwas geben, wofür sich die Anstrengung lohnt. Getreu dem Motto: Was man heute kauft, hat man. Man weiß schließlich nicht, ob es das morgen noch gibt.

Die Panzer haben sich nach einigen Tagen langsam zurückgezogen, die Straßen sind wieder frei. Die Einschusslöcher am Nationalmuseum bleiben. Die in den Seelen der Menschen auch. Sie sind müde. Die Gesichter der Einzelnen verschwinden in der Masse des Volkes. Sie tauchen unter oder passen sich der erstarrten Allgemeinheit an. Der Frühling ist lange vorbei. Kalte Winde fegen durch die Stadt, die bunten Blüten der Blumen sind längst verwelkt. Lautlos schwebt auch das allerletzte Blatt zu Boden. Wird dort zu einem von vielen. Braun, verdorrt, abgestorben.

In diesem Jahr konnte Pavel die warme Herbstsonne, die das Laub der Bäume in sanftes Gelb und Rot verzauberte, nicht genießen. Die wenigen Tage, in denen ein goldener Oktober herrschte, passten nicht so recht zum Alltag in Prag. Der nassgraue November spiegelte die Atmosphäre treffender. Auch jetzt, so kurz vor Weihnachten, wird es nicht freundlicher. Keine einzige sanft tanzende Schneeflocke ist in Sicht. Stattdessen strömender Regen in grauer Luft. Ein scharfer Wind zieht um den Häuserblock und peitscht den Regen erbarmungslos um die Ecke.

Pavel schlägt den Kragen seines Mantels hoch. Er muss seinen Hals schützen.

Da ist es ist, das Regierungsgebäude. Er hat eine schriftliche Vorladung. Ein Beamter möchte sich mit ihm unterhalten. Pavel hat keine Ahnung, worüber. Es fühlt sich nicht gut an.

Er betritt das Gebäude und kramt in seiner Manteltasche nach dem offiziellen Schreiben, das ihn vor einigen Tagen erreichte. Er faltet es auseinander und sucht die Zimmernummer, wo er sich zu melden hat. G 353. Er schaut auf die kleinen vergilbten Schildchen neben den schweren Holztüren, die den endlosen Gang säumen. Es riecht nach Muff und klammer Feuchtigkeit. G 344, 345, 346 … Pavel geht weiter. Das Klackern seiner Schritte auf dem hellblauen Linoleum hallt durch das Gebäude. Fahles Licht fällt aus milchigen Plastiklampen von der Decke. Abgestorbene Fliegenkadaver im Inneren der Lampenschirme verstärken das morbide Ambiente der einzigen Lichtquellen. Es gibt keine Fenster. Nur dicke, dunkle Türen, die sich in korrektem Abstand aneinanderreihen. Die Wände wurden vor einer Ewigkeit in einer Farbe getüncht, die an Eierschalen erinnert. Vielleicht waren sie auch mal weiß. 351, 352, 353. Da ist es.

Pavel schaut noch einmal auf seine Vorladung. G 353. Sein Herz klopft lauter als seine Hand an der Tür. Er tritt ein. Ein übergewichtiger Beamter sitzt an seinem Schreibtisch. Die Luft steht und riecht nach ranzigem Fett. Der Schreibtisch ist fast leer. Auf der linken Seite liegt ein einzelner Aktenordner. Einsam, verloren. Auf der rechten Seite steht ein graues Telefon, daneben ein kleines Holzkarussell mit vielen wichtigen Stempeln und einem Stempelkissen. In der Mitte des Schreibtisches liegt ein Kugelschreiber parallel zur Tischkante. Der Beamte schnauft schwer. Seine einzige Bewegung besteht darin, dass er seinen runden, kahlen Kopf kaum merklich hebt, um Pavel anzusehen. »Ehre der Arbeit, Genosse«, eröffnet Pavel das Gespräch mit dem sozialistischen Gruß, »bin ich hier richtig?« Er geht auf den Beamten zu und zeigt ihm den Brief. Der Mann schiebt seine Hornbrille etwas höher, betrachtet in aller Ruhe das Schreiben und bedeutet mit einer Handbewegung, dass Pavel sich setzen möge. Er folgt der Bitte. Der Stuhl ist kalt und hart. Der Beamte schweigt, schnauft nur weiter schwer durch den geöffneten Mund. Entweder ist er erkältet oder eine Herzinsuffizienz verhindert, dass sein übergewichtiger Körper mit ausreichend Sauerstoff versorgt wird. Pavel fragt ungeduldig: »Nun ja, da bin ich. Worüber möchten Sie sich mit mir unterhalten, Genosse?« Er neigt den Kopf etwas zur Seite, hebt seine Augenbrauen leicht an und wartet auf eine Antwort. Der Beamte lehnt sich zurück, schnauft noch lauter und greift zu dem einsamen Aktenordner. Er öffnet ihn und blättert in einer Seelenruhe darin herum. Immer wieder leckt seine fette Zunge den fleischigen Daumen. So kann er Seite für Seite umblättern. Pavel ekelt sich. Hoffentlich muss er nichts in diesem Raum anfassen. Alles ist schmierig. Der Beamte, der Boden, die Wände, das spärliche Mobiliar. Sogar das Fenster im Rücken des Beamten ist blind vor Schmutz.

Endlich bricht er sein Schweigen. »Genosse Vodák, Doktor Pavel Vodák«, sagt er mit tiefer, rasselnder Stimme, »Sie fahren auffallend oft ins Ausland.«

»Das gehört zu meinem Beruf«, antwortet Pavel selbstbewusst. Der Beamte blättert weiter. Und liest. Pavel versucht, einen Blick auf die Dokumente im Ordner zu erhaschen, aber es gelingt ihm nicht. Es sind sowohl Formulare als auch schlichte Papiere mit kurzen Textpassagen in blasser Schreibmaschinenschrift. Teilweise auf neuem Papier, teilweise auf bläulich kopierten Matrizen. »Genosse Vodák«, fährt der Beamte fort, »es scheint, als hätten Sie ein großes Interesse, mit westlichen Staaten zu kollaborieren.« Pavel bestätigt das: »Ja, das ist in meinem Beruf unerlässlich. Ich nenne es allerdings Zusammenarbeit und fachlichen Austausch. Nicht Kollaboration.«

Der Beamte lehnt sich selbstgefällig zurück. Die pralle Haut seines runden Gesichts glänzt. »Genosse, Sie sind ein hochgeschätzter Experte auf Ihrem Gebiet und die Tschechoslowakische Sozialistische Republik freut sich, ein Talent wie das Ihre ihr Eigen nennen zu dürfen. Es wäre doch nicht im Sinne unserer sozialistischen Gemeinschaft, wenn kapitalistische Nationen von Ihren Forschungen profitierten.«

Pavel traut seinen Ohren nicht! Er ist doch kein Eigentum dieser erlahmten Republik! Sein Kampfgeist ist erwacht. Er richtet sich auf und neigt seinen Oberkörper in Richtung des Beamten: »Was wollen Sie mir damit genau sagen?« In seinen Augen blitzen Widerstand und Freude an der Auseinandersetzung. In wenigen Minuten hatte dieser Beamte in ihm reaktiviert, was der 21. August verschüttet hatte.

Der Beamte schwitzt jetzt noch stärker, als zu Beginn des Gespräches. Er nimmt seine dicke Hornbrille ab und putzt die Gläser genüsslich mit einem graukarierten Stofftaschentuch. Ohne die Brille wirkt sein Kopf noch nackter und runder. Er haucht seinen fetten Atem auf die Gläser und poliert akribisch mit dem Taschentuch nach. Als er die Brillengläser für sauber genug erachtet, wischt er mit dem gleichen Tuch die Schweißperlen von seinem Kopf. Pavel schüttelt sich innerlich.

Der Beamte setzt seine Brille wieder auf und sagt unmissverständlich: »Ich sage damit, dass Sie ab sofort nicht mehr ins Ausland fahren.« Pavel lehnt sich wieder zurück und nimmt den Kampf auf: »Dadurch verliert die Republik eben ihren besten Kinder- und Jugendpsychiater.«

Der Beamte bleibt provozierend ruhig: »Das erklären Sie mir bitte genauer.«

Pavel weiß, dass er nun alles auf eine Karte setzen muss. »Wenn ich mich nicht mehr mit anderen Fachleuten austauschen kann, nicht mehr in ausländischen Universitäten lehren darf, verliere ich den Anschluss. Dann entwickeln sich die anderen weiter und ich falle zurück.« Der Beamte quittiert Pavels Aussage mit einem noch lauteren Schnaufen. »Sie können sich gerne weiter austauschen«, antwortet er gelassen.

Pavel misstraut der Freundlichkeit. Er sieht wieder ein

Krokodil vor seinem geistigen Auge. Es hat seine Gestalt verwandelt. Keine blitzenden Zähne. Eher eine gigantische Masse, die ihn langsam zerquetscht. Die subtile Gefahr in der Luft. Er wartet ab und beobachtet genau. Alle seine inneren Antennen sind auf Empfang gestellt. Der Beamte hält seinem Blick stand. Pavel fixiert ihn und weiß, dass seine Augen sich verengen und er weder Freundlichkeit noch Unterwerfung signalisiert. »Also«, sagt Pavel selbstsicher, »ich darf mich weiter austauschen. Damit wäre ja alles geklärt.«

»Ja«, schnaubt der Beamte, »aber nur mit ausgewählten Fachleuten aus Russland, Ungarn, Polen, Bulgarien, Rumänien und vielleicht sogar der Deutschen Demokratischen Republik.« Pavel mustert den Mann. Ja, er ist ein Krokodil. Er wirkt träge und langsam. Aber hinter der abstoßenden Fassade schlummert eine bedrohliche Macht, die er gerade geweckt hat. Pavel ist hochkonzentriert. Er lässt das Krokodil nicht aus den Augen. Er weiß, dass er diese Gedanken nicht aussprechen darf. Zumindest nicht ohne eine geschliffene Formulierung. Dieses System verlangt, dass er seinen Kopf benutzt. Die Mächtigen sollen glauben, er sei auf ihrer Seite. Er sucht nach passenden Worten.

Doch der Beamte kommt ihm zuvor. Er greift wieder in den Ordner. Diesmal blättert er weiter hinten in den Unterlagen. Zielsicher zieht er mit dem geleckten Daumen eine Liste hervor. Er zitiert mit stoischer Ruhe: »›Nationalkünstler Benno Blachut, Mitglied der Oper des Nationaltheaters in Prag. Prof. Dr. Jan Brod, Direktor des Instituts für Kreislaufkrankheiten in Prag. Akademiker

Bohumil Bydzovsky, Mathematiker. Dozent Dr. Jiří Cvekl, Philosoph. Věra Cáslavská, Olympiasiegerin. Zdeněk Cechrak, Arbeiter bei ČKD. Jiří Hanzelka, Schriftsteller. Miroslav Holub, wissenschaftlicher Mitarbeiter des Mikrobiologischen Instituts der Akademie der Wissenschaften. Rudolf Hrušinský, Schauspieler und Regisseur. Jaromil Jireš, Filmregisseur.‹«

Er macht eine bedeutungsschwere Pause. Pavel wusste es. In diesem Mann steckt das Krokodil. »Doktor«, fährt der Beamte fort, »ich könnte diese alphabetisch geordnete Liste komplett verlesen. Aber das muss ich nicht. Sie kennen die Namen. Es sind einige mehr als die siebzig, die unter dem Manifest in den Zeitungen veröffentlicht wurden.«

Pavel setzt einen neutralen Gesichtsausdruck auf und verbietet sich jede Reaktion. Ja, er kennt die Namen. Es sind die Männer und Frauen, die sich für einen Sozialismus mit menschlichem Antlitz einsetzten. Jene, mit denen er sich traf, diskutierte und schrieb. Die Impulsgeber des Prager Frühlings. Würde der Beamte weiterlesen, käme irgendwann der Buchstabe V und er würde vorlesen: Dr. Pavel Vodák, Ärztlicher Direktor des Prager Instituts für Kinder- und Jugendpsychiatrie.

Zack! Das Krokodil hat zugeschnappt. Er steckt in seinem Maul und es erstickt ihn langsam durch seine Masse. Pavel bleibt äußerlich standfest und ruhig. Innerlich tobt ein Orkan aus unbändiger Wut. Er schweigt. Der Beamte legt die Liste zurück in den Aktenordner. Er setzt die braune Hornbrille ab und legt sie ordentlich auf seinen

Schreibtisch. Auf den Millimeter genau parallel zum Kugelschreiber. »Genosse Vodák. Wir haben uns verstanden. Sie reisen nicht mehr.«

Pavel weiß, dass er mit dieser Auflage mehr als gut bedient ist. Andere Regimegegner wurden bereits verhaftet. Einige kamen nach stundenlangen Verhören wieder frei, andere nicht. Ihr Schicksal kann er nur erahnen. Wirklich wissen möchte er es gar nicht.

Das Gespräch ist für ihn beendet. Er spürt, dass es nichts gibt, was er noch tun kann. So sehr er auch möchte, er hat verloren. Er ist ein Kämpfer und gibt nicht auf. Aber in diesem Augenblick weiß er, dass es in diesem Kampf nichts mehr zu gewinnen gibt. Wohl aber alles zu verlieren. Pavel steht auf. »Ja, ich habe verstanden.«

Der Beamte klebt weiter an seinem Stuhl. Aber er streckt Pavel seine fleischige rechte Hand entgegen. Pavel nimmt sie nicht an. Er nickt kurz und wendet sich zum Gehen. Als er an der Tür steht, erhebt der Beamte noch einmal seine laute, rasselnde Stimme: »Genosse!« Pavel dreht sich um. Der Beamte grinst ihm hämisch ins Gesicht: »Nehmen Sie sich ein Beispiel an Ihrem Herrn Bruder. Er dankt unserer Tschechoslowakischen Sozialistischen Republik an jedem Tag und stellt seine Leistung in den Dienst unseres Volkes. Leistung wird honoriert. Das ist es doch, was auch Sie fordern! Leistung soll sich lohnen.«

Dem Krokodil scheint es nicht zu genügen, die Beute zu fangen. Es quält sie zusätzlich.

Immer noch gelingt es ihm, nach außen ruhig und gelassen zu wirken. Er deutet ein Nicken an, drückt die Türklinke und verlässt den Raum. Im Flur geht er forschen Schrittes zum Ausgang. Er kann hier nicht atmen. Er erstickt! Er beschleunigt seine Schritte. Die letzten Meter rennt er. Er stößt die Tür auf und stolpert an die frische Luft. Der Regen tut plötzlich gut. Der kalte Wind auch. Verzweifelt versucht Pavel gegen den bitter brennenden Magensaft anzuschlucken, der sich durch seine Speiseröhre nach oben schiebt. Er schafft es nicht. Unmengen an Speichel sammeln sich in seinem Mund. Er schafft es noch wenige Meter bis in eine kleine Seitengasse hinein und erbricht sich auf den Bürgersteig. Völlig durchnässt steht er neben dem Erbrochenen und verfolgt, wie der Regen es langsam aufweicht und davonspült.

Prag – 23. Dezember 1968

Er lässt ihn sowieso wieder frei. Wie in den letzten Jahren. Der dicke Karpfen zieht seine Bahnen in der Badewanne und Pavel beobachtet ihn mit skeptischem Gesichtsausdruck. Vor einer halben Stunde hat er ihn am Moldauufer gekauft. Gerade hat er ihn aus seinem Eimer in die Wanne gesetzt. Frischer kann ein Fisch nicht sein. Er hat Mitleid mit ihm. Die Badewanne ist viel zu eng. Darin kann er nicht richtig schwimmen. »Darf ich ihn mal anfassen?«, fragt Pavli. »Natürlich«, sagt Pavel und denkt: Armes Tier, jetzt musst du noch mehr leiden, weil eine Kinderhand dich durch die Wanne jagt.

In der kleinen Küche herrscht hektisches Treiben. Frída und Lenka sind zu Besuch. Wie jedes Jahr an Weihnachten soll es panierten, gebratenen Karpfen zu Kartoffelsalat geben. Vorausgesetzt, jemand bringt es übers Herz, den Fisch zu töten. Frída und Věra werden in regelmäßigen Abständen aus der Küche bugsiert, weil sie mehr im Weg stehen als helfen.

»Pavel, deine Mutter hat angerufen«, ruft Věra in Richtung Badezimmer. »Sie möchte, dass wir sie an den Feiertagen besuchen. Alle zusammen.« Alle? Pavel stockt der Atem. Er kann nicht mit seinem Bruder in einem Raum sein. Er geht ihm aus dem Weg. Er trocknet seine nassen, kalten Hände an einem Handtuch und lässt seine Tochter mit dem Karpfen planschend zurück.

»Ich werde meine Mutter in den nächsten Tagen besuchen«, sagt er zu seiner Frau im Wohnzimmer. »Warum willst du nicht mit deiner Familie feiern?«, hakt Frída nach.

»Weil ich meinen Bruder nicht ertragen kann.«

Bedächtig schreitet er an den Schrank, kramt das Schachbrett und die kleine Holzschachtel mit den Figuren hervor. Fragend hält er seinem Schwager beides hin, dieser nickt. Eine Partie Schach mit Frída ist ein liebgewonnenes Ritual und gehört zur Entspannung an den Feiertagen.

Noch während er das Brett auf dem Tisch richtet, merkt er, dass Frída sich mit seiner Antwort nicht zufriedengibt: »Was ist denn so schlimm an deinem Bruder?« Gute Frage, denkt Pavel und überlegt. Frída wartet geduldig. »Nun ja«, beginnt Pavel zögernd und teilt seinem Gegenüber die weißen Figuren zu, »er ist ... er ist ... er steht den Kommunisten sehr nah, hat bei denen wohl seinen Platz gefunden.«

Frída wählt eine Englische Eröffnung mit einem langsamen und flexiblen Vorstoß eines Bauern. Gleichzeitig hält er das Gespräch aufrecht, indem er ohne Worte zeigt, dass das noch nicht alles sein kann. Pavel ringt sich eine Erklärung ab: »Ich tu mich schwer mit diesem Regime. Und seit August fühle ich mich nicht mehr wohl.« Zug um Zug bewegen die beiden ihre Figuren auf dem Brett. Pavel bringt seinen König rasch in Sicherheit. Sein Turm springt über den König, davor stellt er eine Reihe von Bauern, die ihn vor Angriffen schützen. Die Rochade ist eine effiziente Taktik, die er nutzt, seit er das Spiel von seinem Vater lernte. Frída hebt seine Augenbrauen: »Was genau macht dein Bruder denn?«

»Das weiß ich nicht. Vielleicht macht er auch gar nichts. Jeder darf sein Leben so gestalten, wie es ihm beliebt. Es ist so ein Gefühl, das ich nicht benennen kann.« Pavel möchte nicht darüber sprechen. Es fällt ihm schwer, einige Züge im Voraus zu denken und komplizierte Angriffe vorzubereiten. Sein Geist schweift vom Spiel in die Realität. Er steht unter Zugzwang.

Pavel weiß, dass vermeintliche Staatsfeinde wie er überwacht werden und dass die Kommunistische Partei ihnen auflauert. Aber er weiß nicht, wer genau. Wer sammelt Beweise? Zu welchem Zweck? Es ist so verworren. Er hat den dicken Aktenordner bei dem Beamten gesehen. Waren das alles Unterlagen über ihn? Auch das weiß er nicht. Wieso betonte dieser unappetitliche Mensch, er möge sich ein gutes Beispiel an seinem Bruder nehmen? So etwas sagt niemand ohne Grund. Ist Vláďa gegen ihn? Oder wollte dieser Beamte auf perfide Art und Weise Zwietracht säen? Diese Ungewissheit nagt an seinen Nerven und zermürbt ihn.

Was macht sein Bruder? Er arbeitet als Ingenieur und dient damit seinem Land. Aber er, Pavel, tut das doch auch, indem er Kinder und Jugendliche therapiert! Er versteht es einfach nicht. Weder das, was um ihn herum vorgeht, noch das, was Vláďa betrifft. Sein Bruder hat doch alles, was einen Mann zufrieden macht: eine wunderbare Frau, eine gesunde Tochter und einen guten Beruf. Kein Grund für Missstimmungen. Leben und leben lassen.

»Ich finde es schade«, meint Frída und setzt seine weißen Figuren weiterhin defensiv, »wenn die Politik die Familie entzweit.« Pavel seufzt. Es stimmt, was sein Schwager sagt. Er hebt seine Augen vom Spiel und betrachtet Frída. Er schätzt ihn sehr. Ein ehrlicher Mensch mit einem großen Herzen. Er trägt seine Frau auf Händen und pflegt ein sehr inniges Verhältnis zu seiner Mutter.

»Worüber lächelst du?«, fragt Frída. Pavel hatte gar nicht bemerkt, dass ein amüsiertes Schmunzeln über sein Gesicht gehuscht war. »Ach«, wehrt er ab, »ich musste grad an dich und deine singende Mutter denken.« Frída errötet. Immer wieder dieselbe Anekdote, die für Erheiterung sorgt und daher gerne erzählt wird.

Der junge Frída war etwa sechzehn Jahre alt und gerade dabei ein ausgiebiges Bad im ersten Stock des kleinen Hauses in Böhmisch Leipa zu nehmen. Seine Mutter werkelte unten in der Küche und bereitete das Essen für die Familie vor. Sie schnippelte Gemüse, rührte in Soßentöpfen und achtete genau auf den duftenden Braten in der Röhre. Sie war in ihrem Element und bester Laune. Die Mutter liebt alte tschechische Volkslieder. Auch an diesem Tag sang sie voller Inbrunst, während sie an Herd und Spüle wirbelte. Sie gehört zu den Menschen, die zwar gerne singen, dabei aber nicht unbedingt jeden Ton treffen. Františka jedenfalls sang laut. Sehr laut. Irgendwann erklomm die Melodie des Liedes schwindelerregende Höhen. Statt einer wohlklingenden Sopranstimme drangen furchterregende Schreie durch das gesamte Haus. Sie schmetterte unbeirrt weiter, schwang die Kochlöffel im Takt der Musik. Frída sprang aus der Wanne, überzeugt, dass etwas Schreckliches passiert sei und er seiner Mutter helfen müsse. Nackt und nass hechtete er die Treppe herunter, die schrillen Schreie der Mutter wiesen ihm den Weg.

Er stand, wie Gott ihn schuf, in der Küche. Seine Mutter unterbrach schlagartig ihren Gesang und schaute ihn erstaunt an. Die Augen weiteten sich, ihre Kinnlade fiel herunter. Die komplette Küche stand still. Nur das Wasser im Kochtopf blubberte weiter vor sich hin und der Backofen brummte unter der starken Hitze.

»Alles in Ordnung bei dir?«, erkundigte sie sich besorgt. Frida war unfähig, auch nur ein Wort herauszubringen. Er sah sich um, nahm zur Kenntnis, dass sich alle weiteren Familienmitglieder um ihn versammelt hatten und er ohne Kleidung dastand. Věra bog sich vor Lachen: »Sie hat nicht um Hilfe geschrien, du edler Retter, sondern gesungen.«

Pavel neckt seinen Schwager gerne mit dieser Geschichte. »Ja, ja«, murmelt Frída, »lach du ruhig. Ich habe sie eben sehr lieb.« Er wechselt schnell das Thema: »Wer ermordet eigentlich in diesem Jahr den Karpfen?« Mit einem herausfordernden Lächeln blickt Frída in die Runde. Keine Antwort. Frída nutzt Pavels mangelnde Konzentration, bringt mit seinen weißen Figuren den schwarzen König in Bedrängnis. Bei einer Schachpartie gewinnt der, der den vorletzten Fehler macht und der, der den letzten macht, verliert. Wie im Leben. Irren ist erlaubt. Die Frage ist nur, zu welchem Zeitpunkt und ob eine Korrektur noch möglich ist. Pavel seufzt. Ihm dämmert, dass er kurz vor dem Schachmatt steht. Außerdem wird er den Fisch auch in diesem Jahr nach einem Tag wieder in seinen Eimer setzen und hinunter zur Moldau schleppen. Dort wird er ihn, begleitet von vielen Worten der Entschuldigung für die grausame Entführung, wieder ins Flusswasser entlassen. »Also ich kann das nicht!«

»Meine Mutter sollte als gelernte Köchin wissen, wie man einen Fisch erlegt, ausnimmt und zubereitet«, merkt Frída mit einem ironischen Unterton an. »Da unterschätzt du aber Pavlis Tierliebe und ihren Einfluss auf die Großmutter«, hält Pavel dagegen. »Schaut mal ins Bad. Sie nimmt schon Kontakt auf und streichelt das arme Tier.«

»Ist doch nur ein Karpfen«, hält Lenka aus der Küche rufend dagegen. Pavel lacht: »Aber nicht mehr irgendeiner. Die beiden freunden sich gerade an. Warte eine Weile und es ist *ihr* Karpfen. Und den können wir natürlich unmöglich essen.«

»Papa, der Karpfen lässt sich streicheln!« Pavli läuft aus dem Badezimmer und strahlt vor Glück. »He, das ist unser Weihnachtsessen«, provoziert Pavel mit gespieltem Ernst. »Außerdem bekommen wir dann keine Schuppen fürs Portemonnaie!« Pavli senkt den Kopf: »Hatten wir im letzten Jahr doch auch nicht.« Stimmt, denkt er.

Es ist ein guter Brauch, ein oder zwei Schuppen des Weihnachtskarpfens in die Geldbörse zu stecken. Das bringt Geld und Glück, verspricht der alte Aberglaube. Geld wäre Pavel nicht wichtig, Glück hingegen könnte er durchaus gebrauchen. Pavli schiebt die Unterlippe leicht vor und blickt ihn mit ihren großen Augen an. Damit wäre wohl der Gang zur Moldau mit Eimer und Fisch beschlossene Sache. Und die Geldbörsen bleiben auch 1969 ohne Talisman.

Prag – 16. Januar 1969

»Herr Doktor, kommen Sie bitte in die Ambulanz.« Die Schwester spricht in ruhigem, aber ungewohnt fordernden Tonfall. »Es ist etwas Schreckliches passiert.« Pavel schaut hoch. Er hat keine Zeit. »Kann das nicht einer der Oberärzte übernehmen?«, fragt er. Die Schwester drängt: »Nein, die haben es nicht geschafft.« Pavel seufzt und erhebt sich von seinem Stuhl. Er legt die Krankenakten, die er gerade bearbeitet, zur Seite, greift seinen weißen Arztkittel vom Haken und zieht ihn über.

In der Ambulanz wartet eine junge Mutter mit einem kleinen Mädchen im Kindergartenalter. Das Kind reagiert auf keine Ansprache. »Machen Sie doch, dass es ihr besser geht«, fleht die Frau. Pavel geht in die Hocke und blickt dem kleinen Mädchen offen in die Augen. *»Ahoj«*, nimmt er Kontakt auf, »ich bin Dr. Vodák. Ich habe jetzt Zeit für dich. Magst du mit deiner Mama in mein Zimmer mitkommen?« Die Kleine reagiert nicht. Sie starrt ins Leere. Bewegt sich keinen Millimeter. Die Mutter schluchzt. »Kommen Sie bitte mit«, sagt Pavel sanft und die Frau nimmt das Mädchen auf den Arm.

Zurück in seinem Dienstzimmer erfährt er von der Mutter, was geschehen ist. Sie waren einkaufen. Am Wenzelsplatz. Sie kamen aus einem Geschäft und wollten auf die andere Straßenseite. Zwischen dem Denkmal des heiligen Wenzel und dem Nationalmuseum. »Da stand er plötzlich«, weint die Mutter. »Ein junger, hübscher Mann. Er goss Benzin über sich, entzündete ein Streichholz und ...« Sie stockt. Ein Weitersprechen ist ihr nicht möglich. Pavel hört zu und hält das Schweigen aus. Mehr kann er nicht tun in diesem Moment.

»Der Mann hat sich selbst entzündet und Sie und Ihre Tochter haben das gesehen?«, hakt er nach einer Weile vorsichtig nach.

»Ja«, bestätigt die Frau und reißt ihr Kind an sich: »Sie hat es gesehen! Er brannte lichterloh!« Sie wird lauter. »Dieser Gestank! Wissen Sie, wie es riecht, wenn ein Mensch brennt?« Pavel weiß es. Diesen Geruch kann er nicht vergessen. Er brannte sich damals ein. Kurz nach Kriegsende. An dem Ort in der Wasserstraße, wo Tschechen in einem grausamen Racheakt einen deutschen Soldaten verbrannt hatten. Jetzt aber konzentriert Pavel sich auf das kleine Mädchen. Es ist traumatisiert. Vollkommen erstarrt. »Der Mann schrie und rannte«, erzählt die Frau weiter, »dann kam ein Straßenbahnfahrer und hat seinen Mantel über ihn geworfen! Es war so schrecklich! Tun Sie doch was, Herr Doktor! Helfen Sie uns!«

Pavel steht auf und geht um seinen Schreibtisch herum. Er hockt sich wieder vor das Kind. Es reagiert nicht. Er wendet sich der Mutter zu. »Ich kann nicht viel für Sie tun, meine liebe Frau.« Diese Momente der eigenen Hilfslosigkeit machen ihm zu schaffen. Es gibt kein Medikament gegen traumatische Erlebnisse und keine Möglichkeit, schreckliche Bilder zu löschen. Er wünschte, es wäre anders. Es gibt Wirkstoffe, die unerträgliche Gefühle dämpfen. Aber sie kehren zurück, wenn das Medikament nachlässt.

Bemüht um einen sachlichen, ruhigen Tonfall erklärt er der Mutter, dass er jetzt nichts tun kann, außer die Situation mit ihr gemeinsam auszuhalten. Er lenkt das Gespräch auf das Kind und erfährt, dass es Michaela heißt. Dass sie eigentlich ein fröhliches, unauffälliges und liebes Mädchen ist. Pavels Strategie geht auf. Je mehr die Mutter über ihr gewohntes Leben erzählen darf, desto ruhiger wird sie. Sie bekommt langsam wieder Boden unter die Füße.

»Sehen Sie«, erklärt Pavel, »das normale Leben ist die beste Medizin. Lassen Sie Ihre Tochter nicht alleine. Unternehmen Sie etwas mit ihr, was Sie beide gerne machen. Sie braucht jetzt Sicherheit und Alltag. Nehmen Sie sie in den Arm. Kochen Sie ihr Lieblingsessen und sorgen Sie für Normalität.« Die Mutter nickt. »Sollten die Symptome in ein oder zwei Wochen gar nicht besser werden, kommen Sie mit Michaela wieder her.« Die Mutter dankt ihm überschwänglich. »Kinder ertragen mehr, als wir glauben«, sagt Pavel zum Abschied. »Wir dürfen sie nur nicht alleine lassen.«

Pavel setzt sich hinter seinen Schreibtisch und denkt nach. Er ist froh, dass seine Schwiegermutter in der Wohnung lebt und immer für seine Tochter da ist. Auch sie musste viel sehen an jenem 21. August. Zu viel für ein Kind. Auch zu viel für einen Erwachsenen. Pavel greift zum Telefon und ruft seinen Freund Fiala an. Der Architekt arbeitet in unmittelbarer Nähe des Wenzelsplatzes und weiß sicher, was geschehen ist.

»Der Student heißt Jan Palach«, teilt Fiala mit. Es war sein Protest gegen die Niederschlagung des Prager Frühlings. Und dagegen, dass die meisten Menschen einfach ihren Alltag fortsetzen als sei nichts geschehen. Er lebe wohl noch, sein Zustand sei jedoch kritisch. »Pavel, die sind alle bekloppt«, flucht Fiala. »Angeblich gibt es ein Schreiben, das weitere Selbstverbrennungen ankündigt.« Pavel kann nur fassungslos den Kopf schütteln. Wenn politischer Protest fanatische Züge annimmt, wird es krank.

Ein paar Stunden später sitzen die beiden guten Freunde im U Čížků zusammen. Das ist ein kleines, aber feines Lokal in unmittelbarer Nähe des Karlsplatzes. Pavel umschließt seine Teetasse mit beiden Händen und genießt die Hitze des heißen Wassers, das durch das Porzellan nach außen dringt. »Auf die Gesundheit!« Fiala hebt sein Glas und prostet seinem Freund zu. Es war Fialas Idee, den Tag beim Bier ausklingen zu lassen. Pavel wollte keinen Alkohol. Er friert.

»Weißt du«, eröffnet Pavel das Gespräch, »ich kann nicht mehr.« Fiala mustert ihn prüfend, antwortet nicht. Er setzt sein Glas an den Mund und leert es in einem Zug. Pavel hat noch nicht einmal an seinem Tee genippt, als Fiala den zweiten halben Liter mit einem Fingerschnipsen ordert. »Ich weiß nicht mehr, was richtig und was falsch ist«, fährt Pavel fort. »Ich weiß nicht, wie es weitergehen soll.« Fiala zieht die Augenbrauen hoch: »Was sind denn das für Töne? Ich denke, wir reden heute über ein Ferienhaus, das du bauen willst.« Pavel seufzt. Ja, ein Ferienhaus. Eine gute Idee, die Wochenenden außerhalb der Hauptstadt im Grünen zu verbringen. Faulenzen, lesen, Natur genießen. Die Abende auf der Terrasse an einer offenen Feuerstelle sitzen. Schöne Gedanken. Weltfremd und lebensfern.

»Oh, der Herr Psychiater hat eine Depression«, neckt Fiala und grinst ihn breit an. Pavel verzieht den Mund zu einem gequälten Lächeln und Fiala wird ernst. »Was ist los mit dir?«, fragt er, jetzt mit ehrlichem Interesse.

»Ich hab mein Ziel verloren.«

»Du weißt nicht mehr, gegen wen du kämpfen sollst?«

»Ich will nicht kämpfen. Ich denke, ich habe nie gekämpft, aber trotzdem verloren.«

Fiala leert sein zweites Bierglas und schweigt. Es tut gut, einen Menschen zu haben, mit dem man offen sprechen kann. Sensibilität zählt zwar nicht zu Fialas Stärken, aber er ist ein guter Zuhörer, wenn es darum geht, seinen Gedanken über das politische System freien Lauf zu lassen. Er steht definitiv abseits des Kommunismus, auch wenn er das nie offen aussprechen würde. Allein die Art und Weise, wie das »Ehre der Arbeit, Genosse« über seine Lippen stolpert, ist einzigartig. Meint er es ernst? Macht er sich lustig? Er überlässt die Interpretation seinem Gegenüber und ist so auf der sicheren Seite. Fiala denkt sich seinen Teil, genießt schweigend und versucht, wenn irgendwie möglich, den Mächtigen ein Schnippchen zu schlagen.

Bei anderen Freunden ist das nicht so. Wenn sie überhaupt das Wort Freund verdienen. In den vergangenen fünf Monaten beschlich ihn immer mehr das Gefühl, dass die Menschen in seiner direkten Umgebung sich verändern. Er traut ihnen nicht mehr. Wenn er mit ihnen in einem Raum ist, spürt er etwas, das ihm nicht gefällt. Er findet keine Erklärung, sein Instinkt wittert das Krokodil.

Seit vielen Jahren geht Antonín Kubeš mit seiner Frau und den drei erwachsenen Kindern bei ihm ein und aus. Antonín ist Věras Vorgesetzter am Hygieneinstitut. Nachdem sie ihr Medizinstudium nicht fortsetzen durfte, erhielt sie aufgrund ihrer exzellenten Chemiekenntnisse dort eine Arbeit. Kubeš und seine Familie sind hoch angesehen in Prag. Sie wohnen in einer repräsentativen überdimensionalen Wohnung eines Jugendstilhauses in der Nationalstraße. Wer sich mit dieser Familie umgibt, darf in eine Welt aus Anerkennung, Ruhm und Ehre eintauchen. Pavel unterstellt ihnen, dass er nur aufgrund seines Berufes von ihnen anerkannt wird. Sie nennen ihn »Herr Doktor«. Außerdem schätzen sie die gute Küche, die in seiner bescheidenen Wohnung gereicht wird. »Oh, gnädige Frau«, umschwärmen sie die Schwiegermutter, »das duftet vorzüglich!« Selbstredend, dass Františka die Gäste gerne zu Tisch bittet.

Seit sich die Ereignisse 1968 überschlagen haben, nimmt Pavel eine beklemmende Atmosphäre wahr, wenn die Kubeš in seiner Nähe sind. Es ist, als müsse er sich verstellen. Es gab nie einen Anlass für sein warnendes Bauchgefühl, keinen einzigen deutlichen Warnschuss. Vielmehr schwingt etwas Unsichtbares und Bedrohliches mit, das ihn lähmt.

»Doch, mein Lieber, du hast gekämpft«, nimmt Fiala den Faden wieder auf, »zwar nicht mit Messern und Säbeln, aber gekämpft hast du. Und du durftest das Schlachtfeld lebendig verlassen. Das kann schon mal müde machen.«

Das dritte Bier steht frisch gezapft auf dem Tisch. Fiala rückt seinen Stuhl herum und setzt sich neben seinen Freund: »Jetzt hörst du mir mal ganz genau zu!« Pavel guckt wie ein geprügelter Straßenköter und Fiala lässt ihm keine Möglichkeit zum Ausweichen: »In diesem Regime sitzen schmierige, widerliche Kreaturen, die nur ihren eigenen Arsch retten und sich im Wohlstand aalen, während das Volk verreckt. Die kapieren nicht mal ihre eigenen sozialistischen Verordnungen. Die sind es nicht wert, dass du dir deinen Kopf darüber zerbrichst!« Er unterbricht sich. Als brauche er Zeit, um abzuwägen, ob er weiterreferieren sollte oder nicht. Schließlich fährt er fort. Spricht deutlich leiser und langsamer: »Und dann gibt es welche, da solltest du dir auch keinen Kopf drüber zerbrechen! Weil die nämlich verdammt schlau und gewieft sind. Von denen hältst du dich fern. Kapiert?« Pavel starrt apathisch in seine Teetasse.

»Ich baue dir ein schönes Ferienhaus, du genießt das Leben und hältst einfach deine Klappe!« Fiala greift zur Teetasse, schiebt sie fort und ordert beim Kellner ein weiteres Bier und zwei Wodka. Pavel langt hinterher, aber Fiala schiebt die Tasse so weit fort, dass er sie nicht erreichen kann. »Tee hilft dir nicht!« Pavel gibt auf. Prompt steht ein zweites Glas Pilsener Urquell auf dem Tisch, direkt daneben der Schnaps. Gehorsam stößt er mit seinem Freund an und stürzt auch den Wodka hinunter. »Also, mein Freund«, Fiala haut ihm auf den Rücken, »was hab ich dir gesagt?«

»Ich soll meine Klappe halten.«
»Sehr gut. Und was noch?«
»Ich soll mir nicht den Kopf zerbrechen.«
»Sehr gut. Was noch?«
»Ich soll den Tee wegschütten und mich besaufen.«
Die beiden lachen. »Herr Doktor Vodák, Sie lernen schnell!«, stichelt Fiala und Pavel kontert: »Ja, am liebsten von einem alten Sträfling!«

Mnichovice – 6. September 1969

An diesen Bäumen scheitert jeder! Das Holz der Hainbuchen ist unglaublich hart. Pavel lässt sich nassgeschwitzt auf einen Baumstumpf sinken. Sein Rücken schmerzt, er braucht eine Pause. Einen Meter weiter hockt Fiala auf dem Boden und studiert seine Pläne. »Das wird nichts«, stellt Pavel mutlos fest und schaut über das Grundstück. Es erinnert an einen kleinen Wald mit uraltem Baumbestand. Hier soll sein Ferienhaus entstehen. Gut dreißig Kilometer südöstlich von Prag, mitten im Grünen. Fiala kratzt sich am Kopf. Er grübelt. Den ganzen Tag haben die beiden mit ein paar Gehilfen Bäume gefällt. Schwerstarbeit.

»Weißt du was?«, Fiala steht auf und kommt mit flatternden Plänen auf ihn zu. »Wir lassen die Baumstümpfe einfach, wo sie sind!«

»Und bauen ein Stelzenhaus?«, scherzt Pavel ungläubig. Fiala neigt den Kopf zur Seite und überlegt: »Fast. Nur ein paar große Stufen und schwups, kannst du in die Haustür.« Pavel schüttelt den Kopf und schmunzelt. Das ist typisch. Geht nicht, gibt's nicht für seinen Freund. Er findet immer eine Möglichkeit. »Von mir aus«, lacht Pavel, »aber bitte errichte das Fundament auf tragfähigen Stümpfen und nicht auf diesen morschen Dingern, die innen hohl sind!«

Der Architekt schreitet mit seinen Plänen in der Hand die Grundfläche ab und Pavel schaut gedankenverloren hinter ihm her. Bislang hat er mit niemandem gesprochen. Keiner ahnt, worum sein Geist in schlaflosen Nächten kreist. Seit

Wochen findet er keine Ruhe mehr. Věra geht zur Arbeit, Pavli zur Schule, die Großmutter kocht und Fiala zeichnet ein Wochenendhaus. Und er selbst funktioniert. Alles wie gewohnt. Die Welt, die Menschen mit ihren Sinnen erfassen können, dreht sich weiter. Die Welt der Seele resigniert und sucht verzweifelt nach einem Ausweg.

In der letzten Woche fand ein internationaler Fachkongress in Wien statt. Ohne ihn. Er, der vor zwei Jahren ein in Fachkreisen vielbeachtetes Buch über Probleme mit adoptierten Kindern publiziert hatte, fehlte. Er kann den Eisernen Vorhang nicht mehr überwinden. Stattdessen hockt er auf einem Baumstumpf irgendwo in einem verlassenen Waldstück und gaukelt sich die heile Welt vor. Věra freut sich auf das Ferienhaus. Das Fundament ist noch nicht gegossen, aber sie plant schon die Einweihungsfeier im kommenden Mai. Pavli genießt die Freiheit und die Natur. Ein endloses Kletter- und Abenteuerparadies für das Mädchen aus der Stadt.

»Pavel«, ruft Fiala, »das geht wirklich! Wir bauen auf den Stümpfen!«

»Na gut, wenn du meinst, dass das möglich ist«, bölkt er zurück. Sofort gibt der Architekt den Arbeitern genaue Anweisungen, wie die restlichen Bäume zu fällen sind. Pavel beobachtet seinen Freund. Genau dich brauche ich, denkt er, wenn ich wirklich eines Tages dieses Land verlassen muss, dann brauche ich so ein Schlitzohr wie dich als Verbündeten.

»Hast du deine Arzttasche dabei?« Fiala krümmt theatralisch seinen Rücken.

»Nein, ich habe ein freies Wochenende!«

»Ich auch«, kontert Fiala und faltet umgehend alle Pläne zusammen. »Schon gut«, lächelt Pavel, »ich hab verstanden. Ärgert dich dein Rücken?«

Pavel quält sich von dem Baumstumpf hoch und trottet zum Auto. Irgendwo wird er schon ein Schmerzmittel finden. Selbstverständlich hat er seine Arzttasche im Kofferraum. »Pavli, komm«, ruft er in voller Lautstärke über das Grundstück, »du kannst wieder üben!« Wenn Fiala unter seinen chronischen Rückenschmerzen leidet, erhält die Elfjährige regelmäßig die Chance, eine Spritze fachgerecht zu setzen. Pavel hatte vor einiger Zeit beschlossen, dass seine Tochter einmal Ärztin werden könnte und es an der Zeit war, an einem lebenden Objekt zu üben. Vor einigen Monaten hatte sie ihre Premiere in der heimischen Wohnung. Fiala hatte sich mit schmerzverzerrtem Gesicht auf das Sofa geschleppt und Pavel erklärte seiner Tochter, was sie machen soll. Zunächst hatte Pavli an einer Apfelsine geübt. Er übersah absichtlich ihre Skepsis und ermunterte sie: »Schaffst du!« Gekonnt steckte sie die Nadel auf die Spritze und stach sie in die Frucht. Die tadelnden Blicke seiner Ehefrau hatte Pavel ebenso ignoriert wie den flehenden Blick seines Freundes, der bäuchlings auf dem Sofa ausharrte. Wer, wie Fiala, regelmäßig der Schwiegermutter Honig um den Mund schmierte, um ein schmackhaftes Abendessen zu schnorren, der konnte auch als Übungsobjekt für eine angehende Ärztin herhalten.

Pavel kramt in seiner Tasche im Kofferraum und Pavli hechtet heran. »Was soll ich denn üben?«

»Na, der Fiala hat wieder Rückenschmerzen!« Die Elfjährige beobachtet ihn aufmerksam. Er erklärt jeden einzelnen Schritt: »Erst die Hände abputzen!« Er klopft die staubigen und erdverschmierten Hände ausgiebig an seiner ebenso verdreckten Hose ab. Pavli macht es ihm nach. Er hebt mahnend seinen Finger: »Die Mama arbeitet in einem Hygieneinstitut! Die wollen wir nicht ärgern. Wenn wir medizinisch handeln, dann nur in absoluter Sauberkeit!« Er zwinkert ihr zu. Die Kleine gluckst vor Vergnügen und putzt sich noch einmal die Hände an ihrer Kleidung ab. Sie trägt ein rotes Kleid mit einem weißen Rollkragenpullover darunter. Erstaunlich sauber für ein Kind, das den Tag über auf einem Waldgrundstück gespielt hat, denkt Pavel. Vielleicht ist es tatsächlich besser, wenn sie die Spritze setzt.

Wenige Minuten später hocken Vater und Tochter auf dem Waldboden und starren auf Fialas Rücken. Pavel erklärt dem Kind noch einmal den Verlauf der Lendenwirbel und deutet auf die verspannte Muskulatur, die mit dem Wirkstoff gelockert werden soll. Er achtet darauf, dass er die Haut nicht berührt und desinfiziert die Stelle, in die das Kind spritzen soll. Fiala sitzt auf einem Baumstamm und strahlt eine stoische Gelassenheit aus. Seine Strickjacke liegt über seinen Knien, das Hemd hält der tapfere Patient mit eigenen Händen hoch. Die Hosen hängen auf Halbmast. Ein Anblick für die Götter. Pavel unterdrückt ein Lachen. Pavli ist hochkonzentriert. Die Augen sind weit aufgerissen, ihre Zunge folgt der Motorik ihrer Hände, als sie zielsicher die Spritze in den Rücken des Leidenden drückt. »Jetzt langsam drücken, nicht zu schnell alles auf einmal«, mahnt Pavel und bewundert seinen Freund, der keine Miene verzieht. »Du wirst einmal eine gute Ärztin«, lobt Fiala, als er die Tortur überstanden hat und das Mädchen hüpft triumphierend davon. Die beiden Männer zwinkern sich gegenseitig zu. »Manchmal bis du unmöglich«, mault der Architekt.

Fiala steckt sein Hemd wieder in die Hose und zieht seine Strickjacke über. »Schon viel besser«, bedankt er sich. »Sie wird wirklich mal eine gute Ärztin.« Pavel schluckt schwer. Ein dicker Kloß schnürt seinen Hals zu. »Was ist?«, hakt Fiala nach. Pavel überlegt, ob er aussprechen soll, was er denkt. »Hallo?« Wie gewohnt gibt sich sein Freund nicht so schnell zufrieden und beharrt auf einer Antwort. Pavel schaut ihm bedrückt in die Augen und flüstert: »Was, wenn man sie nicht studieren lässt?« Fiala wehrt ab: »Ach, das ist noch so lange hin. Das kannst du heute noch nicht wissen.«

»Doch«, beharrt Pavel, »ich habe das Gefühl, dass sie nicht zur Universität darf.« Fiala grinst. »Lass das«, klagt Pavel, »das ist nicht lustig!«

»Doch irgendwie schon. Du siehst manchmal Gespenster.«

Pavel schüttelt sich, steht auf und geht. Er wirft seine Tasche in den Kofferraum des Škoda und knallt die Klappe zu. Er öffnet die Beifahrertür, greift nach einer Flasche Wasser und gießt sich den Inhalt über den Kopf. Klar denken! Er muss endlich wieder klar denken! Fiala hat Recht, er sieht Gespenster.

Aber er kann nicht anders! Denn einige Gespenster sind reale Menschen aus Fleisch und Blut. Im April kam Pavli von der Schule nach Hause und erzählte vom Austausch der gerahmten Portraits der kommunistischen Führung im Klassenzimmer: »Den Dubček haben sie abgehängt. Jetzt ist da ein Mann, der guckt ganz streng und gar nicht freundlich!« Sie mag gar nicht auf das Bild schauen. Es macht ihr Angst. Pavel fürchtet den neuen Generalsekretär der KPČ, Gustáv Husák, auch. Der Slowake, einst ein Mitläufer während der Ära Dubčeks, steht heute für einen moskautreuen Kurs ohne Abweichungen und für eine konsequente Rücknahme der Reformen. Ohne Ausnahme. Dass ausgerechnet er ins Amt gehoben wurde, beerdigte endgültig alle Hoffnungen des Prager Frühlings. Er führt die Tschechoslowakei mit strenger Hand, die Luft für Kritiker und Regimegegner wird dünner.

Das Wasser beruhigt Pavel. Er atmet auf und streicht sich mit den Händen über die Haare. Immer häufiger zweifelt er an seinem eigenen Verstand. Wird er beobachtet? Sammelt die Partei belastendes Material über ihn? Wird sein Verhalten irgendwann zum Risiko für Pavli? Es ist zum Verrücktwerden! Er kann nichts beweisen, weiß nichts Konkretes, aber er spürt das Krokodil!

Als Psychiater sind ihm schizophrene Störungen nur allzu bekannt. Nicht alle Menschen, die unter dieser Krankheit leiden, hören Stimmen. Einige erliegen der subjektiven Gewissheit, dass sie beobachtet und verfolgt werden. Sie verlieren das Gefühl für den eigenen Körper und die Freiheit ihrer Gedanken. Diese Menschen sind davon überzeugt, dass jeder ihre Gedanken hören, lesen und entschlüsseln kann. Sie verschwimmen mit der Welt, können sich nicht mehr abgrenzen, wittern an jeder Ecke eine Bedrohung und kommen nicht mehr zur Ruhe. Getrieben von Angst irren sie umher und suchen nach Schutz, den es nicht mehr gibt. Ab einem gewissen Stadium löst das Ich sich auf.

So möchte Pavel nicht enden! Aber genauso fühlt er sich in diesem Land.

Er trocknet sein Gesicht mit dem Hemdsärmel und schaut an sich herunter. Es war weniger Wasser in der Flasche als er gedacht hatte.

»Pavel, was machst du denn da?« Věra schaut aus einiger Entfernung zu ihm herüber und schüttelt verwundert den Kopf. »Alles bestens«, ruft er gezwungen fröhlich zurück, »ich hab mich nur mit den Baumfällarbeiten übernommen und brauchte eine kalte Dusche!«

Budapest – 9. April 1970

Pavel hat sich in die malerische Kulisse dieser Stadt verliebt. Er steht am Donauufer etwas südlich der Budaer Altstadt und schaut auf die seichten Wellen des Flusses. Die Sonnenstrahlen funkeln auf der Wasseroberfläche. Wie auf der Moldau in Prag. Immer wieder fasziniert ihn dieser Anblick. Unbeirrt fließt das Wasser in ruhigen Bahnen. Die kleinen Sternchen des Sonnenlichts tanzen im Rhythmus der Wellen. Das Leben präsentiert sich von seiner verspielten Seite. Vom Kongresszentrum ist es nicht weit. Jetzt ist Mittagspause und Pavel nutzt die freie Zeit zu einem Spaziergang. Endlich, nach langer Zeit, darf er wieder an einem fachlichen Austausch im Ausland teilnehmen. Sein Geist braucht diese Atmosphäre wie ein Grundnahrungsmittel. Eine längst verschüttete Lebensenergie wühlt sich aus seinem Inneren an die Oberfläche. Er ist wieder er selbst.

Es hatte lange gedauert, bis seine Reisedokumente ausgestellt wurden. Endlos erscheinende Diskussionen um Ausreisestempel nagten an seinen Nerven. Schließlich aber erhielt er die Genehmigung zur Teilnahme und durfte nach Ungarn. Am frühen Morgen hatte er sich in ein Zugabteil gesetzt. Das monotone Rattern der Räder katapultierte ihn in die Vergangenheit, in eine glücklichere Zeit. Als seine Mutter ihm in Kindertagen ein Schild mit seinem Namen um den Hals gehängt, ihm einen Kuss auf die Stirn gedrückt und ihn ganz alleine in die Ferien zu Onkel Erich geschickt hatte. Abenteuer pur. Spannendes Kribbeln im

Bauch, den Geruch der glühenden Kohlen der Dampflokomotive in der Nase. Freiheit und grenzenlose Freude. Längst vergessene Gefühle.

Bevor ihm die Beamten seine Ausreisedokumente in die Hand drückten, machten sie ihm klar, dass diese Reise eine Art Bewährungsprobe darstellt. Sie sagten es nicht in klaren Worten. Es schwang vielmehr zwischen den Zeilen mit. Als wollten sie ihn prüfen, ob er als treues Mitglied der sozialistischen Gemeinschaft zum Wohle seiner Republik sein Land entsprechend vertrat. Er hat es verstanden, ging nicht näher darauf ein. Er nahm diese Drohung zur Kenntnis. Nicht mehr und nicht weniger.

Ungarischen Boden, sozialistische Geschwistererde des Warschauer Pakts, darf er betreten. Als er am späten Vormittag sein Ziel erreichte, staunte er über die Schönheit der Metropole und wie gut er sich fühlte. Seit dem 21. August 1968 war er sich nicht mehr sicher gewesen, ob er dieses Land mit ruhiger Seele betreten könne. Es geht erstaunlich gut. Er freut sich. Ein flüchtiger Gedanke des Verzeihens mogelt sich in seinen Kopf. Er drängt ihn beiseite. Auch die Ungarn kamen mit Panzern, Flugzeugen und tausenden Soldaten. Auch sie schossen wahllos umher.

Hier aber ist es friedlich. Und herrlich still. Die Sonne ist dieselbe wie über der Tschechoslowakei und auch der Fluss inmitten der Stadt fließt wie der in seiner Heimat. Wie überflüssig sind doch Grenzen. Unter dem Licht der Sonne und am Wasser sind alle Menschen gleich. Zwei Tage wird er bleiben. Die Begrüßungsworte seitens der offiziellen Veranstalter hat er schon gehört. Jetzt ist Pause. In einer Stunde beginnen die ersten Fachvorträge.

»Herr Dr. Vodák, störe ich Sie?« Jemand spricht ihn auf Deutsch mit unüberhörbarem österreichischem Akzent an und lässt ihn aufschrecken. Er zuckt zusammen und schaut sich um. Es ist ein Kollege, den er flüchtig von früheren Treffen kennt. »Nein, überhaupt nicht«, antwortet Pavel und reicht dem Mann die Hand. »Ich freue mich, Sie wiederzusehen.«

»Ganz meinerseits. Ich habe Sie in Hannover vermisst.« Pavel schaut betreten zu Boden. Er schämt sich und weiß nicht, ob und wie er antworten soll. Der Österreicher spürt die Betroffenheit und schlägt einen Spaziergang vor. Pavel ist erleichtert und so bummeln sie nebeneinander her und sprechen über Belangloses. Das schöne Frühlingswetter, die Donau und die Fachvorträge der kommenden zwei Tage. Pavel merkt, wie seine Nervosität steigt. Das Gerede über das Wetter macht ihn wahnsinnig. Seine Hände werden klamm und sein Herzschlag beschleunigt sich. Seine Atmung wird flacher und in seinem Kopf wirbeln Gedanken durcheinander. Jetzt weiß er den Mann auch einzuordnen. Er ist Professor an der Wiener Hochschule. Leider will ihm der Name nicht einfallen. Vor einigen Jahren war er mit ihm und anderen Kollegen in der Nähe des Praters in einem Restaurant gewesen. Interessante Gespräche mit angenehmen Menschen und sehr gutem Essen. Doch so sehr Pavel auch versucht sich zu erinnern, der Name ist ihm entfallen. Er überlegt kurz, ob er danach fragen darf, aber ihm brennt etwas anderes auf der Zunge.

Pavel wird immer unruhiger und der Wiener Professor bemerkt das.

»Geht es Ihnen gut?«, fragt er besorgt. »Nein«, flüstert Pavel. Der Professor bleibt abrupt stehen und mustert ihn eingehend. »Tun Sie mir einen Gefallen und gehen Sie weiter«, fleht Pavel. Er spricht gerade so laut, dass sein Gegenüber ihn hören kann. Er hat Angst. Es war ihm nicht bewusst, dass auch Fachleute aus dem westlichen Ausland zu diesem Kongress geladen sind. Er dachte, dass ausschließlich Psychologen und Psychiater aus kommunistischen Staaten teilnehmen. Die Gedanken in seinem Kopf überschlagen sich. Er zwingt sich zur Ruhe und geht weiter.

Der Österreicher ist verwirrt. Pavel weiß, dass er jetzt alles auf eine Karte setzen muss. Jetzt oder nie. »Hören Sie mir bitte genau zu«, flüstert er und schaut nervös zur Seite. Der Mann ist sehr aufmerksam und geht dicht neben ihm her. Trotzdem strahlt er eine unumstößliche Gelassenheit aus. Nur in unmittelbarer Nähe ist eine kleine Anspannung zu spüren. Pavel verliert keine Zeit: »Mir geht es gar nicht gut. Ich muss aus der Tschechoslowakei fliehen. Ich bin Regimegegner, seit dem Prager Frühling werde ich drangsaliert und ich fürchte, es wird nicht mehr lange dauern, bis man mich verhaftet. Ich habe eine kleine Tochter und eine Ehefrau. Wir müssen in den Westen.«

Jetzt ist es der Österreicher, der schwitzt. Pavel läuft weiter, der Mann bleibt an seiner Seite. »Lassen Sie uns irgendwo in Ruhe einen Kaffee trinken und reden«, schlägt der andere vor. »Nein«, haucht Pavel, »man darf uns nicht zusammen sehen.«

Pavel drängt sich, sich nicht umzusehen und möglichst ruhigen Schrittes den Spaziergang fortzusetzen. Der Professor neben ihm erscheint ihm jetzt komplett verwirrt. Verständlich. Pavel weiß, dass er wohl einen paranoiden Eindruck auf seinen Kollegen machen muss. Gleichzeitig vertraut er darauf, dass der Mann seinen Kopf nutzt und die Puzzleteile selbst zusammenfügen kann. Immerhin haben nach dem schrecklichen August 1968 zahlreiche Tschechoslowaken versucht, nach Österreich zu fliehen. Einige haben es geschafft, andere wurden an der Grenze gefasst oder gar erschossen.

Die beiden gehen schweigend weiter. Zwischen ihnen hat sich eine Energie aufgebaut, die an ein Magnetfeld erinnert. Zwei gegensätzliche Pole, die einander anziehen. Nur die Vernunft hält einen gebührenden Abstand zwischen ihnen aufrecht. »Sie brauchen also drei Reisepässe?«, fragt der Professor unvermittelt. Pavel traut seinen Ohren nicht. Die Gedanken überschlagen sich weiter. Es geht alles viel zu schnell! Er muss überlegen! Nie hätte er ernsthaft zu träumen gewagt, dass sich ihm eine solche Chance gerade hier eröffnen würde. Ja, gehofft hatte er es. Aber all diese Ideen, die immer mal wieder nachts in sein Bewusstsein drängten, wenn er hellwach und unbeweglich neben seiner schlafenden Frau lag, hatte er nie zu Ende geführt. Es war so unwirklich!

Hoffnung ist das Ding mit Federn, das sich in der Seele einnistet und eine Melodie ohne Worte singt. Diese Poesie der Dichterin Emily Dickinson dringt ungefragt in sein Gehirn und verwirrt ihn noch mehr. Er ärgert sich, dass ihm jetzt eine amerikanische Poetin den Geist vernebelt, wo eine klare und nüchterne Entscheidung gefragt ist. Aber vielleicht hat sich wirklich eine Melodie in seine Seele gebrannt, die ihren Ausdruck im gesprochenen Wort noch nicht finden konnte. Jetzt aber muss er sprechen. Er schafft es: »Nein, ich brauche vier Pässe!«

Er wagt keinen Blick zu seinem Gesprächspartner. Sie gehen weiter. Es dauert einige Minuten bis er ausreichend Mut findet und hinüberschaut.

Der Professor erwidert seinen Blick und nickt. »Ich schaue, was ich tun kann.«

»Danke«, ist alles, was Pavel flüstern kann. Er merkt, dass sich seine Augen mit Tränen füllen. Mutig hält er dem Blick des Österreichers stand. Dann dreht er sich weg. Er muss alleine sein. Er schaut zu Boden und orientiert sich am Fluss. Er weiß gar nicht, in welche Richtung er gehen muss, um das Kongressgebäude am Fuße des Gellértbergs zu erreichen. Wichtig ist nur, dass er alleine wieder zurückkommt. Niemand soll ihn mit einem Kollegen aus dem Westen sehen. Niemand.

Entschlossen wischt er die Tränen von seinen Wangen und geht weiter. Sein Kopf kann noch gar nicht verarbeiten, was er gerade erlebt hat. Sein Herz tanzt bereits vor Freude. Die beiden Instanzen sind noch lange nicht im Einklang. Er geht einfach weiter. Sein Grübeln in all den Nächten und einsamen Stunden erscheint plötzlich in einem anderen Licht. Es war eine Art von Trainingslager, das ihm heute ermöglichte, in wenigen Sekunden eine Entscheidung zu treffen. So eine Gelegenheit würde sich so schnell nicht wieder bieten. Das Leben warf ihm ein Geschenk ungeahnter Größe vor die Füße. Er hatte es aufgehoben.

Der Rest des Tages läuft wie ein Film an ihm vorüber. Seine Gedanken kreisen ausschließlich um drei Worte, die der Österreicher ausgesprochen hat. Wie eine zerkratzte Schallplatte, auf deren Vinyl die Nadel in der immer gleichen Spur ihre Runden dreht, klingen die Worte in seinem Kopf: »Sie. Brauchen. Reisepässe.« Ja, die braucht er. Genau die. Anders scheint eine Flucht mit Familie nicht möglich.

Pavel sitzt still und stumm in dem großen Kongresssaal. Die Worte der Vortragsredner dringen nicht mehr zu ihm durch. Während der Arbeitsgruppen am frühen Abend, in denen die Fachleute ihre neuen Erkenntnisse austauschen, sitzt er teilnahmslos in der Runde. Seine gut belegten Studien, die er in einer Aktentasche mit sich herumträgt, bleiben genau dort. Er wollte sie präsentieren und mit Kollegen besprechen. Sie nach ihren Erfahrungen und ihren Meinungen fragen. Prüfen, ob sich diese Studien für eine Fachpublikation eignen und ob ein Interesse an dieser Arbeit besteht. Er packt die Unterlagen nicht aus. Unzählige Stunden hatte er im Institut beobachtet, erforscht und dokumentiert. Die Ergebnisse verglichen und weitergeforscht. Grundlagen erarbeitet, alles sortiert und in Diagnosen und Therapiemöglichkeiten eingeordnet. Schlussfolgerungen gezogen, wissenschaftlich fundiert. All das wird er undiskutiert wieder mit nach Hause nehmen. Nach Hause, nach Prag. In die Tschechoslowakei. In das Land, das er Heimat nennt.

Die, die es zugrunde richten, dürfen bleiben. Die, die alle Energie in dieses Land investieren, weil sie es lieben, müssen gehen. Das Leben ist nicht fair.

Auch am zweiten und letzten Tag sitzt er im Kongresssaal und nimmt kaum etwas von seiner Umgebung wahr. Er ist körperlich anwesend. Mehr nicht. Er schaut auf das Ausweisschildchen, das am Revers seines Sakkos peppt: *MUDr. Pavel Vodák, ČSSR.* Irgendetwas stimmt nicht. Die Buchstaben auf dem Schild passen nicht mehr zu seinem Gefühl. Plötzlich weiß er, dass er gehen wird. Gehen muss.

Der Vortrag eines russischen Kollegen ist zu Ende. Er hat nicht zugehört. Nicht ein einziges Wort aufgenommen. Es interessiert ihn nicht. Wie in Trance geht er zur Toilette. Vorbei an den Tischen, auf denen Kaffee und Mineralwasser zu Gebäck gereicht werden, einen langen, breiten Gang hinunter. Er nickt Kollegen freundlich zu, grüßt sie und nimmt Blickkontakt auf. Ohne sie wirklich zu sehen.

In dem Sanitärbereich steht der Österreicher plötzlich neben ihm am Pissoir. Er deutet mit einer fast unmerklichen Kopfbewegung auf die Toiletten an der hinteren Seite des großen, hell gekachelten Raumes. Pavel versteht sofort. Der Österreicher geht zu einer Kabine und schließt sich ein. Pavel zögert noch einen kurzen Augenblick und folgt ihm in die Toilette daneben. Leise schließt er seine Tür und wartet. Es dauert nicht lange, da sieht er unten eine Hand. Sie reicht einen kleinen Zettelblock und einen Bleistift unter der dünnen Trennwand durch. Erleichtert greift er Block und Stift und liest. *Schreiben Sie bitte auf, für welche Personen Sie Pässe benötigen.* Pavel wundert sich über seine Ruhe und seine Sicherheit. Er nimmt den Stift und schreibt ohne die Spur eines Zitterns:

1 x männlich (50 Jahre alt, ich)
1 x weiblich (50 Jahre alt, meine Frau)
1 x weiblich (12 Jahre alt, meine Tochter)
1 x weiblich (84 Jahre alt, meine Schwiegermutter)

Er reicht Block und Bleistift zurück in die Kabine links neben sich. Er wartet. Wieder staunt er über seine Gelassenheit. Das Warten fällt ihm leicht. Es fühlt sich richtig an. Da kommt der Block zurück. Er liest: *In den nächsten Wochen kommt ein Mann mit einem Kind zu Ihnen ins Institut. Geben Sie diesem Mann die entsprechenden Passfotos. Alles Weitere später.*

Pavel überlegt eine Sekunde und schreibt auf den Block: *Wie erkenne ich diesen Mann?* und schiebt den Block wieder unten auf der linken Seite zurück. In der Kabine rechts neben ihm rauscht eine Toilettenspülung. Pavel fragt sich, wie lange diese schriftliche Kommunikation andauern wird. Er schaut nach unten. Kein Block, kein Stift. Er wartet geduldig. Nichts. Der Mann auf der rechten Seite verlässt die Kabine. Pavel lauscht. Er geht offenbar raus. Nun hat er das Gefühl, dass niemand mehr außer ihm und dem Österreicher im Raum ist. Aber man weiß nie.

Es scheint, als müsse der Professor erst in Ruhe überlegen. Pavel weiß, dass er kein Risiko eingehen kann. Er braucht eine gute Antwort auf seine Frage. Schließlich kommen täglich Menschen mit ihren Kindern in sein Institut. Er kann unmöglich jeden einzelnen fragen, ob er nicht gerne ein paar Passfotos hätte.

Endlich lugt der kleine Block unter der Trennwand hervor: *Der Mann wird sie nach einem Kaffee mit vier Stückchen Zucker fragen.* Diesmal ist kein Bleistift dabei. Die Kommunikation ist beendet. Pavel liest den Satz und lächelt unwillkürlich. Das ist gut. Niemand der Eltern hat je nach einem Kaffee gefragt. Sie fragen nach Diagnosen und Therapiemöglichkeiten. Selten einmal nach einem Glas Wasser. Nach Kaffee fragt niemand. Erst recht nicht mit so viel Zucker.

Er hört, wie in der Kabine neben ihm Papier zerrissen wird. Es folgt das Wasserrauschen der Spülung. Der Österreicher denkt an alles. Pavel ist erleichtert. Er hört, wie sich der Wasserkasten langsam gluckernd füllt und die Spülung ein zweites Mal betätigt wird. Der Mann geht auf Nummer sicher. Erst danach schließt er die Tür auf und seine Schritte entfernen sich langsam.

Pavel wartet noch eine Weile. Es ist klüger, wenn er dem Professor kein weiteres Mal vor anderen begegnet. Er schließt die Augen, hält inne und schreit innerlich DANKE! Kein Laut weicht über seine Lippen und doch schreit er vor Freude. Danke, danke, danke, danke.

Prag - 14. April 1970

»Wir gehen.« Pavel flüstert die Worte in Věras Ohr. Er liegt eng neben ihr und streichelt sie sanft. Seine Finger gleiten von ihren Schultern über den Oberarm und wieder zurück. Sie liegt bewegungslos auf dem Rücken und starrt an die dunkle Zimmerdecke. Er rückt noch ein wenig näher. Im fahlen Licht, das durch das Fenster ins Zimmer fällt, betrachtet er ihre Silhouette. Ihre Augen sind geöffnet, ihre gleichmäßig geformten Lippen ruhen aufeinander. Sie atmet kaum hörbar durch die Nase. Sie ist hellwach und doch entspannt. Er weiß, dass auch sie keinen Schlaf findet. »Věra, hast du gehört, was ich gesagt habe?« Sie nickt, dreht sie sich zu ihm herum und legt ihre Arme um seinen Körper. Sie braucht Halt. »Ich wusste, dass der Tag kommt«, haucht sie und er staunt über ihr Verständnis. Sie schmiegt sich eng an ihn. Er gibt ihr die Sicherheit, nach der sie sich sehnt. Zärtlich berührt seine Nase ihr Ohr. »Es tut mir leid. Aber es gibt keine andere Möglichkeit.« Sie nickt wieder. Fast unmerklich. Vertrauensvoll und gleichzeitig resigniert.

Er weiß, dass sie sich kein Leben in einem anderen Land vorstellen kann. Aber er hat keine Wahl mehr und ohneeinander sind sie verloren. Das weiß sie auch. »Man wird mich dir entreißen«, flüstert er. »Das lasse ich nicht zu.« Sie drückt sich noch enger an seinen Körper und kuschelt sich ein. »Ja«, haucht sie, »ich komme mit.« Eine friedliche Stille legt sich über die beiden. Trotzdem ist an Schlaf nicht zu denken. Sie liegen, eng umschlungen, und warten sehnsüchtig auf die ersten Sonnenstrahlen eines neuen Tages. Die Nacht ist lang. Aber die Gewissheit, dass sie nichts tun müssen, dass es Morgen wird, beruhigt. Auch die längste Dunkelheit findet ihr Ende, wenn das Licht langsam erwacht.

»Ich gehe nicht ohne meine Mutter.«

»Ich weiß.«

»Wohin willst du eigentlich?«

»Das weiß ich noch nicht.«

»Hast du einen Plan?«

»Ja.«

»Was soll ich tun?«

»Mir vertrauen. Und neue Passfotos von dir, deiner Mutter und Pavli anfertigen lassen. Gleich morgen. Es eilt.« Sie nickt ein weiteres Mal fast unmerklich und atmet ganz tief ein und aus. Es ist schwer. So verdammt schwer.

Am Frühstückstisch überschlagen sich die Ereignisse. »Wir fliegen in den Sommerferien nach Jugoslawien«, verkündet Pavel. »Geht bitte heute in die Stadt und lasst Passfotos machen. Ich kümmere mich um alles Weitere.« Pavli strahlt und kann ihr Glück nicht fassen. Sie wird mit einem richtigen Flugzeug in den Urlaub fliegen. Das Kind hat viele Fragen und ist ganz aufgeregt. »Ich muss heute Nachmittag zum Arzt«, sagt die Großmutter, die die Euphorie der reiselustigen Familie nicht teilt. Seit einigen Wochen hat sie einen Knoten am Hals, der sie beunruhigt. Auch Pavel beobachtet diese Entwicklung mit Sorge. Aber sie ist trotz ihres Alters in einem erstaunlich guten Allgemeinzustand. »Nutz bitte den Arztbesuch und geh beim Fotografen vorbei«, erinnert Věra sie. Die alte Frau empört sich: »Ich? Zum Fotografen? Ich fahre doch nicht mit euch in den Urlaub! Schon gar nicht mit einem Flugzeug! In meinem Alter.« Sie lacht laut auf und schüttelt den Kopf: »Kinder, ihr habt vielleicht Ideen.«

Pavel merkt, wie seine Frau immer unruhiger wird. »Pirat«, neckt er besänftigend in Richtung seiner Schwiegermutter, »dein Kopftuch ist verrutscht. Ich wünsche mir, dass du es absetzt, wenn der Fotograf eine Aufnahme von dir macht. Sonst kommt deine wahre Schönheit nicht zur Geltung!« Die Schwiegermutter kichert in sich hinein und fegt mit ihrer Hand über seinen Hinterkopf. »Aua«, beschwert er sich mit gespielter Empörung, »wieso schlägst du mich, wenn ich dich um ein Foto bitte?«

»Weil ich kein Pirat bin und weil du kein Foto von einer alten Frau mit dir herumtragen musst!« Er lacht. »Doch, muss ich. Das ist wahre Liebe, mein Pirat!«

Das Gespräch zieht sich noch eine Weile hin und Pavel zieht sein letztes Ass aus dem Ärmel: »Und vielleicht siehst du Viktorchen so mal wieder!« Zack! Gewonnen! Die Schwiegermutter lenkt ein. Viele Jahre hat sie als Haushälterin und Kinderfrau bei der Familie Langhans gearbeitet, einer alten Prager Fotografendynastie. Einst berühmt als Haus- und Hoffotograf in der König- und Kaiserzeit, hatte die Familie es zu einem beträchtlichen Ansehen gebracht. Der kleine Viktor Langhans, in Großmutters Erzählungen der bravste Junge auf Erden, war unter ihrer liebevollen Fürsorge zu einem stattlichen jungen Mann herangewachsen. Pavel hofft, dass Viktor noch in Prag ist. Er weiß nur, dass die kommunistischen Machthaber Hunderttausende von Negativen und Fotos aus dem Langhans Atelier vernichteten. Über den Verbleib der Familie weiß er nichts. Er hat jetzt auch keine Kraft für Nachforschungen, er muss nur sicher sein, dass die gewünschten Passfotos seiner drei Frauen noch heute aufgenommen werden. Damit ist der erste Schritt erledigt und er kann beruhigt ins Institut fahren.

»Herr Doktor, Telefon!« Die junge Schwester kommt ins Besprechungszimmer geeilt. Er schaut erstaunt hoch. »Es ist dringend!« Er schaut in die Runde. Seine Oberärzte und die leitenden Schwestern sitzen an den großen Tischen, die in einer U-Form gestellt sind und den gesamten Raum ausfüllen. Nur sehr ungern unterbricht er die wöchentliche Dienstbesprechung. Er entschuldigt sich mit einem Schulterzucken und überträgt seiner Stellvertreterin, Frau Dr. Pološerová, das Wort. Dass er das tun muss, ärgert ihn noch mehr als die Unterbrechung.

»Was gibt es denn so Dringendes?«, raunzt er die junge Schwester an. »Ein ärztlicher Kollege aus der Altstadt. Es geht um Ihre Schwiegermutter. Er habe jetzt Zeit.« Pavel folgt ihr besorgt. In seinem Dienstzimmer liegt der Hörer neben dem Telefon. Die Schwester hat das Gespräch schon weitergeleitet. »Danke, Sie können gehen«, sagt er ihr und schließt die Tür hinter sich.

Was sein Kollege am anderen Ende der Leitung zu sagen hat, will Pavel nicht hören. Aber er nimmt die Worte regungslos zur Kenntnis. Der Knoten, der die Schwiegermutter seit Wochen stört, ist eine Metastase. Die Diagnose lässt keinen Zweifel. Die Schwiegermutter ist schwer an Krebs erkrankt, eine Behandlung ist ausgeschlossen. Dafür ist es zu spät.

Pavel hat nur eine einzige Frage: »Haben Sie ihr die Wahrheit gesagt?«

Nein, hatte er nicht. Er schiebt Pavel den schwarzen Peter zu. So einfach. Geschockt legt Pavel den Hörer auf die Gabel und vergräbt sein Gesicht in den Händen. Kann denn nicht einmal etwas glattlaufen im Leben?

Dass er allen Ernstes plant, eine liebenswerte Frau jenseits der achtzig aus ihrer geliebten Heimat zu schmuggeln, ist die eine Sache. Dass sie nun auch noch sterbenskrank ist, aller Voraussicht nach nicht mehr lange leben wird, steht auf einem ganz anderen Blatt. »Scheiße!« Pavel schlägt mit beiden Fäusten auf das harte Holz seines Schreibtisches. Seine Handballen schmerzen. »Scheiße, Scheiße, Scheiße!« Es ist ihm egal, ob ihn jemand hört.

Er rauft sich die Haare und lässt sich nach hinten in seinen Stuhl fallen. Er kann keinen klaren Gedanken fassen. Ablenken, Pavel, sagt er zu sich selbst. Verdrängung ist ein Schutzmechanismus, der dir beim Überleben hilft. Zumindest in der ersten Zeit. Konzentrier dich auf deine Arbeit, mach weiter!

Vor seinem geistigen Auge sieht er seine Stellvertreterin, wie sie am anderen Ende des Gebäudes voller Stolz die Fäden der Dienstbesprechung in ihren Händen hält. Soll sie doch, denkt er. Schon bald darf sie ihren persönlichen Triumph feiern. Es wird gar nicht mehr lange dauern. Wenn er dieses Land verlässt, wird sie sich wie eine Hyäne auf seinen Chefsessel stürzen und ihre Machtposition in Vollendung ausspielen.

Neben ihr gibt es noch mehr Aasgeier, die nach Aufstieg lechzen. Pavel hofft, dass eines Tages eine Art himmlischer Gerechtigkeit die Augen derer öffnen wird, die sich jenseits von Menschlichkeit und Anstand durchs Leben gemogelt haben. Dass sie erkennen und nachfühlen, was ihr bösartiger Charakter angerichtet hat. Dass Hass und Missgunst, die sie gesät haben, auch in ihrem Garten Einzug halten.

Während er seinen Gedanken nachhängt, überkommt ihn ein tiefes Gefühl von Zufriedenheit. Rachegelüste tun auch mal gut, sagt er sich. Bei diesem inneren Dialog huscht ein Lächeln über sein Gesicht. Widerliche Krokodile!

Er schüttelt sich und sagt mahnend zu sich: Pavel, lass das. Es bringt nichts. Es steht dir nicht zu, über andere zu richten. Achte auf deine eigenen Gedanken und deine eigenen Handlungen. Säe Ehrlichkeit und zeige Rückgrat. Das erwartest du von anderen, also musst du auch selbst danach handeln.

Bei diesem Gedanken wird ihm übel. Ehrlichkeit. Oha, dieser Maßstab an die eigene Person ist hoch. Vielleicht sogar zu hoch, um ihn im Alltag umzusetzen. Er kann sich nicht vorstellen, seiner Schwiegermutter die Wahrheit zu sagen. Denn diese Diagnose wird die kompletten Fluchtpläne zerschmettern. Er fragt sich, ob das Verschweigen der Wahrheit das Gleiche ist wie eine Lüge.

Prag – 12. Mai 1970

Seit fast vier Wochen trägt Pavel vier Passfotos mit sich herum. Fein säuberlich in einer beigefarbenen dicken Papierhülle, die ein Fotograf im Atelier Langhans beigelegt hatte. Unzählige Male am Tag wandert seine rechte Hand prüfend in die Hosentasche. Jedes Mal überkommt ihn Erleichterung, wenn seine Finger die Pappe berühren. Doch dieses Gefühl ist nicht von Dauer. Sekunden später zerfällt es unter nagenden Zweifeln. Was, wenn jener Professor aus Österreich sein Versprechen nicht halten kann?

Věra erwartet, dass er ein paar Tage Urlaub nimmt. Sie braucht seine Hilfe. Der Countdown zur pompösen Einweihungsparty des Ferienhauses in Mnichovice läuft. Sie hat ihre Kontakte über das Hygieneinstitut genutzt und den besten Koch der Republik engagiert, der den Gästen ausgefallene Speisen kredenzen wird. Alleine das Fleisch, das er in glühender Asche tagelang vorbereiten wird, ist eine exklusive Spezialität. Pavel spürt keinen Drang, sich um derartige Extravaganzen zu kümmern. Ihm wäre es genauso recht, wenn alle in lässiger Freizeitkleidung erschienen, auf dem Boden sitzen und einfache Würstchen auf Stöcke spießen würden, um sie über offenem Feuer zu rösten. Mehr braucht er nicht. Er bevorzugt eine unkomplizierte und gemütliche Atmosphäre. Věra sieht das anders.

Er kann sich jetzt keinen einzigen Urlaubstag leisten. Alles steht auf dem Spiel. Der Unbekannte, dem er die Passfotos übergeben muss, kommt unangekündigt. Wenn er denn kommt.

Es ist alles vorbereitet. Pavel verbrachte viel Zeit in einem Reisebüro. Im besten der Stadt. In den frühen Morgenstunden am Freitag vor den Ferien startet eine Reisegruppe nach Jugoslawien. Er hat vier Plätze ergattert. Die Buchung gestaltete sich unkompliziert. Die Ausreisegenehmigungen für ihn und seine Familie kosteten mehr Energie. Vier unscheinbare Zettelchen mit einem offiziellen Stempel besiegeln die Erlaubnis zur Flugreise in den sozialistischen Bruderstaat an der Adria. Er hat es geschafft. Zumindest bis hierher.

Alles, was in seinen Händen lag, ist erledigt. Auf den Rest kann er keinen Einfluss nehmen. Das Einzige, was ihm bleibt, ist die Hoffnung, dass andere Menschen ihn unterstützen. Und eine unerträgliche Portion Vertrauen und Geduld, die er aufbringen muss.

Auch an diesem Tag beendet er seinen Dienst und verlässt das Institut. Mit den Fotos in der Hosentasche. Wie gewöhnlich wünscht der Portier ihm einen guten Feierabend und wie gewöhnlich nimmt er die letzten Stufen im Eingangsbereich mit leichtem Schritt. Er verbreitet gute Laune und Unbeschwertheit. Und freut sich über sein schauspielerisches Talent. Mit einem charmanten Augenzwinkern schaut er zum Himmel, grüßt seinen ermordeten alten Literaturlehrer Josef Stejskal aus Budweiser Jugendtagen. »Sie haben mir wirklich etwas beigebracht«, grinst er schelmisch nach oben. »Ich spiele grade die Hauptrolle in einem Drama! Führen Sie gefälligst ordentlich Regie von da oben! Sorgen Sie für ein gutes Ende!« Die Vorstellung, jemand würde ihn aus einer anderen Welt beobachten, um ihm zur Seite zu stehen, tut ihm gut.

Schon an der Wohnungstür hört er Stimmen. Viele Stimmen. Pavel stellt seine Tasche auf den Boden und schließt auf. Wie so häufig sind Gäste in seiner Wohnung. »Papa, das neue Sofa wurde geliefert!« Pavli stürmt ihm strahlend entgegen. Er drückt sie kurz und schaut um die Ecke. Eine hochmoderne teure Sofagarnitur in kräftigem Grün prangt im Wohnzimmer. Tonda, der zwanzigjährige Sohn der Kubeš, Pavels Nichte Dana und Věra sitzen in Reih und Glied auf dem grünen Stoff. »Ehre der Arbeit, Genosse«, schmeichelt Tonda, »das ist wirklich ein ausgezeichnetes Möbelstück. Eine sehr gute Entscheidung!« Pavel lächelt müde. Er weiß, dass der junge Student solche exklusiven Möbelstücke von Haus aus gewöhnt ist. Auf dessen Anerkennung kann er verzichten. »Setzt dich doch mal«, fordert Věra ihn auf. Er schüttelt den Kopf: »Später.«

Die Gäste stören ihn und er fragt sich, wieso sie da sind. Tonda und Dana sprengen den Frieden des Feierabends. Außerdem kann er die Freude über die neue Sofagarnitur nicht teilen. Sie ist aus einem skandinavischen Möbelhaus. Alleine die Tatsache, dass es aus dem Ausland importiert wurde, ist eine Sensation. So ein Kauf bleibt einem durchschnittlichen Bürger der Tschechoslowakei normalerweise verwehrt. Trotzdem kann er keine wirkliche Freude empfinden. Er steht abseits der Szene. Das Einzige, was er sich in diesem Moment abringen kann, ist die Erkenntnis, dass so wahrscheinlich niemand auf die Idee kommen würde, dass er das Land verlassen will. Verlassen muss. Der spätere Abend unterstreicht eindrucksvoll, dass er sich nicht täuscht.

»Du scheinst gute Fürsprecher an den richtigen Stellen zu haben.« Vláďa ist gekommen, um seine Tochter Dana abzuholen. Sein Bruder steht vor dem neuen Sofa. Er setzt sich nicht. Pavel hat in diesem Augenblick nur einen einzigen Wunsch: Sein Bruder möge seine Tochter packen und gehen. Aber beide bleiben. »Daniela und ich freuen uns schon auf die Feier in deinem Ferienhaus«, schwatzt Vláďa und lächelt süffisant. »Sie lässt extra ein neues Kleid nähen.« Die Luft zwischen den beiden Brüdern knistert, das Misstrauen legt sich bleiern über sie. »Du hast alles eingeladen, was Rang und Namen hat«, fährt sein Bruder fort. »Ich bin gespannt, ob ich auch einige meiner Genossen treffen werde.« Pavel kramt seine letzten Energiereserven aus den Winkeln seines Körpers und bleibt aufrecht stehen. »Kann sein«, antwortet er betont lässig, »sind denn nicht alle wichtigen Menschen in der Kommunistischen Partei?«

»Deinen Namen finde ich auf keiner Liste«, entgegnet Vláďa scharf.

»Tja, ich bin ja auch nicht wichtig«, schießt Pavel zurück und dreht sich weg. Er kann nicht mehr sprechen, seine Kehle schnürt sich zu. Am liebsten würde er seinem Bruder die Faust ins Gesicht schlagen. Aber das entspräche nicht seiner Art und würde zu nichts führen. Erst recht nicht vor den Augen der Kinder. Auch Tonda, dem Sohn der Kubeš, möchte er keinen Eklat bieten. So wendet er sich von Vláďa ab und setzt sich gelassen etwas abseits auf den Boden. Ready legt sich an seine Seite. Die feuchte Schnauze des Boxers ruht auf seinen Beinen. Pavel wünschte, die Menschen hätten so reine Seelen wie Hunde. Hier unten am Boden ist die Luft erträglicher. Er streichelt seinen Hund und dieser demonstriert sein Wohlbefinden mit einem tiefen, zufriedenen Schnaufen. Hund müsste man sein.

»Pavli, wie läuft's in der Schule?«, erkundigt sich Tonda und legt gönnerhaft seinen Arm um die Zwölfjährige. »Wieder nur Einsen geschrieben?« Pavli strahlt. Sie genießt die Aufmerksamkeit des zwanzigjährigen Studenten. Stolz berichtet sie ihm von ihren schulischen Glanzleistungen und er schmiert ihr weiter Honig um den Mund, ermuntert sie zum Erzählen. Widerlich! Pavel läuft ein eiskalter Schauer über den Rücken. Was spielt sich da gerade vor seinen Augen ab? Er stellt alle unsichtbaren Antennen auf Empfang.

Da ist es wieder! Das Gefühl, das er inzwischen kennt! Klirrende Eiseskälte und bedrohliche Enge umschlingen ihn. Er beobachtet genau. Das Krokodil ist im Raum! Unsichtbar öffnet es sein riesiges Maul. Sie alle sind darin gefangen, spielen mit den gigantischen Zähnen und der harten Zunge. Noch ist das Maul geöffnet und alle können das gefährliche Terrain unbeschadet verlassen. Aber wann schnappt es zu? Wann schließt es sein Maul und reißt die Beute in Stücke? Pavel fühlt sich wie ein Eisblock und gleichzeitig wallt glühende Hitze in ihm auf. Pavli plappert weiter und erzählt vom geplanten Urlaub. »Das ist wunderbar«, biedert sich Tonda an, »wohin genau wollt ihr denn fahren?«

Das Kind schwärmt von einem unbekannten Land. Meer, Strand, Sonne! Abenteuer! Jugoslawien. »Was nimmst du denn alles mit?«, will Tonda wissen. Er ist ein gutaussehender, aufstrebender junger Mann. Pavel zittert innerlich. Er muss auf der Hut sein. Hektisch durchforstet er seinen Kopf. Kann Pavli etwas erzählen, das auf eine Flucht schließen lassen könnte? Er weiß es nicht. Eigentlich weiß sie nichts. Aber sie ist nicht dumm. Vielleicht hat sie etwas aufgeschnappt. Vielleicht plappert sie aber nur so daher und äußert ein Detail, das gefährlich werden könnte. Er hört genau zu. »Dana und ich gehen«, funkt sein Bruder dazwischen. Er steht genau in Pavels Blickfeld und stört seine unsichtbaren Antennen empfindlich. Bleib ganz ruhig, mahnt Pavel sich selbst, bleib ruhig. Er weiß, dass er das Krokodil auf keinen Fall aufschrecken darf. »Ja, Vláďa. Mach das«, stimmt er zu, »und herzliche Grüße an deine Frau!« Der letzte Satz war sogar ehrlich.

Endlich verschwindet Vláďa mit seiner Tochter. Pavel entspannt sich etwas. Jetzt lauert nur noch eine Gefahr im Raum. Tonda füllt das gesamte Zimmer mit seiner Anwesenheit. Pavel weiß, dass er nichts entgegensetzen kann und ihn erdulden muss.

Als er sich mühsam vom Boden erhebt, rutscht ihm der kleine Pappumschlag mit den Passfotos aus der Hosentasche.

Tonda entgeht nichts. Er deutet auf die Pappe auf dem Perserteppich und fragt höflich: »Oh, was ist das denn,

Herr Doktor?« Pavel stockt der Atem. Die Zeit steht still. »Das sind doch unsere Passfotos.« Pavli springt mit einem Satz auf den Teppich und hebt den kleinen Umschlag auf. »Oh wie schön«, meint Tonda, »darf ich die mal sehen?« Voller Stolz fingert das Kind nach den Aufnahmen und zeigt sie dem Besuch. »Ihr seid eine hübsche Familie«, lobt Tonda und Pavli nickt. »Gib mir die Bilder zurück«, verlangt Pavel und Tonda folgt der Anweisung mit einem fragenden Gesichtsausdruck. »Ich brauche sie für die Reisedokumente.« Manchmal ist die Wahrheit die beste Option. »Ich bewundere Ihre Gelassenheit, Herr Doktor«, sagt der junge Kubeš. »Sie fliegen doch schon in sechs Wochen und haben noch keine Reisedokumente beantragt?«

Prag – 20. Mai 1970

Endlich! Ein Aufschrei der Erleichterung! Pavel möchte am liebsten laut jubeln und den wildfremden Mann umarmen! Aber das geht nicht.

Der Mann sitzt vor seinem Schreibtisch im Institut und lächelt ihn wissend an. Auf dem Stuhl neben ihm hockt ein zehnjähriger Junge mit rötlichem, ungekämmtem Haar. Seine Ohren stehen weit ab, das Gesicht ist voller Sommersprossen und seine Vorderzähne sind riesig. Er sieht aus wie eine lustige Comicfigur und ist kerngesund. Das Einzige, was diesem Kind zu schaffen macht, ist die Tatsache, dass es in eine Kinderpsychiatrie geschleppt wurde und anhören muss, wie sein Vater Lügen erzählt. »Er braucht einen Arzt! Sofort!«, hatte der Mann in der Ambulanz verlangt. Der herbeigerufene Oberarzt war ratlos. Er konnte nicht erkennen, wie und vor allem, wobei er dem Jungen helfen sollte. Der Mann fragte mehrmals nach dem Chefarzt und ließ sich nicht abwimmeln. »Herr Dr. Vodák«, bat eine Schwester, »könnten Sie bitte einen schwierigen Patienten in der Ambulanz übernehmen?« Sofort hatte Pavel gespürt, dass der Moment gekommen war. Er ließ seine Arbeit liegen und eilte los.

Jetzt sitzen sie sich gegenüber und es gibt keinen Zweifel. »Ich weiß, ich bin ein sehr unverschämter Patient«, grinst der Fremde. »Wenn Sie mir helfen wollen, bringen Sie doch bitte einen Kaffee! Mit vier Stückchen Zucker.« Pavel presst seine Lippen aufeinander und unterdrückt einen Triumphschrei. »Natürlich«, antwortet er mit einem breiten Lächeln, »ich bin gleich wieder zurück.«

Pavel geht aus seinem Dienstzimmer zur Küche. Er hätte nie gedacht, dass es so schwer ist, Jubel, Erleichterung und unermessliche Freude zu unterdrücken. Sein Körper ist voller Glückshormone. Vor lauter Übermut beißt er sich in die geballte Faust.

Er klopft kurz an und betritt die Küche der Klinik. »Oh, was machen Sie denn hier?«, fragt eine Frau mittleren Alters, die Geschirr reinigt. »Na, ich wollte mal schauen, ob hier alles mit rechten Dingen zugeht«, flachst Pavel übermütig und tänzelt auf der Stelle. Die Frau lacht, stemmt ihre Hände in die Hüften und fordert ihn heraus: »Und Herr Doktor, alles zu Ihrer Zufriedenheit?«

»Nicht ganz«, schäkert er, »erst, wenn Sie mir eine Tasse Kaffee und eine Heiße Schokolade geben.« Sie runzelt die Stirn und mustert ihn genau. Er klatscht in die Hände: »Los, los, ich habe es eilig!« Sofort eilt sie davon und holt die beiden gewünschten Getränke. Vor allem der Duft der heißen Schokolade verzaubert Pavel. »Milch und Zucker dazu?«, fragt die Angestellte. »Nur Zucker bitte. Ganz viel! Mindestens vier Stücke«, lacht er und ergänzt: »Das war kein Scherz!« Die Frau zieht die Augenbrauen zusammen und schimpft: »Sie werden krank, Herr Doktor.« Sie legt die vier Würfelzucker auf die Untertasse und er jongliert davon.

»Können Sie bitte die Tür öffnen!«, ruft Pavel vor seinem Dienstzimmer. »Ich habe die Hände voll!« Der kleine Sommersprossenjunge ist sofort hilfsbereit. »Schau mal«, bückt Pavel sich zu ihm herunter, »ich habe dir auch was mitgebracht.« Der Junge strahlt bis zu beiden Segelohren beim Anblick der heißen Schokolade. Sein Vater auch. »Sie scheinen wirklich ein guter Arzt und ein feiner Mensch zu sein«, sagt der Fremde leise.

Pavel greift in seine Hosentasche und legt den kleinen Pappumschlag mit den Passfotos neben die vier Zuckerwürfel auf die Untertasse und schiebt den Kaffee zu dem Mann. Die beiden wechseln einen bedeutungsvollen Blick. Der Fremde nickt, nimmt sich den kleinen Umschlag und steckt ihn sorgsam in die Brusttasche seines Oberhemdes. »Danke«, flüstert Pavel. »Danke für den Kaffee«, erwidert der Mann und trinkt ihn. Ohne Zucker.

»Können wir hier offen reden?«, fragt der Mann. Pavel überlegt eine Sekunde und erschrickt. Erstmals kommt ihm der Gedanke, dass jemand ihn in seinem Dienstzimmer abhören könnte. An diese Möglichkeit hat er nie gedacht! Natürlich! Es gibt Wanzen! Er wird ausspioniert, das weiß er inzwischen. Er hat keine Beweise, aber er weiß es. Ohne jeden Zweifel.

Pavel legt seinen Zeigefinger auf die Lippen und versucht, dem Fremden ohne Worte mitzuteilen, dass sie reden können, aber er nicht ausschließen kann, dass das Zimmer Ohren hat. Er macht eine hilflose Geste, deutet in die Runde, an die Decke, auf das Telefon, in Richtung seines Schrankes. Er zuckt mit den Schultern. Der Fremde nickt. Er hat verstanden.

»Ja, wir können offen reden«, sagt Pavel und zwinkert dem Mann zu. »Ich denke, Ihr Sohn ist kerngesund.«

»Ja, aber«, antwortet der Mann und verkneift sich ein Grinsen, »was war es denn?«

»Ich weiß es nicht. Vielleicht sollten Sie mal Urlaub machen. Das entspannt. Mache ich auch bald mit meiner Familie. Da beruhigt sich alles.«

»Das ist eine gute Idee, Herr Doktor. Wann fahren Sie?«

»Am 26. Juni. Wir fliegen in den frühen Morgenstunden.«

»Ich gebe Ihnen einen guten Rat«, sagt der Mann und bedeutet ihm mit seinem Zeigefinger, dass Pavel jetzt sehr genau zuhören soll. »Gehen Sie am Abend vorher noch ein wenig spazieren. Machen Sie Ihren Kopf frei. Das tut gut und lässt Sie entspannter in den Urlaub gehen.« Während er das sagt, kritzelt er ein paar Worte auf einen Zettel. Pavel reckt seinen Hals, um es zu lesen. Der Fremde schrieb: *Karlsplatz: Briefkasten = Parkbank an der großen, ältesten Platane.* Pavel nickt. An dieser Bank wird er also weitere Informationen erhalten.

Der Fremde steckt seinen Zettel wieder ein, trinkt seinen Kaffee aus und steht auf. »Herr Doktor vielen Dank! Und einen schönen Urlaub!«

»Gern geschehen. Alles Gute für Sie und Ihren Jungen!« Der Junge wischt mit dem Handrücken seinen braunen Schokoladenmilchbart aus dem Gesicht und verabschiedet sich ebenfalls höflich.

Pavel bleibt noch ein paar Minuten in seinem Zimmer. Alleine. Alles durchdenken, Details speichern. Er darf nichts vergessen! Er lässt sich in das weiche Leder seines Chefarztsessels fallen. Seine Arme ruhen auf den Lehnen, sein Rücken findet Halt im Polster, das auch seinen Hinterkopf stützt. Wiederholt geht er in Gedanken seine Pläne durch: Pavli für den letzten Schultag entschuldigen, Koffer packen. Auf jeden Fall das kleine Notizbuch mit den persönlichen Kontaktadressen in Europa einstecken. Noch einen letzten Tag arbeiten, danach zum Karlsplatz schlendern. Parkbank unter der großen Platane. Dort erhält er weitere Informationen. Nach Hause gehen. Fiala bekommt die Schlüssel für die Wohnung und das Auto und nimmt den Hund zu sich. Ruhig bleiben. Gelassenheit ausstrahlen. In den frühen Morgenstunden mit der Reisegruppe nach Jugoslawien fliegen. Am nächsten Tag eine Fähre von Split nach Pescara nehmen. Mit gefälschten Pässen. Von da aus weiter nach Rom. Und so wird das Schicksal ihm den Weg weisen. Ab da kann er nichts mehr planen.

Ihm ist schwindlig. Immer wieder beschleicht ihn das Gefühl, dass er etwas vergessen hat. Er geht den Plan ein weiteres Mal durch, prüft akribisch, ob tatsächlich ein Zahnrädchen ins nächste greift und die komplexe Maschinerie in Gang bringt. Er sucht nach winzigen Teilchen, die den Lauf der Dinge unterbrechen könnten. Er findet sie. Die Großmutter ist ein Risiko. Sie möchte nicht mit. Das Kind ist ein Risiko. Kinder sind unberechenbar. Věra ist ein Risiko. Sie könnte eine Panikattacke bekommen. Die Reisegruppe ist ein Risiko. Was wenn sich Andere vor ihnen absetzen würden? Oder herausfinden, was er plant und ihn in allerletzter Sekunde verraten. Dass Jugoslawien ein Schlupfloch für Republikflüchtlinge ist, sickert langsam durch. Immer mehr Tschechoslowaken nehmen diese Route. Als er die Reisedokumente beantragte, waren die drei Frauen sein Joker. Sie sind Risiko und Schutz zugleich. Kein normaler Regimegegner lädt sich derart viele Gewichte ans Bein. Flüchtlinge reisen mit leichtem Gepäck.

Es schwingt noch etwas mit, was er nicht beeinflussen kann: Den Kubeš, allen voran Sohn Tonda, die in seiner Wohnung regelmäßig ein und aus gehen, traut er nicht. Sie weben unsichtbare Fäden eines Spinnennetzes, das die Beute erst erkennt, wenn sie sich rettungslos darin verfangen hat.

»Oh, Jugoslawien«, stichelte Vláďa kürzlich, »welch interessantes Ziel!« Er strich dabei mit seinen Fingern entlang der scharfen Kante eines Spachtels. Jenes Werkzeug, mit dem seine Ehefrau Daniela großartige Skulpturen in ihrem Atelier erschafft. Wenn Vláďa es betritt, ist plötzlich alles scharf. Bis auf die Werke der Künstlerin. Sogar der wackelige Holzklappstuhl, auf dem Pavel in dem Moment saß, stach in seine Oberschenkel. Er griff mit beiden Händen an die Sitzfläche, um sich abzustützen. Auch scharfkantig. »Der Strand soll sehr schön sein«, entgegnete Pavel mit aufgesetzter Gelassenheit und suchte nach einer bequemen Sitzposition. Vláďa spielte weiter mit dem spitzen Werkzeug und kam Pavel bedrohlich nah. Pavel erhob sich langsam und richtete sich vor dem kleinen Bruder auf. Damit sollten die Fronten geklärt sein. Dachte er. Er drehte sich weg. Nun hatte auch die Skulptur, die unter den Händen seiner Schwägerin in den hohen, lichtdurchfluteten Räumen zum Leben erwachte, scharfe Kanten. Pavel glaubte, dass er sich daran schneiden könnte. Blutstropfen würden in dem weißgrauen Staub auf dem Atelierboden ein lebendiges Muster erzeugen. Trotz ihrer Härte und Kälte zog ihn die etwa ein Meter große, aber noch unvollendete Skulptur an. Aus dem dunkelgrauen Stein entpuppt sich allmählich eine Figur. Pavel meinte sogar, die Konturen eines Gesichts zu ertasten.

»Jugoslawien liegt an der Adria«, stach Vláďa weiter zu, »auf der anderen Seite ist Italien.« Pavel reichte es. Das große, helle Atelier, das ihm eigentlich gefällt, mutierte in diesem Moment zur dunklen Falle. Die rundlichen, anmutigen Skulpturen verwandelten sich durch Vláďas Stimme zu ekligen Fratzen mit spitzen Krallen. Pavels Hand griff beherzt nach dem Spachtel. Das Werkzeug lag gut in der Hand. Noch besser aber auf Danielas Werkbank. »Ich möchte nicht, dass du mit diesem Ding herumfuchtelst. Das macht mich nervös«, sagte er in ruhigem Tonfall zu seinem Bruder.

Pavel malte mit seinem Zeigefinger in der feinen Staubschicht auf der Werkbank herum. Dabei schob er wie beiläufig den scharfen Spachtel weiter von sich fort. Irgendwann fiel er auf den Boden hinter der Werkbank. Sein Scheppern hallte durch das kahle Atelier. Pavel malte unbeirrt weiter. Sein Finger zog weiche Linien, umrundete weitere Spachtel, Messer, Bohrer, Meißel und andere Werkzeuge. Ein rundes, weiches Ornament entstand auf diese Weise. Auch Kunst. Pavel spürte den Atem seines Bruders im Nacken. Er drehte sich nicht um, malte weiter. Die feinen Staubkörnchen und das raue Holz kratzten leicht an der Fingerkuppe. Er ertrug, dass ihm Vláďa in den Rücken fiel und verzichtete bewusst auf eine Reaktion. »Pavel«, zischte er von hinten, »wenn ich rauskriege, dass du abhauen willst, werde ich dich verpfeifen!«

»Wie meinst du das?«

»Wir leben hier in Frieden miteinander, haben alles, was wir brauchen. Wieso balancierst du ständig auf Grenzen? Tritt in die Partei ein. Sie ist eine gute Sache, eine Gemeinschaft.« Pavel war mit seinen Gedanken allerdings noch bei Vláďas Drohung: »Eine Gemeinschaft? Und du benutzt das Wort verpfeifen?« Vláďa ruderte zurück: »Zum Schutz und Wohle aller.« Pavel wurde schwindlig. Wollte er ihm helfen oder ihm drohen? Er konnte es nicht mehr unterscheiden. Das, was sein Bruder beschrieb, ist die gute Seite des Sozialismus. Die Theorie. Alle sind gleich, arbeiten und leben für ein gemeinsames Ziel, halten zusammen. Mit dieser Ideologie könnte Pavel sich möglicherweise anfreunden. Aber es ist und bleibt eine Theorie, die in der Praxis nicht funktioniert! Er merkte wieder einmal, dass er sich mit jeder politischen Diskussion weiter von seinem Bruder entfernte. Eine Einigung schien nicht mehr möglich. Ganz allmählich beschlich ihn die Ahnung, dass sie sich so konträr entwickelt hatten, dass ein und dieselbe Handlung zu entgegengesetzten Ergebnissen führt: Was Vláďa in bester Absicht und reinem Gewissen zu veranlassen bereit wäre, nennt Pavel Verrat. So konnte das nicht weitergehen!

Pavel schließt die Augen und atmet ein paar Mal tief ein und aus. Die Passfotos wurden abgeholt. Jetzt darf er den

Dingen ihren Lauf lassen. Er lehnt sich im Sessel zurück. Das Leder ist weich. Er findet auch kein Staubkorn auf den Lehnen. Nur einige Stellen, die minimal rauer sind, abgewetzt durch jahrelange Beanspruchung. Ganz allmählich lässt der Schwindel nach.

Es geht immer weiter, denkt Pavel. Irgendwie. Die Zeit schreitet unbeirrt voran, das Leben auch. Wenn die Welt eines Menschen in Scherben liegt, kann er dem Trugschluss erliegen, alles sei dem Ende geweiht. Genau darin wartet ein Segen für die Zukunft. Wer ihn entdeckt, kann die Scherben zu einem neuen Mosaik zusammensetzen, das er irgendwann vielleicht sogar liebgewinnen kann.

Prag – 26. Juni 1970

Es dämmert langsam. Pavel hat immer noch kein Auge zugetan. Starr und stumm liegt er seit Stunden auf dem Rücken, lässt seine Erinnerungen an sein gesamtes Leben an sich vorbeiziehen. Irgendwann einmal hat er gelesen, dass Menschen im Augenblick des Todes ihr Leben wie im Zeitraffer durchleben. Bilder, Gefühle, Momente – all das rauscht in unermesslicher Geschwindigkeit an ihnen vorbei. Puzzleteile fügen sich zusammen, ergeben ein Ganzes. Kreise schließen sich.

Er schüttelt sich. Seine Knochen sind steif. Sich schlafend stellen, ist anstrengend. Er glaubt nicht, dass er sterben wird. Vielleicht aber doch. Der tschechische Patriot stirbt an diesem Tag. Denn er verlässt sein Land. Der Staatsfeind stirbt. Wie auch immer, der Tod ist ein Übergang. Von einem Sein zum Nächsten. Nur wer wirklich geht, erfährt, wie es auf der anderen Seite aussieht. Der Staatsfeind darf vielleicht an einem anderen Ort zum Freund werden. Der Patriot stirbt, der Abenteurer wird geboren. Einer, der weitergeht. Unerschrocken. Neugierig. In ein neues Leben. Ein anderes. Hoffentlich ein besseres.

Das verbindet die Sterbenden mit den Flüchtenden. Sie brechen auf in eine ungewisse Zukunft. Beide ängstigen sich vor dem Unbekannten. Sie wissen nur, dass es kein Zurück gibt. Manche beruhigt der Gedanke, dass sie etwas Neues gewinnen, wenn sie das Alte verlieren. Vielleicht ist es das, was man Glauben nennt.

Möglichst lautlos schleicht er sich aus dem Bett. Er schlägt die Decke in Zeitlupe zurück, stets darauf bedacht, niemanden zu wecken. Es wundert ihn, dass seine Frau tatsächlich schläft. Er hatte angenommen, dass sie es nur vorgibt und genau wie er Gedankenkarussell fährt. Doch tatsächlich, Věra schlummert tief und selig, vermutlich hat einfach nur die Erschöpfung gesiegt.

Noch einmal geht er barfuß durch die Wohnung. Die weichen Perserteppiche schmiegen sich an seine nackten Fußsohlen. Vertrauter Boden. An manchen Stellen wagt er nicht einmal, den ganzen Fuß aufzusetzen.

Als er auf Zehenspitzen an Ready vorbeihuscht, knurrt dieser leicht im Schlaf. Pavli umarmt, wie vermutet, ihr Kuscheltier und schlummert auf der Seite. Sie ist groß geworden. Ihr Mund ist leicht geöffnet, ihre zarten Arme umschließen das weiche Fell ihres Plüschelefanten. So sieht Frieden aus.

Der Mund seiner Schwiegermutter ist weit geöffnet. Ihr Schnarchen erinnert an das Absägen des kompletten Böhmerwaldes. So klingt Zuhause. Er erreicht die Küche. Zu gerne würde er einen Kaffee aufsetzen, aber das würde die anderen wecken. Er verzichtet darauf und schleicht sich in sein kleines Arbeitszimmer. Er muss noch einen wichtigen Brief schreiben. Er holt das gute Papier hervor. Blütenweiß und rein. Der rundliche dunkelblaue Kugelschreiber liegt schwer in der Hand, vermittelt einen Hauch von Stabilität. Seine Mine gleitet leicht und lautlos über das Papier:

Lieber Fiala!
Du hast gemerkt, dass wir nicht zurückkommen werden. Es ist gut so, wie es ist. Sobald ich eine Möglichkeit finde, werde ich dich wissen lassen, wo wir sind und dass es uns gutgeht. Ich schreibe diese Zeilen wenige Minuten bevor du kommst, um uns zum Flughafen zu fahren. Dafür, und auch für alles andere, meinen aufrichtigen Dank! Du weißt, was ich meine.

Mein Auto gehört dir. Ich weiß, dass du dich darüber freuen wirst. Fahr bitte vorsichtig und pflege es gut. An so einen guten Wagen kommst du so schnell nicht wieder. Übrigens: Er heißt Amina. Nenn ihn bitte weiter so. Danke.

Diesem Umschlag füge ich Geld bei. Für dich, für deine Mühen. Vor allem aber für Ready. Bitte nutz es für ein Gutachten für den Hund. Geh mit ihm zum Tierarzt und lass ihm eine mangelnde Zuchtqualität, irgendwelche Gebrechen oder was auch immer bescheinigen. Das Geld reicht dafür allemal. Damit kann der Hund dieses Land verlassen. Ich weiß, dass du dich um ihn kümmern wirst, aber ich weiß auch, dass du Hunde nicht so liebst wie ich.

Danach fahr mit dem Gutachen bitte nach Böhmisch Leipa zu Frída und Lenka und lass den Hund bei ihnen. Sag den beiden, sie sollen Ready weiterverschenken. Du weißt von meiner Tante Elsa in Nürnberg in der Bundesrepublik Deutschland. Mein Plan sieht vor, dass Elsa, sie darf ja frei in Europa reisen, sich eines Tages mit meinem Schwager und seiner Frau in Leipa oder Prag treffen wird. Dort schenken sie Ready Elsa und sie nimmt ihn mit nach Deutschland. Mit dem entsprechenden Gutachten eines Tierarztes sollte es an der Grenze keine Probleme geben. Die Tschechoslowakei legt keinen Wert auf einen Hund, der nachweislich zu nichts nutze ist.

Danke, mein Freund! Ich weiß, dass du der einzige Mensch bist, der das alles schafft, was ich erbitte. Pass auf dich auf, bleib gesund, genieße dein Leben und das neue Auto! Ich werde dich nie vergessen! Danke!

Pavel

Er überfliegt noch einmal die Zeilen und legt den Kugelschreiber zur Seite. Ganz vorsichtig, um keinen unnötigen Laut zu verursachen. Die kleine Schublade unter der Schreibtischplatte hakt. Er ärgert sich. Schon vor Wochen wollte er etwas Butter aus der Küche stibitzen, um das Holz zu ölen. Jetzt reibt die Schublade beim Öffnen und das schabende Geräusch ist deutlich lauter als ihm lieb ist. Es nützt nichts.

Er zieht sie nur so weit wie eben nötig auf und greift nach einem Bündel Kronen. Er zählt sie nicht. Es ist mehr als genug, um in diesem Land einen Tierarzt zu bestechen. Außerdem braucht so ein Schlitzohr wie Fiala das Gefühl, dass auch für ihn etwas bei der Aktion herausspringt. Zusätzlich zum Auto. Pavel lächelt. Dieser Mann ist unmöglich! Aber auf seine Weise unerschrocken genial. Wenn es einer schafft, seinen geliebten Hund außer Landes zu schmuggeln, dann Fiala.

Die Geldscheine sind schmierig. Alte Banknoten, die schon durch unzählige Hände gegangen sind. Dreckig, mit einem Hauch von Muff und Bestechung. Passt, denkt er und schiebt das Bündel in einen länglichen Briefumschlag.

Sorgsam fahren seine Finger über den Brief. Er faltet ihn zweimal und steckt ihn zu dem Geld. Seine Zunge leckt über den trockenen, eklig schmeckenden Klebestreifen des Umschlags. Es beißt auf der Zunge. Aber egal. Pavel ist froh, dass der Kleber gut hält.

Der Umschlag wiegt schwer. Viel schwerer, als er vermutet hätte. Jetzt, nachdem er das Geld angefasst hat, spürt er das dringende Bedürfnis, seine Hände zu waschen.

Das Schnarchen in der Wohnung ist verstummt. Ein sicheres Zeichen, dass seine Schwiegermutter wach ist. Pavel lauscht noch einmal. Jetzt singt sie. »... Zum Geburtstag, zum Geburtstag, zum Geburtstag viel Glück ...« Er eilt aus seinem Zimmerchen und reiht sich in die überschaubare Schar der Gratulanten ein. Pavli hockt auf ihrem Schlafsofa, reibt sich die Augen und strahlt. Zwölf Jahre wird sie heute alt. Er verkneift sich jeglichen Gesang, der von seiner Schwiegermutter ist scheußlich genug, und stellt sich neben sein Töchterchen: »Alles Liebe, meine kleine Große!« Sie legt ihre Arme um ihn und erwidert sein Küsschen. Sekunden voller Leichtigkeit. »Auf in ein neues Lebensjahr«, ruft er und sie springt fröhlich aus den Laken. »Zieh dich an«, mahnt Věra und das Kind gehorcht sofort.

Auch er rafft seine Kleidungsstücke zusammen, macht sich in Windeseile startbereit. »Ich bringe schon mal die Koffer ins Auto«, ruft er. »Schließ bitte deine Hose«, meckert seine Frau. Meine Güte, denkt er und zupft an dem hakenden Reißverschluss, wir haben doch jetzt wirklich ganz andere Probleme!

Er spurtet durch die Küche, wo bereits der duftende Bohnenkaffee in die Kanne rinnt. An anderen Tagen ein Grund zur Freude und zum Genuss. Heute bedeutungslos. Hastig schnappt er sich den weißen Umschlag vom Schreibtisch. »Was ist das?«, will Věra wissen. »Nur Wagenpapiere. Ich lege sie für Fiala ins Handschuhfach.« Er schleppt die beiden schweren Koffer zu dem kleinen Fahrstuhl im Treppenhaus.

Er merkt, dass seine Hände zittern. Das gefällt ihm nicht. Im selben Moment scheitert er daran, die Koffer in den Fahrstuhl zu bugsieren. Verdammt noch mal ist das eng hier! Er flucht innerlich, findet keinen Weg, sich zu bremsen. Die Nerven liegen blank.

Seine Finger raufen durch die Haare, danach rütteln sie verzweifelt an dieser elenden Fahrstuhltür. Er will das Gefährt überlisten, aber es gelingt ihm nicht. Beide Koffer stehen in der Fahrkabine. Damit ist sie voll. Er passt wirklich nicht mehr hinein, weil der eine Koffer so groß ist. Himmel noch mal! Dieser Koffer hat schon für viel Ärger gesorgt! Věras Lieblingsstück. Na ja, hübsch ist er vielleicht wirklich. Aber sperrig und unpraktisch. Pavel holt tief Luft. Er merkt, wie die Anspannung ihn schier zerreißt. Bleib ruhig, mahnt er sich und überlegt. Er könnte jetzt den Knopf zum Erdgeschoss drücken, aber dieses blöde schwarze Ding funktioniert erst, wenn die schwere Tür geschlossen ist. Ist sie geschlossen, kann er nicht drücken. Er könnte sich auf diesen verfluchten Koffer stellen. Aber womöglich wird er dadurch beschädigt und das würde ihm Ärger mit Věra einbringen.

Auf die Idee, mit jedem der zwei Koffer einzeln zu fahren, kommt er nicht. Er kann nicht mehr klar denken.

Pavel macht auf dem Absatz kehrt und schließt die Wohnungstür auf. »Pavli, komm«, ruft er. Gerade so laut, dass er die Nachbarn nicht weckt, seine Tochter ihn aber hört. Umgehend hüpft sie zur Tür. »Komm, du reitest jetzt auf den Koffern nach unten.« Die Kleine strahlt vor Begeisterung. Er hievt sie auf die Gepäckstücke, die Tür schließt sich. Durch die Glasscheibe winken sich beide zu. Auch nicht schlecht, sinnt Pavel, heute ist die Welt mal verkehrt herum: Ich laufe die Treppen hinunter, sie fährt Fahrstuhl.

Die Sonne erklimmt langsam den Himmel und die ersten Vögel zwitschern in den Bäumen. Er riecht den Morgentau auf den Grashalmen. Es verspricht, ein schöner Tag zu werden. Pavel hofft, dass das ein gutes Omen für ihr Vorhaben ist. »Pavli, renn schnell wieder hoch und hol Ready. Dass er noch mal Gassi geht.« Die Kleine stürmt los. Pavel atmet durch.

Der weiße Lack des Škoda ist mit einer feuchtkühlen Schicht aus Tau überzogen. Er steckt den silbernen Schlüssel ins Schloss der Beifahrertür. Sie öffnet sich mit einem einfachen Klick. Amina. Er lässt sich auf die roten Stoffsitze fallen. Sie sind noch kühl von der Nacht. Behutsam öffnet er das Handschuhfach. Er greift nach der dicken gedruckten Gebrauchsanweisung für den Škoda, lässt die Seiten durch die Finger gleiten. Pavel lächelt. Er glaubt kaum, dass Fiala dieses Buch jemals zurate ziehen wird. Fiala ist ein Typ, der so lange wahllos Knöpfe und Hebel bedient, bis es funktioniert. Pavel ist da anders. Er hat diese Gebrauchsanweisung tatsächlich gelesen. Inklusive Inhaltsverzeichnis und Anhang. Nicht, dass er pedantisch wäre! Nein, es war eher ein Ausdruck seiner überschäumenden Freude über dieses tolle Auto. Er wollte den Wagen verstehen und keine Funktion übersehen. Und ganz genau wissen, wie er sich verhalten muss, wenn eine Warnleuchte aufflackert und signalisiert, dass Amina Hilfe braucht.

Du bist einfach nur bekloppt, rüffelt er sich selbst. Er deponiert den Umschlag mitten in dem gedruckten Werk und legt es sorgsam zurück ins Handschuhfach. Mit dem Buchrücken nach vorne. Damit bei einer eventuellen Polizeikontrolle kein Umschlag herausfallen kann. Spätestens, wenn Fiala merkt, dass sie nicht zurückkommen werden, wird er alles durchsuchen. Da ist Pavel sich sicher. Und dann wird er auch diesen Umschlag finden.

Ready bellt. Traditionell hebt er sein Bein zweimal an seinem Stammbaum vor dem Haus. Bein hoch, Pipi machen, Bein runter. Schnüffeln, herumgehen, noch mal schnüffeln, Bein hoch und zur Sicherheit noch einmal darüber markieren.

Pavel blickt stumm zu Tochter und Hund. Pavli ist wach, Ready wirkt noch verschlafen. Er hebt das Bein deutlich träger als sonst. Vielleicht sollte Fiala am frühen Morgen mit ihm einen Tierarzt aufsuchen. Da hinterlässt der Hund einen rührend phlegmatischen Eindruck. Egal. Es ist keine Zeit mehr, den Brief zu ändern.

»Guten Morgen«, flötet Fiala gut gelaunt und spaziert um die Ecke. Beide Hände in den Hosentaschen, eine glimmende Zigarette schräg im Mundwinkel. »Guten

Morgen«, begrüßt Pavel seinen Freund und schließt den Kofferraum auf, »wenn du es schaffst, diesen elend sperrigen Koffer hier hineinzuwuchten, sorge ich dafür, dass du oben noch ein anständiges Frühstück bekommst.« Fiala kneift das rechte Auge zu und legt den Kopf schief. Zum einen scheint ihn der Zigarettenqualm in den Augen zu stören, zum anderen schätzt er offenbar Größe von Kofferraum und Gepäck ab. Er zieht noch einmal an dem Stummel, jagt den Rauch durch seine Lungen und schnipst die Kippe fort. Pavel reicht ihm die Autoschlüssel und klopft ihm aufmunternd auf die Schulter: »Schaffst du, mein Freund. Ich organisiere was Leckeres und einen duftenden Bohnenkaffee.«

Der Flughafen Prag-Ruzyn liegt nur 15 Kilometer vom Stadtzentrum entfernt. Sie kommen schnell voran. Fiala weiß auch sehr genau, wo das Gaspedal des Wagens ist. Er parkt direkt vor der Abflughalle. Dreist, aber praktisch. Pavel krault noch einmal seinen Hund, der brav und schläfrig im Fußraum des Beifahrersitzes liegt. »He Ready, du musst mich freigeben, sonst kann ich nicht aussteigen.« Er knuddelt den Boxer und zieht mühsam seine Füße unter dem schweren Tier hervor. Věra, Pavli und die Schwiegermutter krabbeln von der Rücksitzbank ins Freie. Es riecht nach Kerosin und Abenteuer. Alle recken sich und Fiala hievt die Gepäckstücke aus dem Kofferraum auf den Asphalt. »Kommt gesund wieder«, verabschiedet er sich, »und ganz viel Spaß!« Věra nickt nur, Pavli hüpft aufgeregt auf der Stelle. Sie kann einfach nicht stillstehen. »Ich wollte ja nicht mit«, klagt die Schwiegermutter, »in meinem Alter! So eine Aufregung!«

»Ach gnädige Frau«, entgegnet Fiala aufmunternd, »es wird Ihnen gefallen. Genießen Sie es!«

Pavel gönnt sich noch einen allerletzten Blick auf seinen Hund, sagt: »Bis bald, mein Treuer!« und reicht Fiala die Hand: »Danke. Wenn etwas passiert, kannst du den Wagen behalten.« Fiala stutzt. Pavel zwinkert ihm zu und ein kaum merkliches spitzbübisches Lächeln huscht über Fialas Gesicht. Er hat ihn verstanden.

Vorsichtshalber relativiert Pavel seine Aussage. Man weiß ja nicht, wer mitgehört hat. »Schau«, erklärt er und deutet in Richtung Rollfeld hinter dem Tower, »diese russischen Tupolew sind doch nicht wirklich vertrauenserweckend.« Fiala lacht: »Stimmt, mein Freund. Aber glaube mir, runter kommen sie alle!« Pavel lacht mit und blendet konsequent die Blicke seiner Ehefrau aus. Er ahnt, was für ein Gesicht sie macht, sehen will er es nicht.

Die Abflughalle erwacht zum Leben. Menschen schieben Gepäckkulis über den blanken gekachelten Boden. So wie Pavel. In seiner Nase mischt sich der Geruch von Putzmittel, Treibstoff und Freiheit. Er schiebt das Gepäck, seine Frauen folgen ihm. Dumm nur, dass er auch nicht weiß, wohin. Sie irren kurz umher. Ihm wird bewusst, wie langsam sich seine Schwiegermutter fortbewegen kann. Sie schleppt sich mehr, als dass sie geht.

Ah! Da ist es. Zielstrebig steuert er auf die brünette Frau mittleren Alters zu, die ein Schild »Reisegruppe Jugoslawien« hochhält. Sie trägt eine dunkelblaue Uniform. Enger Rock, selbstverständlich die Knie verdeckend, passender Blazer. Pavel mag sie nicht. Sie könnte ebenso gut eine Aufseherin im Frauentrakt eines Gefängnisses sein. Er stellt den Kofferkuli beiseite und bahnt sich einen Weg durch die anderen Reisenden, die offensichtlich von nun an zu seinen Weggefährten zählen. Zumindest bis Split.

»Ehre der Arbeit, Genossin«, sagt er höflich und übergibt ihr seine Reisedokumente, »wir sind Familie Vodák.« Sie greift nach den Papieren und quittiert seine freundliche Begrüßung mit einem distanzierten, uninteressierten Lächeln. Gefängniswärterin. Sie blättert durch die Zettel, die er ihr reichte, macht vier akribische Häkchen mit einem Kugelschreiber auf ihrer Namensliste und reicht ihm einen Teil seiner Zettel zurück. »Gepäckabgabe dort drüben am Schalter.« Ihre linke Hand deutet, ohne dass sie Pavel auch nur eine Sekunde lang ansieht, auf einen Tresen. Vier weitere Personen stehen mit ihren Koffern wartend davor, eine Frau in der Kleidung der ČSA, der Tschechischen Fluggesellschaft, arbeitet dahinter. Pavel holt die schweren Koffer und reiht sich ein. Die vier Zettel in seiner Hand zittern leicht. Sie bestätigen lediglich die vier Sitzplätze in der Maschine. Die offiziellen Reisegenehmigungen ins Ausland hat die brünette Gefängniswärterin einkassiert. Wer so eine Reiseleitung hat, braucht keine zusätzlichen Feinde.

»Ihre Reisepässe bitte!« Die Frau hinter dem Schalter ist freundlich. Pavel zuckt zusammen. Ja, die Pässe. Wo waren sie doch gleich? Er reicht der freundlichen Dame der ČSA erst mal die vier Zettel, die er schon in der Hand hat. Ein Griff in die Hosentasche. Nur das kleine Notizbuch mit all seinen beruflichen Kontakten im In- und Ausland. Verdammt, wo sind die Reisepässe? »Einen Moment bitte«, entschuldigt er sich und drängelt sich durch die Wartenden hinter ihm zu seiner Familie, die etwas abseits wartet. Die Schwiegermutter ist blass und stützt sich auf den leeren Gepäckwagen. Das Stehen fällt ihr schwer. »Wieso setzt ihr euch nicht hin? Da drüben sind Plätze«, herrscht er die drei an und zischt in Věras Richtung: »Wo ist die kleine Tasche?« Er steht komplett unter Strom. Sie blickt ihn vorwurfsvoll an und reicht ihm wortlos das Handgepäck.

Er hetzt zurück, wieder dicht an den anderen Teilnehmern der Reisegruppe vorbei. Ist das eng hier. Müssen denn alle auf einem Haufen stehen? Die Halle ist doch groß genug! Ihm ist heiß und kalt, sein Herz pocht bis zum Hals. Er hat den Schalter wieder erreicht. Endlich! »Entschuldigen Sie bitte, Entschuldigung!« Die junge Frau lächelt. »Alles in Ordnung.« Er kramt im Handgepäck. Da sind sie! Er reicht ihr die vier blauen Pässe und sie ist zufrieden. Bloß nicht umdrehen! Bloß niemandem in die Augen sehen! Niemand darf seine Anspannung bemerken! Er hat sowieso schon deutlich mehr Aufsehen erregt als er wollte.

Die freundliche ČSA-Angestellte braucht nicht lange. Er darf die Koffer bei ihr lassen. Dafür bekommt er die Sitzplatzkarten und die Pässe zurück. »Vielen Dank, Genosse!«

Erleichtert schlängelt er sich abermals durch die Menge der anderen Reisenden. Die vier Pässe liegen schwer in seiner Hand. Die blaue Pappe hat eine marmorierte Struktur. Der Böhmische Löwe und die Buchstaben des Landes Tschechoslowakische Sozialistische Republik heben sich in goldener Farbe ab. Die Konturen von Wappen und Schrift sind gut zu tasten. Er blättert sie durch. Alle Ausreisestempel vorhanden. Einreisestempel werden diese Dokumente wohl nicht mehr sehen.

Im Flieger kann er endlich etwas entspannen. Pavli sitzt am Fenster, direkt neben ihm. Die Sitze sind bequem, die Luft in der Kabine ist angenehm kühl und trocken. Věra und ihre Mutter sitzen auf der anderen Seite des Gangs. »Schau Pavli«, er deutet durch das kleine Fenster auf das Rollfeld, »ich glaub dahinten ist die Startbahn. Da rollen wir gleich hin und dann …« Er macht eine Handbewegung von links unten nach rechts oben, »… wird das Flugzeug so schnell, dass es abhebt!« Sie staunt. Ihr erster Flug.

Pavel kann seinen Blick nicht vom Fenster lösen. Er sieht die anderen Maschinen. Alles sowjetische Modelle, Iljuschin und Tupolew. Auf ihn wirken sie tatsächlich wenig vertrauenerweckend. Plötzlich heulen die Turbinen laut auf und sie holpern langsam zur Startbahn. Das Flugzeug knarrt und die Gummireifen stöhnen quietschend. Jetzt kann Pavel die kleinen Lampen links und rechts der Startbahn sehen. Na prima, denkt er, nicht einmal alle Lämpchen brennen. Schätzungsweise ist jedes fünfte Licht erloschen. Marodes Land.

Unter ohrenbetäubendem Dröhnen beschleunigt die Tupolew und kämpft sich mühsam in die Höhe. Pavel erhascht noch einen letzten Blick auf den Flughafen. Er muss seinen Kopf etwas verdrehen, um an Pavli vorbeischauen zu können. Die Lichter, auch die, die noch brennen, verschwinden aus seinem Blickfeld.

Er lehnt sich zurück und schließt die Augen. Es gab einmal eine Zeit, da waren alle Lichter erloschen. Von jetzt auf gleich. Bei dem Gedanken huscht ein Lächeln über sein Gesicht. Es ist eine wahre Geschichte nach seinem Geschmack: Als am späten Abend des 20. August vor zwei Jahren die ersten sowjetischen Truppentransporter hier landeten, hielt die Flughafenbelegschaft zusammen. Es war jener Abend, als er seinen Arm um Věras Schultern legte, und gemeinsam mit ihr in den roten Himmel schaute. Am Fenster. Zu Hause in der sicheren Wohnung. Da braute sich schon das Unheil über den roten Wolken zusammen. Ohne dass er etwas ahnte. Der Flughafendirektor war wohl einer der Ersten, der Widerstand leistete. Er klemmte umgehend sämtliche Schaltzentralen ab. Danach gab es keinen Strom mehr, keinen Flugbetrieb. Alles erlahmte für viele Stunden. Auch die Landung weiterer Invasoren. Leider konnte er die Besetzung des Flughafens nicht verhindern. Aber für einige Zeit aufhalten. Die Feinde im Kleid sozialistischer Brüder irrten im Dunkeln umher und für die Einnahme der wichtigsten Regierungsgebäude in der Nacht mussten Fallschirmjäger herhalten. Hunderttausende Soldaten des Warschauer Paktes marschierten ein. Der Flughafendirektor hielt Hunderte, wenn nicht sogar Tausende draußen. Zumindest für einige Stunden.

Pavel kann nicht anders. Er dankt diesem Mann. Plötzlich verknüpft sich diese Anekdote in seinem Gehirn mit den Tönen aus dem Radio, die sich am 21. August 1968 eingebrannt haben. Er kann sie nicht löschen. Sie drängen in sein Bewusstsein, als würde es gerade jetzt passieren. Jetzt in diesem Moment!

Alles ist wieder da. Er kann es nicht abschalten. Nein, nicht! Plötzlich schmeckt es wieder nach Qualm, Schwarzpulver und Todesangst. Es stinkt nach Feuer, Metall und Blut. Jeder einzelne Muskel krampft, Adrenalin schießt bis in die Haarspitzen, er sieht Gewehrläufe, Panzer, Brüder, Feinde. Er versteht die Welt nicht mehr. Rauch, überall Rauch! Die Leiche am Wenzelsplatz! Das brennende Haus!

Und er hört die Stimmen aus dem Radio. Er kann es nicht abstellen. Alles ist wieder da. Pavel will, dass diese Erinnerung aufhört! Er kann es nicht ertragen! Er will das nicht mehr! Er findet keinen Knopf. Er hört es weiter. Nein! Stopp! Es geht trotzdem weiter. Gegen seinen Willen. Die Stimme kommt aus dem Radio: »Barrikaden sind errichtet worden ... Am Wenzelsplatz und in der Weinbergstraße ... das ist die Straße, die zum Rundfunk führt ... Die Menschen tragen Plakate vor sich ... Sie tragen sie und zeigen sie den Russen ... Teilweise auch in russischer Sprache ... Geht heim! Wir wollen Euch nicht! Verräter! Hier spricht der Tschechoslowakische Rundfunk. Der freie, legale Sender Radio Prag ... Russische Truppen stürmen gerade das Haus ...«

Es folgt eine lange Stille. Beklemmende Stille.

»... Vor dem Rundfunkgebäude sind noch große Menschenmassen, die versuchen, das weitere Eindringen von sowjetischen Soldaten ins Gebäude zu verhindern ... Dies ist eine Sendung, die der freie Sender Radio Prag noch immer wie durch ein Wunder ausstrahlt …« Im Hintergrund sind Pfiffe zu hören. Menschen. Widerstand. Viele Menschen. Sie pfeifen … Dann fällt ein erster Schuss. Die Reporter sprechen leise im Hintergrund. Tuscheln. Diskutieren. Dialoge, die nicht für die Übertragung bestimmt sind: »Ja, das sind Russen …«

»Was machen wir?«

»Weiter …«

»Wir wollen doch einen Sozialismus …«

»… aber einen menschlichen Sozialismus!«

In diesem Augenblick legt jemand die Platte auf. Die Musik beginnt. Es ist eine zerkratzte Schallplatte mit der Melodie der Nationalhymne. *Kde domov můj?* Wo ist meine Heimat? Die Nadel springt über das Vinyl, die Platte dreht sich unbeirrt weiter. Das Orchester spielt, die Schallplatte knistert und knackt. Obwohl die Stimmen stocken und weitere Schüsse fallen. Pavel kann die Musik der Hymne nicht mehr ertragen! Es soll aufhören!

Aber es geht weiter. Niemand spricht mehr. Ein weiterer Schuss knallt in die ruhige Musik. Dann noch einer, noch einer, noch einer. Die Platte dreht sich weiter, die Schüsse schlagen in immer kürzeren Abständen ein. Detonationen gehören nicht in diese Melodie! Die Musik der Hymne ist ruhig und getragen. Der Text, obwohl auf dieser Platte nicht gesungen wird, ist eine Liebeserklärung an die Natur. Eine Liebeserklärung! Kein Gewehrfeuer! *Wo ist meine Heimat? Das Wasser braust auf den Wiesen, Wälder rauschen auf den Feldern, im Garten strahlt des Frühlings Blüte, es ist das irdische Paradies fürs Auge, und das ist das schöne Land, Böhmerland, meine Heimat!* Das ist Poesie! Er kann das nicht aushalten! Nein! Stopp! Irgendwann hört Pavel nur noch berstendes Glas und eine geballte Ladung von Geschossen, eine Gewehrsalve. Plötzlich ist auch die Musik stumm. Die sanfte Melodie der Heimat zerschossen. Wie der Radiosender. Was bleibt ist Stille. Totenstille.

Pavel zwingt sich, seine Augen zu öffnen. Es ist vorbei, sagt er sich. Es ist vorbei, vorbei, vorbei. Du sitzt in einem Flugzeug, das dich aus diesem Land bringt. Er dreht seinen Kopf nach rechts. Pavli hat ihre Nase ans Fenster gepresst, schaut fasziniert in den Morgenhimmel. Links entspannen Věra und ihre Mutter. Alles friedlich. Du bist in Sicherheit, Pavel, mahnt er sich ein weiteres Mal. Alles ist gut. Es ist vorbei.

Niemand scheint etwas bemerkt zu haben. Alle sitzen entspannt im Flugzeug und freuen sich auf den Urlaub. Niemandem ist aufgefallen, dass er gerade durch die Hölle gegangen ist.

Split – 26. Juni 1970

Die Frau neben ihm dünstet einen unangenehmen Geruch aus. Pavel rümpft die Nase, würde sich gerne etwas abseits stellen, aber es mangelt an Platz. »Sie bleiben als Gruppe zusammen.« Diese Anweisung der bissigen Reiseleiterin hört er jetzt wohl zum hundertsten Mal, in seinen Ohren klingt es nach einer Drohung. Das Glas mit einem Cocktail aus Orangensaft, Sekt und irgendetwas undefinierbarem Rotem klebt an seinen Fingern. Er hält es vor sich, nippt daran, trinkt aber nicht. Ein nett gemeintes Begrüßungsgetränk der Hotelanlage für die Reisegruppe. Wäre das Glas gespült und das Getränk gekühlt, könnte er es vielleicht genießen. So aber nicht. Es schmeckt einfach nur nach künstlichem Farbstoff und viel zu viel Zucker. Die Kohlensäure des Sektes hat sich offenbar schon vor Stunden verflüchtigt. Der Rest klebt widerlich. Wie die verschwitzte Haut der Frau neben ihm. Diese heiße Enge ist unerträglich.

Die brünette Frau in dem dunkelblauen Kostüm, eine Mischung aus Wachhund und Anführerin, ist während des Fluges nicht sympathischer geworden. Eigentlich unglaublich, dass sie nicht schwitzt. Jeder Mensch schwitzt in dieser stickigen Ecke der Empfangshalle. Nur sie nicht. Unbeirrt von äußeren Bedingungen stellt sie der Gruppe das Programm der kommenden zwei Wochen vor. Pavel lässt die Worte an sich abprallen. Hoffentlich kommt ihm niemand zuvor, der aus dieser zusammengepferchten Herde ausbricht! Das ist alles, woran er denken kann.

Die Brünette referiert weiter. Vieles, was sie lieblos beschreibt, hat er schon mit eigenen Augen gesehen. Was wo zu finden ist und worauf zu achten sei, weil von höchster Bedeutung …

Die Hotelanlage ist weitläufig und liegt am Strand. Viele kleine Bungalows, verteilt in einer Art Park voller Blumen, blühenden Sträuchern, alten Bäumen und kleinen Fußwegen. Einige sind gepflastert, andere mit kleinen Kieselsteinen ausgelegt. Insgesamt wirkt alles geordnet und gepflegt. In der Mitte befindet sich das Hauptgebäude mit Rezeption und Speisesaal. Jeder Teilnehmer der Reisegruppe hat seinen zugewiesenen Platz. In den Bungalows ebenso wie am Tisch zu den Mahlzeiten. Diese starre Sitzordnung erleichtert der Reiseleitung im dunkelblauen Kostüm die Arbeit. Das spricht die Dame natürlich nicht aus. Das sollte jedem Teilnehmer auch so klar sein.

Pavel ist in Alarmbereitschaft. Auch ihm und seiner Familie wurde so ein kleiner Bungalow zugeteilt. Leider schlafen auch noch andere Menschen unter demselben Dach. Jeder dieser Bungalows hat vier Wohneinheiten für jeweils zwei Personen. Zwei Einheiten auf der linken Seite, zwei auf der rechten, dazwischen ein kleiner, enger Flur. Ziemlich eng. Er bekam die Schlüssel für die beiden Einheiten auf der linken Seite zugewiesen. Ein Zimmer mit kleinem Bad für Věra und ihn, in dem anderen machten es sich Pavli und die Oma gemütlich. Die Wände sind dünn und durchlässig. Gut möglich, dass die Fremden auf der anderen Seite des Flures jedes gesprochene Wort hören können.

Heute wird er mit seiner Familie das volle Programm mitmachen. Sich einordnen, pünktlich zu den Mahlzeiten erscheinen, am Strand entspannen. Soweit das möglich ist.

»Die Anlage ist groß genug. Verlassen Sie sie auf keinen Fall.« Die Ansagen der Reiseleiterin sind klar und deutlich. Pavel braucht keine Wiederholungen. Die Wärterin hat das schon zu Beginn ihrer Rede erwähnt, er muss es wirklich nicht noch einmal hören!

Endlich, die Gruppe zerstreut sich, die Reiseleiterin hat keine weiteren Anweisungen mehr. Er stellt das klebrige Glas zurück auf ein Tablett, das auf einem Tischchen an der Wand wartet. Seines ist das Einzige, das noch gefüllt ist. Für eine Sekunde überlegt er, ob er den Inhalt hinunterstürzen sollte. Er kann sich nicht überwinden. Du fällst auf, rügt er sich, mach doch verdammt noch mal alles so wie die anderen! Du darfst hier nicht auffallen!

Wie ein Schaf trottet er der Herde hinterher. Ein Mann, etwa in seinem Alter, hängt sich an ihn und überschüttet ihn mit einem Redeschwall: »Wie schön hier! Nehmen Sie mit Ihrer Familie auch an der Stadtrundfahrt teil? Sollen wir uns heute Abend mit unseren Frauen treffen? Wir könnten etwas zusammen trinken …« Pavel ist überfordert. Er dankt höflich für das Angebot und antwortet ruhig: »Wir haben unsere Großmutter dabei. Da müssen wir Rücksicht nehmen.« Geniale Idee! Františka Tůmová, der Klotz am Bein, wird plötzlich zum Segen! Bleib ruhig, mahnt er sich, es wird sich alles fügen.

Pavli ist in Höchstform. Sie buddelt im Sand, springt in die Adria, genießt ihren Geburtstag und den Urlaub. Er hat ihr nicht zu viel versprochen. Ein Abenteuer! Die Menschen, die ihr wichtig sind, hat sie an ihrer Seite. Sie strahlt mit der Sonne um die Wette.

Der Liegestuhl nervt. Es gelingt Pavel nicht, ihn so in den Sand zu stellen, dass er gerade steht. Immer wieder neigt er sich unter seinem Gewicht zur Seite. Zum wiederholten Mal quält er sich hoch. Sein Fuß schiebt den heißen Sand zusammen. Es muss doch möglich sein, dass dieses klapprige Holz mit dem ausgeblichenen orange-braun gestreiften Leinenbezug annähernd festen Boden findet. Verfluchtes Ding!

Seine Schwiegermutter ist entweder gelassener oder verfügt über die Gabe, sich in Seelenruhe den Gegebenheiten anzupassen. Ihr Körper füllt einen Klappliegestuhl gleicher Bauart. Sie bewegt sich keinen Zentimeter, sondern ruht gelassen im Schatten eines Sonnenschirms und döst vor sich hin. Das ist Urlaub. Sie genießt ihn, während er ihn nur spielt. Er kann unter diesem unerträglichen Druck nicht entspannen und fragt sich, ob es seiner Frau ähnlich geht. Věra liegt im Zimmer und versucht zu schlafen. Sie hat Kopfschmerzen. Sagt sie.

Pavel lässt sich wieder in seinen Stuhl plumpsen. Das Holz dringt tief in den Sand ein. Diesmal hält es einigermaßen die Waage. Geschafft! Er liegt. So kann er vielleicht einen Moment zur Ruhe kommen. Zumindest äußerlich. Nach wenigen Minuten wird es ihm zu heiß in der Sonne. Sie brennt im Gesicht und auf den nackten Armen, die auf der rauen, viel zu schmalen Holzlehne liegen. Außerdem tanzen blaugrüne Punkte vor seinen Augen. Die Sonne blendet. Auch wenn er die Lider schließt. Sein Rücken schmerzt. Dieses gestreifte Leinen ist wie eine Hängematte. Komplett ungeeignet für die Wirbelsäule eines Fünfzigjährigen. »Sie haben Urlaub«, bemerkt eine fremde Stimme. »Sie dürfen sich entspannen!« Pavel erschrickt. Es ist der Mann, der sich nach dem Empfang an seine Fersen geheftet hatte. Er liegt unter dem Nachbarsonnenschirm. Pavel nickt. Der Mann quasselt weiter, stellt sich vor. Wie er heißt, wo er wohnt, was er arbeitet und dass seine Frau die hübsche Dame in dem blauen Badeanzug ist, die da vorne im Meer badet. Nicht die da drüben, nein, die, die jetzt gerade aus dem Wasser steigt. »Schauen Sie doch, die da rechts. Sehen Sie sie?« Ja, Pavel sieht sie. Er nickt und heuchelt Interesse. Das fehlte mir noch, denkt er, eine Urlaubsbekanntschaft in Form einer Klette! Unter anderen Umständen wäre er gerne bereit, sich mit diesen freundlichen Menschen zu unterhalten. Aber jetzt geht es einfach nicht! Er schafft es nicht. Er ist nicht mehr er selbst.

Der Mann lässt einfach nicht locker. Pavel merkt, dass er überhaupt nicht zuhören kann. Nicht einmal den Namen des Fremden hat er sich gemerkt. Peinlich. Die Frau in dem blauen Badeanzug stapft tropfend durch den Sand auf sie zu. Der Mann plappert weiter und stellt ihm die patschnasse Dame vor. »Und wie heißen Sie?«

»Pavel Vodák. Ich bin Psychiater.« Das saß! Der Fremde weicht sofort zurück. Pavel atmet innerlich auf. Endlich.

Üblicherweise nennt er seinen Beruf nicht, wenn er Menschen kennenlernt. Viele haben Angst vor einem Irrenarzt. Womöglich befürchten sie, dass er in die Abgründe ihrer Seelen schauen kann. So was mögen Menschen nicht. Vielleicht glauben sie auch, dass er selbst nicht ganz klar im Kopf ist. Welcher normale Mensch wird schon Psychiater? So ein Berufsbild kann Angst einflößen. Ein Verrückter, von Irren umgeben. Von so jemandem hält man sich besser fern. Erst recht im wohlverdienten, lang ersehnten Urlaub am traumhaften Strand von Jugoslawien.

Pavel ist erleichtert. Dieser Mann wird sich jetzt eine andere Urlaubsbekanntschaft suchen müssen. Mission erfüllt. Du veränderst dich sehr zu deinem Nachteil, wenn du unter Stress stehst, denkt Pavel und schämt sich dafür.

Die Zeit bis zur Abenddämmerung zieht sich. Die Minuten dehnen sich zu Stunden aus, der Tag will einfach nicht enden. Am Strand ist es zu heiß. Der Liegestuhl ist eine Zumutung, jeder Schritt im Sand ist mühsam. Das Wasser der Adria schimmert blaugrün, ist klar und erfrischend. Aber zu salzig. Nach wenigen Minuten beginnt er darin zu frösteln und muss wieder raus. Die Badehose ist nass und klamm, klebt an ihm und ist voller Sand, der kratzt. Auf der Haut und in der Badehose. Alles stört, alles zerrt an seinen Nerven.

Das Buffet beim Abendessen ist reichhaltig, aber er hat keinen Appetit. Věra ist auffallend stumm, er vermisst ihre Schimpftiraden. Der Großmutter fällt das Eingewöhnen in die neue Umgebung schwerer, als er vermutet hatte. Ihr ist es zu warm, zu fremd, zu anstrengend. Nur Pavli genießt jede Sekunde und strahlt vor Glück. Wenigstens ihr gefällt es. Er hat keinen Sinn für die schönen Seiten dieses Ortes, kann nichts aufnehmen. Sein Kopf ist überlastet, jeder neue Eindruck überfordert ihn. Immer wieder prüft er, ob ihm jemand folgt. Nicht auffallen, nur nicht auffallen! Höflich sein. Die anderen auf Distanz halten, aber nicht abweisen. Sich in die Gruppe einordnen, aber sich nicht von ihr verschlingen lassen. Ein Balanceakt, ein Tanz auf dem Seil. Schwindelfrei war er noch nie.

Endlich wird es kühler und die Sonne bettet sich allmählich zur Ruhe. Die Abendstille kehrt ein, die glühende Hitze macht eine Pause. Endlich.

»Ich gehe jetzt zum Strand.« Věra nickt stumm. Sie liegt auf dem Bett, die Arme unter dem Kopf verschränkt und starrt an die Zimmerdecke. Er nestelt an den kleinen Perlmuttknöpfen herum und schließt sein kurzärmliges Oberhemd. Von oben nach unten. Unten angekommen, bleibt ein Knopfloch übrig. Mist! Alles noch mal. Diesmal beginnt er unten. Jeder kleine Knopf muss in ein Loch gefummelt werden. Die Löcher erscheinen ihm viel zu klein. Pavel, bleib doch mal ruhig, verdammt noch mal! Er spricht in Gedanken mit sich selbst. Die Finger zittern leicht. Damit werden die kleinen Knöpfe und die dazugehörigen Knopflöcher zu einer enormen feinmotorischen Herausforderung. Er schafft es. Irgendwie. Die oberen beiden lässt er offen. Er braucht Luft.

Der Weg hinunter zum Strand ist idyllisch. Er stakst durch die parkähnliche Anlage. Es riecht nach Salzwasser und Abendrot. Seine Haut kribbelt leicht von der Sonne des Tages und sehnt sich, wie er, nach kühler Luft. Je näher er ans Meer kommt, desto frischer und freier weht das laue Sommerlüftchen und desto intensiver kann er das Salz auf der Zunge schmecken. Seine Schritte werden fester und zielgerichteter. Ein schöner Abend. Er hat den Strand erreicht. Der Sand, der ihn am Nachmittag noch in den Wahnsinn getrieben hat, schummelt sich durch die Sandalen. Er kitzelt an den nackten Füßen.

Pavel bückt sich, öffnet die Schnallen und entledigt sich des Schuhwerks. Barfuß geht es sich leichter. Und freier. Der Sand ist weich und angenehm warm. Es ist der erste Moment des Tages, in dem er sich wohlfühlt. Die Luft wird klarer und das Licht weicher.

Er schlendert langsam durch den Sand. Nur wenige Menschen, die den Sonnenuntergang am Strand genießen. Alle weit von ihm entfernt. Ganz langsam dreht er sich noch einmal um 360 Grad. Niemand, der ihm gefährlich erscheint. Eine Idylle, die schon fast zu perfekt ist. Er schlendert weiter. Die kleinen Umkleidekabinen am Übergang zwischen der Hotelanlage und dem Strand lässt er dabei nicht aus den Augen. Hier ist der vereinbarte Treffpunkt. Kurioserweise löst sich mit jeder sachten Welle, die sich im Sand bricht, ein Stück seiner inneren Anspannung. Das Wasser beruhigt ihn. Er schmunzelt, als ihm bewusst wird, dass er den richtigen Namen hat, denn Vodák bedeutet »der Kanute«, er leitet sich von »Vodá«, dem Wort für Wasser, ab. Wie passend. Am und auf dem Wasser fühlt er sich wohl. Sogar jetzt, wo er unter nervenaufreibender Anspannung steht.

Er wagt sich einen Schritt vor. Als die nächste seichte Welle kommt, umschmeichelt das Wasser seine Füße. Dann zieht sich die Welle ins Meer zurück und seine nassen Füße warten auf die nächste. Er wird ruhiger. Hier ist der Boden fester als im trockenen Sand. Angenehm. Weich. Er schlendert ein paar Meter weiter und blickt wieder zu den Kabinen herüber.

Da ist sie! Er hält kurz den Atem an. Eine Frau, etwa Anfang vierzig, steht vor den kleinen Holzhäuschen. Blonder Pagenkopf, rotes Sommerkleid. Über ihrer linken Schulter trägt sie eine kleine Tasche. Sie ist hübsch. Sie schaut sich um. Er steckt eine Hand lässig in die Hosentasche seiner hellen Sommerhose, in der anderen hält er locker seine Sandalen. Entspannt spaziert er in ihre Richtung. Als er näher kommt, sieht er, dass das rote Kleid kleine orangefarbene Tupfen hat. Die Farben sind kräftig, der Schnitt sehr modern. Westlich. Ihre Haut ist gebräunt. Sie scheint schon seit einigen Tagen hier zu sein. Vielleicht neigt sich ihr Urlaub auch schon dem Ende zu. So erholt sieht jemand erst nach gut einer Woche aus. Er nimmt Blickkontakt auf, sie erwidert sein schüchternes Lächeln.

»Ist das nicht ein schöner Abend?«, eröffnet sie das Gespräch in deutscher Sprache. »Ja«, antwortet er, »ich genieße die freie Atmosphäre.« Sie mustert ihn genau. Beide sind unter Spannung. Er ist sich sicher, dass er seine Kontaktperson gefunden hat, sucht nach einem geeigneten Moment, um sie direkt anzusprechen. Sie kommt ihm zuvor. »Freie Atmosphäre?« Sie lächelt breit. »Dr. Vodák, ich glaube, dazu fehlt Ihnen noch etwas, das ich in meiner

Handtasche habe.« Sie hat weiße, gepflegte Zähne und ein hübsches Lächeln. Ein Felsbrocken fällt von seinem Herzen. So groß, dass die hübsche Frau das Plumpsen gehört haben muss. Er atmet tief durch. »Woran haben Sie mich erkannt?«, will er wissen. Sie lacht: »Na, in Ihrem Pass ist doch Ihr Foto.« Sie macht eine bedeutungsschwere Pause, zwinkert ihm zu und ergänzt: »Ab jetzt sind Sie übrigens Herr Weber!«

Er schließt kurz die Augen und atmet noch einmal durch. Ganz tief. Weber. Na gut, dann eben Weber. Wieso nicht. Klingt unaufgeregt gut und deutsch. Ein einfacher Name. Zwei Silben. Kann man sich merken und relativ leicht aussprechen.

Die hübsche Frau schaut in die Runde, er macht es ihr nach. Sie scheinen unbeobachtet zu sein. Sie flaniert langsam den Strand entlang, bedeutet ihm, dass er sie begleiten soll. »Ich darf mich nicht von meiner Reisegruppe entfernen«, flüstert Pavel voller Ironie. Sie lächelt wieder und korrigiert: »Dr. Vodák darf das nicht. Herr Weber schon!« Was für eine wunderbar unerschrockene Frau. Sie greift in ihre Tasche, holt vier dunkelgrüne Pässe hervor, setzt dabei ihren lässigen Spaziergang fort. Er geht neben ihr her. Eine plaudernde, zufällige Urlaubsbekanntschaft. Nach wenigen Metern schiebt sie ihre rechte Hand zu seiner linken, er nimmt die Pässe und lässt sie schnell in seine Hosentasche gleiten. Danach geht er wieder auf einen gebührenden Abstand. »Wer uns sieht«, merkt sie grinsend an, »vermutet einen Urlaubsflirt.« Er lächelt. Wieso nicht.

Nach wenigen Metern bleibt sie stehen. »War nett, Sie

kennenzulernen. Ich drücke die Daumen und wünsche Ihnen alles Gute!« Sie reicht ihm die Hand. Er kann sie nicht ergreifen. Seine linke Hand ruht in der Hosentasche auf den Pässen, in der rechten hält er seine Sandalen. Umständlich versucht er, die Lederriemen, die er um seine Finger geschlossen hat, zu lösen. Sie merkt das, lacht erneut und zieht ihre Hand zurück. Er kommt sich vor wie ein Trottel. »Danke, vielen Dank«, ist alles, was er hervorbringt. Sie lächelt noch ein letztes Mal und geht davon. Er schaut noch eine Weile hinter ihr her. Die Sonne versinkt im Meer und die leuchtenden Farben des Kleides verblassen mit dem Fortschreiten der Dunkelheit. Sie geht immer weiter. Über die Grenzen des Strandes der Hotelanlage, in der Pavel wohnt, hinaus. Sie darf das. Er noch nicht.

Split · Pescara – 27. Juni 1970

»Sie sehen doch, es geht ihr nicht gut.« Pavel entschuldigt seine Schwiegermutter. Er steht im vollen Speisesaal vor der Reiseleiterin. Sie trägt immer noch das dunkelblaue Kostüm und er fragt sich, ob es noch nicht durchgeschwitzt ist. Der Stoff ist schwer und starr. Sie hat den Blazer genau so korrekt geschlossen wie gestern in den frühen, kühlen Morgenstunden am Prager Flughafen. Die Frau nickt. Sie zeigt plötzlich einen Anflug von Mitgefühl und Verständnis. »Ich denke, sie braucht jetzt Ruhe, um sich an das Klima zu gewöhnen. Wir bleiben bei ihr«, erklärt Pavel. Věra begleitet unterdessen ihre Mutter ins Zimmer. Pavli hüpft hinter ihm von einem Bein aufs andere und mischt sich ein: »Papa, wenn ihr nicht zum Abendessen wollt, ich schon!« Pavel bleibt ganz gelassen. Er hat die komplette Familie für den Rest des Tages abgemeldet und dabei bleibt es. Der erbärmliche körperliche Zustand der Schwiegermutter ist für alle in der Reisegruppe sichtbar. Auch die Reiseleitung hat ein Einsehen. Er versichert glaubwürdig, dass die Familie Vodák den restlichen Tag im kühlen Bungalow verbringt und sich erst am anderen Morgen wieder zeigen wird. »Brauchen Sie einen Arzt, Genosse?«, fragt die Reiseleiterin. »Danke, ich bin selbst Arzt«, entgegnet Pavel ruhig, »und wenn, sage ich Ihnen Bescheid.« Sie nickt. Die Frau hat verstanden.

Pavel triumphiert innerlich und setzt nach außen eine angemessen sorgenvolle Miene auf. So klappt es.

Alle Teilnehmer der Reisegruppe sind jetzt träge und satt vom reichhaltigen Mittagessen und ziehen sich zurück. In ihre schattigen Zimmer der Bungalows oder unter die Sonnenschirme am Strand. Die Reisegruppen-Wärterin tritt jetzt auch ihre wohlverdiente Mittagspause an und ist informiert, dass Familie Vodák nicht zum Abendessen erscheinen wird. Niemand wird sie vermissen. Alle wähnen sie am schattigen Bett der bemitleidenswerten älteren Dame, der der Urlaub nicht wie erhofft bekommt.

Pavel greift nach der Hand seiner Tochter, die nicht einsehen will, wieso sie zum Abendessen abgemeldet wurde. »Komm, wir müssen nach deiner Großmutter sehen!« Pavli folgt etwas widerwillig. Er kann sie verstehen. Natürlich möchte sie Strand und Buffet genießen. Aber heute ist kein Tag für unbeschwerte Urlaubsfreude. Irgendwann wird sie es verstehen. Er muss sich konzentrieren. Jetzt bloß keinen Fehler mehr machen. Es gibt kein Zurück mehr.

Im Bungalow ist es schattig. In der kleinen Einheit, die Pavli und die Schwiegermutter bewohnen, sitzt Věra neben ihrer Mutter auf dem Bett und überredet sie, bequeme Schuhe anzuziehen. »Bitte nicht so laut«, mahnt Pavel, »die Nachbarn auf der anderen Seite des Flures müssen nicht jedes Wort hören!« Er ist sicher, dass die beiden Zimmer gegenüber nicht leer sind. Er meint, Geräusche vernommen zu haben. Und heute, das weiß er genau, steht kein Ausflug auf dem Plan der Reisegruppe. Auf seinem Plan hingegen schon.

»Pavli«, flüstert er, »mach dich startklar. Mama und ich haben jetzt eine Überraschung für dich. Dazu müssen wir aber ganz leise sein!« Das Kind freut sich. Pavel wendet sich an Věra und flüstert: »Macht euch fertig, ich kümmere mich um ein Taxi.« Věra springt auf und haucht in sein Ohr: »Wie stellst du dir das vor? Wie um Himmels willen soll ich meine Mutter dazu kriegen, dass sie mitkommt?« Pavel würde sie am liebsten schütteln. Sie wollte ihre Mutter mitnehmen! Er kümmert sich um jedes gottverdammte, noch so kleine Detail! Wie sie ihre Mutter überredet, dass sie sich jetzt nicht hinlegt, ist nicht sein Problem, sondern ihres!

Sofort schämt er sich für diese Gedanken. Er kann nicht mehr. Diese aufbrausende Gereiztheit ist ihm fremd. Sie stößt ihn ab. Er würde sie gerne abstellen, aber er schafft es nicht. Zum wiederholten Mal zwingt er sich zur Ruhe, atmet tief ein, berührt sie sanft an den Schultern und flüstert: »Das schaffst du, los jetzt. Wir treffen uns am Eingang der Anlage.«

Kurz huscht er ins Zimmer nebenan, wo er mit seiner Frau schläft. Er steckt die vier dunkelgrünen Reisepässe in die Tasche, sein Notizbuch mit den Kontakten und seine Geldbörse. Mehr nicht. Noch einmal schließt er kurz die Augen, konzentriert sich und spricht sich Mut zu: Du hast an alles gedacht. Wir schaffen das. Jetzt kommt die Zielgerade. Nur nicht die Nerven verlieren!

Der Asphalt glüht unter seinen Sohlen und die Sonne brennt erbarmungslos. Er hat die Straße vor der Hotelanlage erreicht. Hier muss doch irgendwo ein Taxi sein! Er sucht. Es stinkt nach Benzin, die Autos rauschen dröhnend an ihm vorbei. Dazwischen ein klappriger überfüllter Omnibus und unzählige Mopedfahrer. Die Straße hat keinen Gehsteig, es ist eng und stickig. Die Autos brettern bedrohlich nah an ihm vorbei. Er sucht verzweifelt. Da, endlich, ein Taxi! Er winkt. Bleib ruhig, sagt er sich immer wieder. Das Taxi hält. Der Fahrer spricht seine Sprache nicht. Pavel gestikuliert und der Mann versteht. Er hat schlechte Zähne, aber ein freundliches Lächeln. Wortlos steigt Pavel ein und drückt ihm ein paar Dinare in die Hand und zeigt ihm den Weg zum Portal der Hotelanlage. Der Mann wendet das Auto in halsbrecherischer Manier und düst los.

Niemand da. Pavel rauft sich die Haare. Obwohl alle Fenster geöffnet sind, brennt die Mittagshitze. Vor allem, wenn der Wagen steht. »Warten Sie«, bittet Pavel und untermalt die Worte mit seinen Händen. Der Fahrer scheint ihn zu verstehen. »Stopp«, sagt er sicherheitshalber noch einmal und steigt aus. Er schwitzt. Aufgeregt schaut er auf den leeren Eingang zur Hotelanlage. Wo bleiben sie nur? Er geht zaghaft ein paar Meter auf das Gelände. Endlich sieht er sie. Věra hat ihre Mutter untergehakt. Die alte Dame müht sich. Pavli springt erwartungsfroh neben den beiden her. Endlich! Kann das nicht schneller gehen, fragt er sich und zwingt sich einmal mehr zur Ruhe.

»Wo wollt ihr denn jetzt schon wieder hin?«, stöhnt seine Schwiegermutter. »Wir machen einen Ausflug«, verspricht Pavel, »mit einem Schiff. Auf dem Wasser ist es jetzt angenehm. Da kannst du dich ausruhen.« Er hilft ihr in das Taxi, Pavli rutscht in die Mitte und Věra steigt auf der anderen Seite ein. Puh, geschafft. Er wagt noch einen letzten Blick zur Anlage. Niemand ist ihnen gefolgt.

Der Hafen widerspricht seinen Erwartungen. Er dachte, es sei kühler dort, direkt am Wasser. Stattdessen stinkt es nach Dieselmotoren und eine Menschenmenge drängt sich vor den Ticketschaltern. »Wartet hier«, befiehlt Pavel. Im Schatten neben einem Eisstand ist die Luft erträglicher. Věra ist blass. »Bekomme ich ein Eis?«, bettelt Pavli. »Später«, antwortet er, »auf dem Schiff.«

Die vier dunkelgrünen Pässe fühlen sich gut an. Er hält sie fest umschlossen in den Händen. Vor ihm sind noch zwei Personen, bevor er an der Reihe ist. Der Adler, Wahrzeichen der Bundesrepublik Deutschland, prangt in goldener Farbe auf dem Deckel. Seine Fingerkuppen fahren die Konturen entlang. Die dunkelgrüne Pappe ist fest. Ganz neu. Er wagt es nicht, sie zu öffnen. Niemand, der ein Fährticket nach Italien kauft, blättert in seinem Reisepass, während er warten muss. Niemand. Also auch er nicht. Er strafft seinen Körper, richtet sich auf. Nur keine Angst zeigen. Alles ist ganz normal. Er ist Herr Weber, der mit seiner Familie einen Tagesausflug unternimmt. Ganz normal. Ganz entspannt. Er hat schließlich Urlaub.

Jetzt! Ruhig grüßt er die ältere Dame am Fahrkartenschalter in deutscher Sprache und bestellt vier Karten. Split-Pescara. Die Dame spricht Deutsch. Mit Akzent, aber gut verständlich. Sie bittet ihn um die Reisepässe. Er schiebt sie unter der milchigen Plexiglasscheibe hindurch. Sein Herz pocht in seiner Brust und seine Ohren rauschen.

Die Dame macht ihn darauf aufmerksam, dass er doch bestimmt die Rückfahrt gleich mitkaufen möchte. Daran hat er noch gar nicht gedacht. Panik überfällt ihn. »Wenn Sie die Rückfahrkarten jetzt schon kaufen, ist es billiger für Sie!« Die Dame ist wirklich freundlich. Das Rauschen in seinen Ohren wird lauter. Jetzt bloß keinen Fehler machen. »Das ist sehr freundlich von Ihnen«, sagt er, »gerne nehme ich viermal Hin und Zurück.« Die Dame lächelt, stempelt die Pässe und reicht sie zurück. Im Gegenzug schiebt er ihr das Geld zu. Er erhält eine Quittung und vier Fahrkarten. »Wenn Sie sich beeilen, erwischen Sie noch diese Fähre«, sagt die Dame. »Die nächste fährt erst in zwei Stunden.«

Nur nicht auffallen! Ganz ruhig greift er nach den Karten und steckt die Pässe sorgfältig wieder in seine linke Hosentasche. Sie werden ihm immer vertrauter. Zielsicher läuft er zu dem schattigen Fleckchen, wo die anderen warten.

Es war viel leichter, als er es sich vorgestellt hatte. Innerlich lobt er sich für seinen Auftritt. Auch dafür, dass er unnötig viel Geld für Rückfahrkarten ausgegeben hat. So wittert niemand einen Ausflug ohne Wiederkehr.

»Was auch passiert, ab jetzt sagst du kein Wort mehr.« Er schaut seiner Tochter eindringlich in die Augen. Das Kind zuckt zusammen. Und schweigt. In den großen blauen Augen steht eine Mischung aus Verwirrung und Furcht. Er weiß, sie wird gehorchen. Ursprünglich wollte er ihr den Ausflug als ein Abenteuerspiel verkaufen, bei dem man nicht sprechen darf. Als Teil des Spiels. Jetzt aber fehlt ihm dafür die Kraft. Sie wird es verstehen, sagt er sich, irgendwann wird sie es verstehen. Wichtig ist jetzt nur, dass sie schweigt. Sabine Weber, zwölf Jahre alt, wohnhaft in Salzgitter. So steht es in ihrem Pass. Sabine Weber spricht Deutsch, vielleicht ein paar Brocken Englisch. Auf keinen Fall Tschechisch. Russisch wird in westdeutschen Schulen auch nicht unterrichtet.

Sie gehen an Bord. Der schmale Steg, der den Kai mit der Fähre verbindet, klappert. Pavel überquert ihn als Erster. Er reicht den beiden Angestellten die vier Karten und die Pässe. »Guten Tag«, sagt er freundlich, »hier die Karten und Ausweise von mir und meiner Familie.« Er deutet auf die drei hinter sich. Die Angestellten werfen nur einen flüchtigen Blick in die Dokumente, reißen die Karten an einer Ecke ein, geben ihm alles zurück und den Weg frei. Völlig unkompliziert und einfach. Pavel würde am liebsten laut aufschreien. Selbstverständlich ist das nicht möglich. So schreitet er betont lässig in das Schiffsinnere und reicht seiner Schwiegermutter eine helfende Hand. Věra folgt auffallend stumm. Er kann ihre Angst spüren, aber er sieht keine Möglichkeit, sich zu kümmern. Die Erleichterung, dass sie keine Panikattacke bekommt, überwiegt. Pavli trottet schweigend hinterher.

Die Motoren sind unerträglich laut und stinken. Die Reisenden drängen sich oben an Deck und genießen den Sommertag auf dem Gewässer der Adria. Pavel hockt mit seiner Familie im dunklen Rumpf der Fähre. Er hat für sie eine kleine Schlafkabine unter Deck gebucht. Das Vibrieren der Motoren geht durch den Körper. Die Luft ist stickig und riecht nach Rost und Diesel. Er vermeidet den Blickkontakt mit den dreien. Sie schweigen. Erdrückend. »Papa«, Pavli presst ihren Mund direkt an sein Ohr und flüstert, »du hast doch gesagt, du kaufst mir ein Eis.« Er schließt die Augen und atmet tief ein. Der Dieselgestank brennt in den Lungen. Ja, hat er gesagt. Und er sagte auch, sie solle nicht sprechen. Egal, was passiert. Keinen Ton! Sabine Weber aus Salzgitter spricht nämlich kein Tschechisch!

Er öffnet die Augen und betrachtet sie. Ihre blauen Augen flehen ihn an. Sie möchte an Deck. In die Sonne und vor allem an die frische Luft. Wie die anderen Gäste auch. Und sie möchte ihr Eis. Das, was er ihr versprochen hat, bevor die Fähre ablegte. Sie hat auch nicht gesprochen. Sie hat leise in sein Ohr geflüstert und niemand konnte es hören. Außer ihnen sitzt niemand verschreckt neben den Dieselmotoren. »Na gut«, flüstert er zurück, »wir beide gehen hoch.« Sie freut sich. »Aber du sagst nichts. Kein Wort«, schärft er ihr noch einmal ein. Sie nickt eifrig.

Die Sonne des späten Nachmittags blendet. Er lässt ihre Hand nicht los und bahnt sich einen Weg zu dem kleinen Kiosk. Niemand der anderen scheint Notiz von ihm und dem Kind zu nehmen. Alle starren aufs blaue Meer und genießen den Ausflug. Hier oben ist die Welt hell, luftig und angenehm. Aber unten erscheint es ihm sicherer. Es ist noch ein ganzes Stück bis zum italienischen Hafen Pescara. Da hinten muss sie irgendwo sein, die Grenze zwischen Jugoslawien und Italien. Der Eiserne Vorhang zwischen Ost und West, unsichtbar zwischen den blauen Wellen der

Adria. Sie gleiten einfach hinüber. Kein Stacheldraht, keine Mauer, keine Scharfschützen. Nur Wasser. Und eine Fähre, die sie trägt.

Er kauft ein Eis und vier gekühlte Limonaden. Ganz selbstsicher in deutscher Sprache. Er greift wieder nach der Hand seiner Tochter, klemmt die Limoflaschen unter den Arm und eilt mit ihr die die engen Stufen hinunter. Die Fahrt wird bis zum nächsten Morgen dauern.

Der Westen ist wenig einladend. Es stinkt im Hafen von Pescara. Eine unheilvolle Mischung aus verwestem Fisch und menschlichem Schweiß hängt in der Luft. Die Freiheit riecht abscheulich und stickig.

So, wie sie an Bord der Fähre gingen, staksen sie wieder herunter. Das Riffelblech zwischen Kai und Fähre klappert erbärmlich, die Schwiegermutter braucht Hilfe beim Aussteigen. Věra blickt ihn vorwurfsvoll an. In ihren Augen liest er so etwas wie: »Dafür haben wir diese Strapazen auf uns genommen? Es ist schrecklich hier!« Selbst Pavli, die normalerweise durchs Leben hüpft, setzt behutsam einen kleinen Fuß vor den nächsten. Es ist ihr nicht geheuer. Noch einmal zückt er die dunkelgrünen Pässe der Familie Weber aus der Bundesrepublik Deutschland aus seiner Hosentasche. Und noch einmal winken die italienischen Beamten die vier Personen wortlos durch. Sie würdigen die Pässe keines einzigen Blickes mehr als nötig.

Willkommen in der Freiheit, denkt Pavel und fühlt sich unwohl. Wieder und wieder hat er die Flucht in Gedanken durchspielt. Dies war der wichtigste Moment. So oft hat er sich ausgemalt, wie seine Füße westliche Erde betreten und alle Last von ihm abfallen würde. So ähnlich wie bei Armstrongs Mondlandung: … *Ein großer Schritt für die Menschheit.*

Pavels Version lautete: *Ein kleiner Schritt von einer Fähre. Ein großer für die Familie.*

Er wollte seine Lieben herzen, die Freiheit bejubeln, tanzen und das Leben feiern. In seiner Fantasie triumphierte die Leichtigkeit, alle Ketten der Angst zersprangen … Dann wollte er Pavli und der Oma die erfolgreiche Flucht verkünden … Ja, so *sollte* es sein. Wie es *ist,* lässt sich auf drei Worte reduzieren: Keine Kraft mehr. Die Erschöpfung verschüttet jede Freude und verhindert, dass er seiner Tochter und seiner Schwiegermutter die Wahrheit sagt.

Seine Kleidung klebt an ihm, der gestrige Tag war einfach viel zu heiß. Seine Hände sind schmutzig, seine Augen brennen. Er lockert den Kragen seines Hemdes und schaut sich um. Die Menschenmasse, die von der Fähre strömt, verteilt sich langsam. Es ist noch dunkel. Früher Morgen. Eine gespenstische Szenerie. Einige Autos tuckern im Schritttempo über die Laderampe, reihen sich geduldig aneinander. »Ich habe Hunger«, Pavli zupft leicht an seinem Hemd. Sie flüstert immer noch. »Ja, gleich«, beruhigt er sie. Er muss sich erst orientieren. Hier irgendwo muss es eine Bushaltestelle geben. Er muss nach Rom. So ist der Plan. Was nach Rom kommt, weiß er nicht. »Papa, da vorne!« Die Kinderhand zeigt auf einen Kiosk. »Jaha«, zischt er genervt, »ich muss erst schauen, wie ich an italienische

Lire komme. Hier gilt anderes Geld!« In seiner Geldbörse stecken nur tschechoslowakische Kronen und jugoslawische Dinare. Seine Tochter senkt gekränkt ihren Kopf.

»Oh, haben Sie sich den Ostblock angesehen?« Die Italienerin in der Wechselstube ist beeindruckt, als er die Kronen und Dinare unter der schmierigen Plexiglasscheibe hindurchschiebt. Er merkt, wie er rot wird. Das Schlimme an dieser aufsteigenden Gesichtsröte ist, dass wenn man sie selbst bemerkt, sie sich automatisch um ein Vielfaches verstärkt. Er stützt sich auf den angenehm kalten Marmor des Schalters und antwortet betont desinteressiert »Ja. Ganz nett, aber ich bin froh, wieder hier zu sein.« Die Italienerin stimmt ihm zu. Sie spricht gutes Deutsch. »Ich war ein einziges Mal drüben und sage mir: Nie wieder!« Dieser Satz sticht mitten in sein Herz. Es tut körperlich weh. So also reden die Menschen auf der anderen Seite. Er darf sich den Schmerz nicht anmerken lassen, obwohl ein Messer in seiner Brust steckt, das die hübsche Frau mit den dunkelbraunen Augen auf der anderen Seite des Schalters genüsslich hin und her bewegt. Ohne es zu merken, wütet sie in Pavels Brust. »Und jetzt genießen Sie Italien?«, will die Frau wissen. »Ja«, antwortet Pavel höflich, »wir fahren nach Rom.« Die Frau blättert ein ganzes Bündel italienischer Lire vor ihm hin. Dreckige Scheine mit gigantischen Zahlen. Die Frau bemerkt seinen Blick und fügt hinzu: »Nun sind Sie Millionär!« Pavel grinst gequält. Selbst er wusste vorher, dass ein Deutscher, der an die starke D-Mark gewohnt ist, sich mit der inflationsgebeutelten italienischen Währung steinreich fühlt. »Vielen Dank«, verabschiedet er sich höflich und geht.

Der Bus nach Rom braucht gut vier Stunden. Der Stoff der abgewetzten Sitzpolster ist entsetzlich weich. Der Schaumstoff darunter ist so dünn, dass Pavel glaubt, das harte Metall des Sitzes zu berühren. Der in Folie verpackte Panettone, den er noch schnell an dem Kiosk kaufte, lässt sich nicht öffnen. Er reißt mit seinen Eckzähnen an einer Ecke der Verpackung. Endlich! Gierig beißt er in die Mailänder Kuchenspezialität. Diese Mischung aus Kuchen und Brot schmeckt nach nichts. Nach gar nichts. Außer vielleicht nach staubiger Trockenheit. Fader Westen. Der Bus tuckert gemütlich über italienische Landstraßen. Pavli kaut missmutig auf ihrem Panettone herum und schmiegt sich an ihn. Ihr Kopf ruht an seinem Oberarm. Sie ist komplett erschöpft. Er spürt ihre lustlosen Kaubewegungen an seinem Arm. Věra und ihre Mutter sitzen vor den beiden. Věra dreht sich zu ihm um und flüstert durch die Lehnen der Sitze: »Jetzt suchen sie uns bestimmt schon.« Er nickt. »Spätestens beim Frühstück werden sie merken, dass wir fort sind«, wispert Věra. »Ja«, flüstert er zurück, »aber das kümmert uns nicht. Wir haben es geschafft.« Draußen erklimmt die Sonne den Horizont, Pavel fallen die Augen zu.

Rom – 28. Juni 1970

In Rom pulsiert das Leben. Motorroller knattern durch die engen Gassen, Fiat Topolinos hupen um die Wette. Touristenmassen drängen sich dazwischen. Es wird wieder ein heißer Tag. Schon jetzt um zehn Uhr brennt die Luft. Pavel hat eine kleine Pension in einer schmalen Gasse im Stadtzentrum entdeckt. Die zwei Zimmer, die er ergattert hat, sind winzig, aber sauber. Endlich waschen, durchatmen, ankommen. Pavli, Věra und ihre Mutter fallen entkräftet auf die Betten. Das Kind hat sich in die Ritze des Doppelbettes gequetscht und schlummert selig zwischen Mutter und Großmutter. Er schließt die Fensterläden, sperrt die heiße Sonne und den Lärm der Straßen aus. Übrig bleibt eine graue Szenerie.

Der Wasserhahn des Waschbeckens an der Zimmerwand tropft. Er versucht, ihn zu schließen, aber der Metallknopf des Hahns sperrt sich. Gut, dann eben nicht, denkt Pavel. Er gleitet neben dem Waschbecken an der Wand herunter auf den Boden. Natürlich könnte er auch ins Nachbarzimmer gehen und sich dort aufs Bett legen. Aber er hat keine Zeit. Er tastet in den Hosentaschen nach seinem Notizbuch und der Geldbörse. Die vier Pässe warten unten an der Rezeption der Pension. Als er sie abgab, fragte er sich, ob sie gefälscht sind oder sogar Originale. Sie sehen unglaublich perfekt aus. Hier in Italien bemerkt niemand seinen tschechischen Akzent, wenn er Deutsch spricht. Eigentlich müssten sie in Sicherheit sein. Eigentlich. Sie sind noch lange nicht am Ziel. Sein Herz pocht immer noch voller Angst.

Die Wand in seinem Rücken ist angenehm kühl. Seine Hände streichen über den kurzflorigen Teppichboden. Er ist sauber und wohltuend weich. Pavel, du hast es geschafft! Die Worte in seinem Kopf wollen nicht wirklich ankommen. Er empfindet keine Freude. Auch keine Erleichterung. Die Erschöpfung überschattet alles.

Mühsam quält er sich hoch. Jeder Knochen schmerzt, sein Kopf dröhnt. Věras Haut ist heiß. Sanft streicht er über ihren Oberarm. Sie hält sich tapfer. Sagt kein Wort, lässt die Strapazen über sich ergehen. »Ich gehe telefonieren. Bin gleich zurück«, flüstert er ihr zärtlich ins Ohr. Sie öffnet ganz kurz ihre Augen und deutet ein Nicken an. »Ruht euch aus.« Er haucht ihr noch einen Kuss auf die Wange und schleicht sich aus dem Zimmer.

Er schlendert durch die engen Gassen. Ganz allmählich gefällt ihm die Stadt. Während er spaziert, erwacht sein Geist wieder zu neuem Leben. So riecht das Dolce Vita. Espresso, Oregano und Basilikum.

Vor vielen Jahren, als Reisen noch möglich war, war er in den Sommerferien mit seiner Frau und kleinen Tochter nach Italien gefahren. Ein Traumurlaub. Erst Traum, dann Alptraum. Sie hatten noch den alten Škoda, Aminas Vorgänger. Er klapperte, war für drei Personen samt Gepäck und Zelt viel zu eng. Nicht besonders komfortabel, aber ausreichend. Wochenlang hatte sich Věra auf diesen Urlaub vorbereitet. Ließ eigens ein Sommerkleid schneidern. Sie wollte mit der Mode der feschen Italienerinnen mithalten.

Pavel fand das Kleid scheußlich. Věra war es so wichtig, dass sie es nicht mal in den Koffer legte, sie hängte es sorgsam hinten ins Auto. Pavli durfte es nicht berühren. Zwischen all dem Gepäck. Das Kleid war heilig und Pavel genervt. Er schmunzelt bei der Erinnerung. Auch damals brannte die Luft. Vor allem, als sie durch die Ruinen von Pompei flanierten. Irgendwann während der Autofahrt entlang der Küste quengelte Pavli so lange, bis sie einen Zwischenstopp zum Schwimmen einlegten. Herrlich, dieses klare, blaue Wasser! Das ist es, was Urlaub ausmacht: Salzwasser, Strand und Sonne. Obwohl diese Pause nicht lange gedauert hat, war anschließend das gesamte Auto leergeräumt. Alles weg. Alles! Zelt, Koffer, Kleidung, Papiere. Nun ja, nicht ganz. Pavel ertappt sich, dass er jetzt noch lachen muss, wenn er an den Moment denkt. Noch immer hört er den fassungslosen Ausruf seiner Ehefrau: »Die haben alles mitgenommen! Nur mein Kleid nicht!« Er weiß auch noch sehr genau, dass er ihre grenzenlose Entrüstung noch steigerte, als er sagte: »Ja, warum wohl nicht« und auch Pavlis Kichern klingt in seinen Ohren nach. So standen sie in nasser Badekleidung vor dem Nichts. Außer dem nackten Auto und dem scheußlichen Sommerkleid war alles gestohlen worden. Und der Urlaub damit beendet.

So was kann uns heute nicht passieren, denkt Pavel, wir haben nichts dabei. Außer der Kleidung am Körper. Zur Sicherheit lässt er seine Hände in den Hosentaschen, umschließt das kleine Notizbuch mit der einen, die Geldbörse mit der anderen Hand.

Die Stadt heizt sich weiter auf. Er hat den Petersdom

erreicht. Der Heilige Platz ist voller Menschen. Das ist es! Pavel hat plötzlich eine Idee, ist hellwach und drängelt sich durch die Leute. Vor dem mächtigen Eingangsportal trifft er einen Mann in Ordenskleidung. »Sprechen Sie deutsch?«, fragt er den Priester. Der Mann mustert ihn genau. Hinter der Nickelbrille verströmen seine warmen grünen Augen eine greifbare Nächstenliebe und sein mildes Lächeln unterstreicht die gutherzige Ausstrahlung. »Ja, mein Sohn. Womit kann ich helfen?« Pavel räuspert sich: »Nun ja, wie schaffe ich es, dass ich mit meiner Familie hier an einer Heiligen Messe teilnehmen kann?« Der Priester mustert ihn noch eingehender. Pavel fühlt sich wie unter einem Röntgengerät. Er verharrt hilflos und betet inständig, der Priester möge spüren, wie wichtig es ist. Obwohl er gar nicht weiß, wie man wirklich betet. Die Luft zwischen den beiden vibriert. »Bitte«, wispert Pavel. Er ist diesem Mann noch nie begegnet. Dennoch fühlt es sich an, als hätte er einen Vertrauten, einen Freund getroffen. Der Priester neigt seinen Kopf leicht zur Seite und verengt die Augen. Pavel hält seinem Blick stand. »Warten Sie hier, mein Sohn«, sagt der Priester und geht davon. Pavel ist verwirrt. Er wartet. Mitten in der heißen Sonne.

Der Petersdom beeindruckt Pavel tief. Voller Demut steht er vor dem Giganten. Welche Werke menschliche Hände doch vollbringen können zu Ehren eines Gottes, von dem sie nur erahnen, dass es ihn geben könnte. Niemand kann ihnen garantieren, dass er diese Arbeit eines Tages entlohnt und doch schuften sie und wachsen für ihn über ihre Grenzen hinaus. Pavel wuchs ohne eine christliche

Erziehung auf. Věra aber und ihre Mutter sind tiefgläubige Menschen und beziehen daraus viel Kraft und Energie. Wenn sie göttlichen Segen und Beistand brauchen, dann heute! Er kann sich dem Gefühl nicht entziehen, dass er etwas gutzumachen hat.

Tatsächlich! Der Priester kehrt zurück. Er hat Papiere in der Hand und kommt auf Pavel zu. Dieser Mann strahlt etwas Mystisches aus. Es berührt die Tiefen seiner Seele. So etwas hat er noch nie erlebt … »Sagen Sie mir, wer Sie sind und wofür ich für Sie beten soll.« Die Stimme des Priesters weichherzig. Pavel spürt einen Kloß in seinem Hals und seine Augen füllen sich mit Tränen. Er muss erst schlucken und sich sammeln. Der Priester wartet geduldig.

Er schaut betroffen zu Boden. Seine Schuhe sind ganz staubig. »Ich heiße Pavel«, stammelt er leise. »Ich bin heute Nacht mit meiner Familie aus der Tschechoslowakei geflohen. Meine Frau ist voller Angst. Meine Schwiegermutter ist sehr krank und meine kleine Tochter hat eine ungewisse Zukunft.« Der Priester bleibt ganz ruhig und greift nach Pavels Händen. Er umschließt sie mit seinen. Er schließt die Augen und murmelt ein Gebet. Pavel versteht nichts. Die Menschenmassen um ihn herum verschwimmen, die Welt hält den Atem an, Geräusche und Gerüche verflüchtigen sich. Es fühlt sich gut an. Geborgen, behütet und geschützt. Der Priester zeichnet ein Kreuz auf Pavels verschwitzte Stirn und drückt ihm vier Karten in die Hand. »Der Papst wird Sie segnen«, sagt er, lächelt und geht wortlos davon.

Pavel steht wie angewurzelt auf dem großen Platz. Was war das denn? Nur ganz allmählich findet er in diese Welt zurück. Er starrt auf die vier Karten in seiner Hand. Es sind Eintrittskarten für eine Messe mit Papst Paul VI. am Nachmittag. Behutsam legt er sie in sein Notizbuch. Er merkt, dass er weint. Stumme Tränen rinnen über seine Wangen. Es ist ihm egal. Er hat den Sinn für Zeit und Raum verloren. Ganz langsam kehrt er in die Wirklichkeit zurück. Er beschließt, dass er niemals einer Menschenseele von dieser Begegnung erzählen wird. Aus Angst, diese einzigartige Magie in seinem Inneren zu zerstören. Was er erlebt hat, lässt sich mit Worten nicht beschreiben. Außerdem ist es ihm zu intim. Er atmet ganz tief ein, wischt die Tränen fort. Er spürt, dass er deutlich ruhiger wird. Endlich. Er schlendert weiter in seinen staubigen Schuhen und findet ein Postamt. Er muss telefonieren.

Jetzt rastet Věra vollends aus. Sie spricht nicht mehr, sie schreit: »Deutschland? Bist du wahnsinnig?« Ja, Deutschland. Er hat sich entschieden. Die Schwiegermutter und Pavli hocken stumm auf dem Bett in der Pension. Das gesamte Zimmer ist grau. Die Fensterläden sind geschlossen, die heiße Mittagssonne mogelt sich durch die winzigen Schlitze des hellblauen Holzes. Ihr Licht reicht nicht aus, um die Dunkelheit, die alle Farben verschluckt, zu erhellen. Die dünnen Bettdecken sind zerwühlt, der Wasserhahn tropft immer noch. Niemanden stört das. »Wieso Deutschland?«, kreischt Věra und schlägt ihre Hände vor die Stirn. »Hast du vergessen, was die Deutschen mir und meiner Familie und unserem ganzen Land angetan haben?« Er steht betreten im Raum. »Pavel, hast du Theresienstadt vergessen?« Er blickt zu Boden, das Notizbuch in den Händen. Er hat alle Nummern abtelefoniert. Alle. Schweiz, Norwegen, Deutschland. Diese Länder nehmen ihn auf. Grundsätzlich. In Norwegen beherrscht er die Sprache nicht. Die Schweiz erkennt seine Approbation nicht an. Die Bundesrepublik Deutschland schon. Er spricht Deutsch, eine Klinik in einer Kleinstadt sucht einen neuen Chefarzt. »Haben Sie genug Geld, um mit dem Zug bis München zu fahren?« Das war die einzige Frage, die ihm am Telefon gestellt wurde. Einfacher geht's nicht. Das Geld würde reichen. Ab München kümmert sich der neue Arbeitgeber um alles Weitere.

Er lehnt seinen Rücken ermattet an die Zimmertür. Wieso kann seine Frau nicht einsehen, dass sie nach Deutschland gehen müssen? Ja, dieses Land hat viel Leid über die Welt gebracht. Ja, in diesem Land leben Monster, die Juden und andere Menschen bestialisch ermordet haben. Aber auch seine Tante Elsa, sein Cousin Mario und andere hilfsbereite und gute Menschen sind Deutsche. Zum Beispiel jener Soldat, der Frída einst in der Straßenbahn rettete und die Ärzte und Verwaltungsdirektoren der Klinik, die ihn ohne weitere Fragen einstellen möchten. Die ihn sogar in München abholen.

»Bitte«, fleht Věra nun deutlich leiser, »bitte in die Schweiz.« Sie weiß, dass Psychiater dort an der Spitze der Gesellschaft wandeln. Die meisten haben eine Bühne in ihren Praxisräumen, spielen dort Psychodrama. Das ist modern, chic und garantiert ein hohes Ansehen. Er schüttelt den Kopf. »Věra, ich bin 50 Jahre alt. Du kannst nicht ernsthaft wollen, dass ich noch einmal jahrelang in irgendwelchen Universitäten hocke und Abschlüsse nachhole!« Seine Frau holt Luft, nimmt Anlauf zum nächsten lautstarken Ausbruch ihrer Verzweiflung. Er kommt ihr zuvor, hält sie fest und nimmt sie in den Arm. »Wir gehen nach Deutschland.« Sie weint bitterlich. Dass sie so leise weint, ist für ihn unerträglicher als ihre panischen, lautstarken Attacken. Das schwache Wimmern berührt ihn tiefer. Ganz sanft flüstert er: »Wir gehen gleich alle zusammen etwas essen und anschließend in den Petersdom.« Ganz langsam scheinen seine Worte zu ihr durchzudringen. Auch die Schwiegermutter und Pavli freuen sich, dass sie endlich aus dem Zimmer kommen. »Kinder, dieser Urlaub ist sehr anstrengend«, klagt die Großmutter. »Wo wollt Ihr denn noch überall hin?« Sie schüttelt ihren Kopf: »Ihr hättet mich wirklich bei Frída und Lenka lassen sollen. Wenn ihr weiter so viele Ausflüge macht, brauche ich Erholung vom Urlaub, wenn ich wieder zu Hause bin!« Pavel blickt auf seine staubigen Schuhe. Er wird sie notdürftig putzen, bevor er mit seiner Familie den Petersdom betritt. Die Sohlen sind auch abgelaufen. Er schämt sich.

Auch dafür, dass er Pavli und seiner Schwiegermutter immer noch nicht erklärt hat, dass dies kein Ausflug ist, sondern eine Flucht in den Westen. Dass es kein Zurück mehr gibt und geben wird. Er sieht, dass es der Oma sehr schlecht geht. Sie ist komplett mit sich selbst beschäftigt. Und ihm fehlt die Kraft, sie zu unterstützen und die Wahrheit zu sagen.

Die Orgel hat eine unbändige Kraft. Alle Register sind geöffnet, »Lobet den Herren« ertönt aus hunderten Pfeifen, die Luft vibriert. Vor allem die tiefen Töne dringen bis in den Magen. Der Dom ist bis auf den letzten Platz gefüllt, die meisten Menschen singen inbrünstig. Andere sind still versunken in tiefer Andacht. Der Weihrauch kratzt in Pavels Kehle. »Gleich kommt der Papst«, flüstert er seiner Tochter zu. »Was ist das?«, fragt Pavli. »Ein sehr wichtiger Mann«, antwortet Pavel. Věra wirft ihm einen scheltenden Blick zu und korrigiert: »Der Papst ist der Stellvertreter Gottes auf Erden!« Das Kind staunt. Sie reißt ihre Augen weit auf und beißt sich auf die Unterlippe. »Der liebe Gott?«, fragt sie ungläubig nach. »Ja«, flüstert Věra und mahnt das Kind mit einer Geste zur Ruhe.

Dann kommt Papst Paul VI. in einem schlichten weißen Gewand in einer Sänfte. Langsam tragen sie ihn den Gang des Doms hinauf. Pavel ist beeindruckt und gleichzeitig erleichtert, dass der Papst ein zierlicher, kleiner Mann ist. Mit ihm überwinden die Träger auch längere Strecken. Pavli stupst ihn an. Er beugt sich zu ihr herunter. »Papa, kann der nicht laufen?« Pavel würde gerne antworten, aber Věra zischt dazwischen: »Pst! Still!«

Die Familie sitzt auf der linken Seite. Der Papst sieht tatsächlich aus wie ein Hirte. Liebevoll und gütig. Unablässig hebt er seine Hände und segnet die Gläubigen. Jetzt ist er auf Pavels Höhe. Papst Paul VI. verharrt für einen kurzen Augenblick, schaut auf ihn, Věra, Pavli und Františka und segnet die vier. Seine rechte Hand zeichnet ein Kreuz in die Luft, genau in ihre Richtung.

Pavel kann den Felsbrocken, der in diesem Moment von Věras Seele fällt, förmlich greifen. »Der Papst hat uns gesegnet«, wispert sie ergriffen in sein Ohr. Er lächelt. Jetzt wird sie ruhiger, da ist er sich sicher. Jetzt, mit diesem Segen, werden sie es schaffen.

Rom · München · Warburg – 29. Juni 1970

»Kinder, jetzt reicht es aber wirklich«, schimpft die Großmutter. »Ich muss zur Toilette.«

»Jetzt nicht, verdammt noch mal«, blafft Pavel zurück. »Jetzt ist Grenzkontrolle!«

»Du kannst meiner Mutter doch nicht verbieten, zur Toilette zu gehen«, mischt sich Věra ein. Der Streit eskaliert in der Enge des Schlafabteils. Es ist stickig und dunkel. Viel zu wenig Platz für vier Menschen und angespannte Nerven. »Hört bitte auf zu reden«, herrscht Pavel die beiden an. Er bemüht sich, dass er nicht zu laut wird. Jeden Moment kommen die Grenzkontrolleure. Der Zug steht, nur noch wenige Meter trennen ihn von Österreich. »Mutter, tu uns einen Gefallen, und hör auf zu reden!«

»Věra, ich lasse mir von dir nicht den Mund verbieten! Ich muss zur Toilette!«

Pavel ringt um Fassung: »Beruhigt euch, bitte!« Seiner Frau reicht es: »Du verbietest meiner Mutter, dass sie zur Toilette geht! Das ist unverschämt!«

»Ich verbiete nichts, ich schütze uns! Herrgott noch mal! Ruhe jetzt!«

»Kinder, ich habe euch gleich gesagt, ich will nicht in diesen Urlaub! Und jetzt gehe ich zur Toilette. Basta.« Und damit geht sie langsam, aber zielstrebig aus dem Abteil.

»Papa«, etwas zupft an seiner Hose, »ich muss auch.«

»Nein, du bleibst hier und jetzt sei still!«

»Aber die Oma darf auch«, wispert Pavli und schaut ihn

fassungslos an. Er hält die dunkelgrünen Reisepässe in seiner Hand. Vier Pässe für drei Personen. Eine hockt auf der Toilette. Alle sprechen eine Sprache, die nicht zu den Dokumenten passt.

In dem Moment klopft es. »Passkontrolle«, sagen die beiden Männer mit einem österreichischen Akzent. Die Uniformen sitzen tadellos, sie machen eine gute Figur. Pavel reicht ihnen wortlos die Dokumente und bemüht sich um eine akzentfreie Aussprache. Jeder, dessen Muttersprache Deutsch ist, hört, dass er nicht in Salzgitter aufgewachsen sein kann. Herr Weber muss also seine Wurzeln im benachbarten Osten haben. Aber dagegen ist ja nichts einzuwenden. Pavel beruhigt sich.

»Das ist der Pass meiner Schwiegermutter«, erklärt er. »Sie ist gerade zur Toilette. Wenn Sie gleich eine ältere Dame auf dem Gang sehen, wissen Sie, sie gehört zu uns.« Die beiden Beamten blättern aufmerksam durch die Papiere. Mustern ihn und Věra und Pavli sehr genau. Halt bloß den Mund, fleht er innerlich, als sie seine Tochter betrachten. Sabine Weber, alias Pavlina Vodáková schweigt. Glück gehabt. Věra schweigt auch. Die Beamten geben ihm drei Pässe zurück. Einen behalten sie in ihrer Hand.

»Warten Sie«, sagt Pavel. »Ich schaue nach meiner Schwiegermutter.« Er muss den Männern zuvorkommen. Wenn sie seine Schwiegermutter auf dem Gang ansprechen, wird sie ihnen höflich in tschechischer Sprache antworten, dass sie kein Wort versteht. Das Risiko darf er nicht eingehen! Er drängelt sich durch den engen Schlafwagen an den beiden Beamten vorbei. »Entschuldigung!«

Auf dem Gang ist keine Menschenseele. Das kann doch nicht wahr sein! Auf Socken huscht er zu den Toiletten. Die Tür ist verschlossen. Himmel noch mal, ist diese alte Frau langsam! Seine Hände sind schweißnass. Er zerrt an der Türklinke. Klopfen oder gar rufen kann er nicht. Sie würde antworten. Ziemlich laut sogar. Und er weiß nicht, wann die Beamten ihn einholen würden. Wieder zerreißen seine Nerven und wieder überrennt ihn diese Gereiztheit.

Endlich hört er die Toilettenspülung. Er blickt sich hektisch um. Der Gang ist weiterhin menschenleer. Die Beamten warten offensichtlich im Abteil. Er legt sein Ohr an die Tür. Sie wäscht sich die Hände. Endlich dreht sich langsam das kleine Schildchen unter der Türklinke von besetzt auf frei. Sie zuckt zusammen, als sie ihn direkt vor sich erblickt. »Alles gut«, flüstert er. »Komm jetzt. Sag bitte nichts. Bitte.« Sie nickt etwas verstört.

In dem Moment kommen die Beamten direkt auf die beiden zu. »Das ist sie.«

»Gut«, einer gibt ihm den Pass zurück, »wir wünschen eine angenehme Weiterfahrt. Gute Nacht.« Pavel sieht noch aus dem Augenwinkel, dass einer der beiden einen kurzen Blick in die kleine Toilette wirft. Niemand mehr drin.

Endlich zurück im Schlafabteil kann Pavel durchatmen. Die Pritsche ist hart und unbequem. Das weiße, zerzauste Bettzeug drückt an seinem Rücken. Er hat keine Energie mehr, das Bett zu richten. Seine Wirbel schmerzen, der Druck der Flucht ist immens. Er will einfach nur noch liegen. Sie sind im Westen. Keine Frage. Aber er kann nicht einschätzen, wie Zöllner reagieren, wenn sie mit den gefälschten Pässen auffallen. Jetzt sind sie auf österreichischem Boden. Es gab mal eine Zeit, da wurde Böhmen vom Kaiser Franz und der legendären Sissi regiert. Lange ist das her. Damals waren die Tschechen nichts Anderes als billige Knechte und Dienstmädchen. Heute sperrt sie der Eiserne Vorhang ein. Nur noch eine einzige Grenzkontrolle und es ist geschafft. Hoffentlich geht das gut, denkt er noch, bevor ihm die Augen zufallen.

»Guten Morgen, Ihre Pässe bitte.« Diese Stimme gehört eindeutig einem Bayern. Pavel schrickt hoch und reibt sich den Schlaf aus den Augen. Es dämmert schon. Wieder klopfen Zollbeamte an die kleine Schiebetür des Abteils. Und wieder steht der Zug und wartet geduldig auf Einlass in ein anderes Land. »Ja, einen Moment bitte!« Pavel krabbelt aus der unteren Hälfte des Etagenbettes hervor. Die vier Pässe liegen bereit. Er schnappt sie sich und wirft noch einen schnellen Blick auf seine drei Frauen. Pavli sitzt aufrecht auf dem oberen Bett, sie schweigt. Věra hockt auf der anderen Seite, ihre Mutter unter ihr seufzt nur ermattet im Halbschlaf. Sicherheitshalber legt Pavel noch einmal seinen Zeigefinger auf die Lippen und öffnet die Schiebtür. »Guten Morgen«, sagt er freundlich, »hier sind unsere Pässe.« Die deutschen Beamten prüfen die Ausweise und lassen ihren Blick durch den kleinen Schlafwagen schweifen. »Vielen Dank. Gute Reise.« Und schon sind sie wieder verschwunden. »Papa, warum dürfen wir eigentlich nicht sprechen?« Er lehnt sich gegen das Etagenbett und blickt seine Tochter an. »Weil diese Menschen kein Tschechisch verstehen und weil es sich nicht gehört, dass man dazwischenredet. Einverstanden?« Sie nickt gehorsam. »Schlaf jetzt weiter.«

Der Bahnsteig ist sauber und alles ist groß und hell. Pavel hat immer noch das Gefühl, dass er fährt. Die Geräusche des Zuges auf den Schienen und das rhythmische Dudumm-dudumm der Schwellen hallen noch in seinen Ohren nach. Er steht auf festem Beton, aber sein Gleichgewichtssinn suggeriert eine gleitende Bewegung. »Und was machen wir jetzt?«, will seine Schwiegermutter wissen. Er sieht sich ratlos um und antwortet: »Jetzt werden wir abgeholt.« Von wem weiß er nicht.

Der Bahnhof lebt. Pavel erfasst in Sekundenschnelle die Gefühle, die hier aufeinandertreffen: Fernweh und Nachhausekommen. Aufbruch und Abschiedsschmerz, mancher geheuchelt und mancher echt. Ankommen und Wiedersehensfreude. Und er selbst? Er ist angekommen. Mit gemischten Gefühlen. Die Erleichterung ist verschüttet von Ungewissheit, Kleinmut und Angespanntheit.

»Dr. Vodák?« Er schnellt herum. Hinter ihm stehen zwei fremde Männer. Einer trägt die Kleidung eines katholischen Geistlichen, der andere einen Anzug mit Krawatte. Der Schlipsträger reicht ihm die Hand: »Mein Name ist Josef Rose. Ich bin der Verwaltungsleiter des St. Laurentiusheims. Wir haben telefoniert.« Pavel greift sofort zu. Der Handschlag ist freundschaftlich und fest. So fest, dass sein Ehering schmerzhaft an den Fingern drückt. »Das ist mein Kollege Clemens Kathke, der geistliche Direktor unserer Einrichtung«, fährt er fort. Pavel reicht auch ihm die Hand. Der Griff des Priesters ist weicher und angenehmer. Beide Männer sind sehr freundlich. »Vielen Dank, danke«, sagt Pavel und deutet auf seine Familie: »Das sind meine Frau Věra, meine Tochter Pavli und meine Schwiegermutter Františka Tůmová.« Die Männer begrüßen jede mit einem freundlichen Handschlag. »Sie haben kein Gepäck?«, will der Verwaltungsleiter wissen. Pavel schüttelt betreten den Kopf. »Nein, nur das, was wir tragen. Mehr war nicht möglich.« Die beiden Abgesandten des Laurentiusheims verzichten auf weitere Fragen und Pavel ist erleichtert. »Wir sind mit zwei Autos angereist. Kommen Sie bitte mit. Wir fahren Sie jetzt nach Hause.« Nach Hause. Diese Worte klingen an diesem Ort unwirklich in seinen Ohren. Wie in einem Film.

Warburg – 23. August 1970

Ein Sonntag tut gut. Die Menschen brauchen diesen Tag der Ruhe. Einfach abschalten, die Seele baumeln lassen, lesen, spazieren gehen oder die müden Füße hochlegen. Pavli hockt konzentriert über ihren Deutschvokabeln, die Schwiegermutter starrt stumm aus dem Fenster und Věra liegt auf dem Sofa und fixiert einen für Pavel undefinierbaren Punkt an der frisch getünchten weißen Zimmerdecke. Stille. Nur Ready schnauft. Der Hund ist angekommen. Pavels Plan ist aufgegangen. Jetzt ruht der Boxer zu seinen Füßen unter dem Esstisch.

Seit einer halben Stunde kaut Pavel auf dem Ende eines Bleistiftes herum. Es schmeckt nach stumpfem Holz und Metall. Das weiße Blatt Papier auf dem Tisch vor ihm ist leer. Er hat noch kein einziges Wort geschrieben. Natürlich wird er diesen Brief nicht mit Bleistift schreiben, sondern mit einem ordentlichen Kugelschreiber. Aber für die groben Notizen bevorzugt er die Möglichkeit des Radierens. Er muss die Worte sorgfältig wählen. Er möchte Frída und Lenka nicht verletzen, es nicht noch schlimmer machen, als es ohnehin schon ist. Er betrachtet den Bleistift und denkt: Leider lassen sich Entscheidungen im Leben nicht einfach ausradieren und ändern.

Neben dem weißen Blatt Papier liegt ein Brief, der vor zwanzig Tagen in Böhmisch Leipa geschrieben wurde. Das Papier aus der Tschechoslowakei ist rauer und gelblicher als das blütenweiße deutsche. Pavel nimmt den Brief seines Schwagers noch einmal in die Hand. Er riecht nach Heimat und hat einen bitteren Beigeschmack aus Schmerz und Vorwurf:

Ihr Lieben!
Wir haben Euren Brief erhalten und sind glücklich, dass alles so ausgegangen ist.

Wir hatten es nicht erwartet und sind auch mit diesem Schritt nicht einverstanden! Mit Euch ist alles gegangen, was wir gerne hatten. Nun müssen wir uns damit zufrieden geben und hoffen, dass wir noch viele gute Nachrichten von Euch erhalten.

Auch wir sind selbstverständlich in Gedanken ständig bei Euch.

Wir würden gern wissen, wie es Ready geht. Wir haben ihn in einem erbärmlichen Zustand bekommen. Er war voller Flöhe und struppig. Wir haben ihn entlaust und ihn jede Woche mit Shampoo gewaschen und gebadet und er ist ein wunderschöner Hund geworden. Er ist ein wahrer Schatz und unter normalen Umständen hätten wir ihn nie wieder hergegeben.

Hier gibt es bisher nichts Neues, was Euch interessieren könnte.

Vertragt euch. Seid nett zu Mama und kümmert Euch um Pavli, damit aus ihr was wird.

Wir grüßen Euch alle ganz herzlich und freuen uns auf gute Nachrichten.

Was soll er Frída antworten? Dass seine geliebte Mutter stundenlang aus dem Fenster schaut, weil sie glaubt, dass ihr Sohn zu Besuch kommt, sie vielleicht sogar wieder mit nach Hause nehmen könnte? Dass Pavli mit der deutschen Sprache kämpft und noch nicht verstanden hat, dass es kein Zurück mehr gibt? Dass Věras erster Einkauf in der freien Marktwirtschaft völlig desillusionierend endete? Mit einem Gehaltsvorschuss, den die Klinik gewährte, betrat sie das nobelste Kaufhaus und kaufte Bettwäsche, Handtücher, Kleidung. Danach waren zwei Monatsgehälter weg. Kosten zu vergleichen ist ein Novum für einen Menschen, der an sozialistische Einheitspreise gewöhnt ist.

Das alles will Frída nicht wissen, glaubt Pavel. Sein Schwager wartet auf gute Nachrichten. Darauf, dass sich die Flucht gelohnt hat und dass nun alle im Glück schwelgen. Das kann er nicht schreiben. Noch nicht. Es ist noch zu früh.

Der erste Brief war leichter. Da gab es viel zu berichten. Über die neue Stelle in der Klinik, den Chefarztbungalow, der für die Familie hergerichtet wird. Darüber, dass Pavli in dieser Stadt das Gymnasium besuchen darf und die Ordensschwestern sich ihrer liebevoll angenommen haben und ihr Nachhilfe in der deutschen Sprache erteilen. Das alles war leicht. Jetzt wird es schwer.

Pavel fährt wieder mit der Hand über das deutsche Papier. Der Bleistift schmeckt immer noch bitter. Inzwischen ist er oben zerbissen. Er erschrickt. Das hat er noch nie getan. Nicht einmal früher in der Schule. Dürfte er schreiben, was er wirklich wollte, würde dieses eine Blatt nicht ausreichen. Er möchte wissen, ob die Familie verhört wurde. Ob sie drangsaliert wurden. Wann die Reisegruppe in

Jugoslawien von der Flucht erfuhr und wer seine Wohnung und alles, was er zurücklassen musste, übernommen hat. Er möchte wissen, wer sich auf dem Chefarztstuhl im Prager Institut breitgemacht hat und wie die Familie Kubeš und sein Bruder Vláďa reagiert haben.

Vor allem aber würde er sich gerne erklären. Dass er nicht aus Egoismus ging, sondern es keine andere Möglichkeit gab. Er hatte keine Wahl und er wünschte, Frída und Lenka würden das verstehen. Er möchte sich entschuldigen, aber dazu fehlen ihm die passenden Worte.

Außerdem weiß er nicht, wer diesen Brief liest. Es kann sein, dass der kommunistische Geheimdienst die Post abfängt und genau studiert, bevor sie Frída erreicht. Womöglich bringt er ihn damit noch in Gefahr. Jedes einzelne Wort will gut überlegt sein. Muss gut überlegt sein.

Nach einer Weile gibt er auf. Es geht einfach nicht. Nicht heute. Vielleicht morgen. »Pavli, komm«, ruft er. »Mach eine Pause. Wir gehen eine Runde mit Ready spazieren!« Er legt den Brief sogfältig in eine Schublade, schnappt sich Hund und Tochter und geht nach draußen. Ein leichter Sommerwind streichelt seine Haut, die Sonne strahlt, brennt aber nicht. Ein wunderschöner Tag. Viel zu schön, um sich den Kopf zu zerbrechen.

Warburg – 30. Oktober 1970

Inzwischen sind die Wege vertraut. Die kleine Stadt am südöstlichen Zipfel von Nordrhein-Westfalen ist übersichtlich, die Menschen freundlich und offen. Pavel hat sich an die Gemütlichkeit und Ruhe des ländlichen Lebens gewöhnt. Keine Straßenbahngeräusche und nur sehr selten ein Martinshorn. Es ist deutlich stiller als in Prag und es riecht anders. Frischer und sauberer. Trotzdem kommt er kaum zum Nachdenken. Er funktioniert und überlebt.

Sein Chefarztbungalow liegt direkt auf dem Gelände des Laurentiusheims, einer Einrichtung für geistig behinderte Menschen unter dem Dach der Caritas. Ein dunkelbrauner Jägerzaun säumt den ordentlichen Garten ein. Ein idyllisches Stückchen Erde. Wenn er das kleine Tor im Zaun öffnet, steht er schon auf dem Gelände seines neuen Arbeitgebers. Die Wege sind kurz, die Orientierung fällt leicht. Es ist alles heller, größer und komfortabler als in Prag.

Kde domov můj?, schießt es ihm in den Kopf. Die erste Zeile der tschechischen Nationalhymne. Sofort bremst er Bilder und Gefühle, die aus seinem Unterbewusstsein drängen. Wenn er den Text in deutscher Sprache denkt, kann er die traumatischen Erinnerungen in Schach halten. Auf Deutsch ist es leichter: »Wo ist meine Heimat?« Er weiß es nicht. Wenn er an Prag denkt, nennt er es »zu Hause«. Wenn er an den Bungalow denkt, nennt er es Warburg. Hier ist wohnen und arbeiten. Zuhause fühlt sich anders an. Unerreichbar.

An diesem Morgen schließt er das Gartentürchen und biegt rechts ab, anstatt links. Links ist der Weg zur Klinik, rechts geht es zum Friedhof. Er schaut sich noch einmal um, vergewissert sich, dass ihn niemand beobachtet. Normalerweise sitzt seine Schwiegermutter stundenlang am Fenster und schaut stumm nach draußen. Sie wartet weiterhin, dass Frída kommt, um sie nach Hause zu holen. Er schluckt schwer. Sie weiß nicht, dass das niemals geschehen wird, weil er es ihr nicht gesagt hat. Immer noch nicht. Irgendwie verpasst er jedes Mal den richtigen Zeitpunkt und so vergeht Tag um Tag.

Pavel hat die Friedhofsmauer erreicht. Hier findet er die Stille, nach der seine Seele an diesem frühen Morgen verlangt. Es duftet nach feuchtem Gras. Es ist kühl und er sucht sich eine Bank unter einer großen Kastanie. Die Bank ist feucht vom Tau der Nacht. Er wischt kurz mit der Hand die Tropfen fort und setzt sich. Erschöpft und müde stützt er seine Ellbogen auf die Knie und vergräbt sein Gesicht in den Händen. Er weint. Ganz still und leise. Niemand darf ihn sehen.

Eigentlich müsste er dankbar sein. Er hat es geschafft. Er hat den Eisernen Vorhang überwunden. Mit Ehefrau, Tochter und Schwiegermutter. Er ist in Freiheit. Als eine Art »Flüchtling-de-luxe« wohnt er in einem frisch renovierten, feinen Bungalow, hat eine gut bezahlte Arbeitsstelle. So viel Glück ist anderen Neuankömmlingen nicht beschieden.

Keiner der Menschen, denen er bis heute begegnete, war unfreundlich. Im Gegenteil. Jeden Tag trifft er auf eine

Welle der Hilfsbereitschaft und Unterstützung, die er nie erwartet hätte. Trotzdem kann er all das nicht annehmen, denn er ist schuldig. Er klagt sich an.

Sein inneres Gericht bestätigt alle Vorwürfe, die Verteidigung findet keine Gegenargumente. Die Gedanken in seinem Kopf spiegeln das tatsächliche Urteil, das in der Tschechoslowakei gefällt wurde: Er wurde, genau wie seine Frau, in Abwesenheit zu einer hohen Haftstrafe wegen Republikflucht verurteilt. Damit sind sie amtlich besiegelte Staatsfeinde, können nie wieder ihre Heimat betreten. Ein Urteil auf einem Blatt Papier. Für Věra ist die Verurteilung eine große Belastung, ihm ist sie eigentlich egal. Er weiß, dass die Tschechoslowaken keinen Zugriff auf ihn haben, solange er im Westen lebt. Ihn belastet das Urteil, das er über sich selbst fällt. Er hat sich für mehr Menschlichkeit engagiert und für dieses hohe Ideal alles auf eine Karte gesetzt. Jetzt zeigt ihm das Leben die unmenschliche Seite der Medaille und offenbart eine Facette, die er nicht bedacht hat.

Seit einigen Tagen liegt seine Schwiegermutter kraftlos im Bett. Sie kocht nicht mehr, sie schaut auch nicht mehr aus dem Fenster. Sie ist nur noch müde. Pavel kennt den Grund. Sie wird sterben. Sie weiß nicht, dass sie schwer an Krebs erkrankt ist. Er schämt sich. Er gräbt in seinen Erinnerungen auf der Suche nach dem Moment, in dem er verpasst hat, ihr die Wahrheit zu sagen. Er findet ihn nicht. An jenem Tag im April, als er nichts anderes im Kopf hatte, als aktuelle Passfotos seiner Familie, erhielt er ihre Diagnose und er behielt sie für sich. Weil sie die Fluchtpläne durchkreuzt hätte.

Es wäre zu einfach, dem anderen Arzt einen Vorwurf zu machen. Natürlich hätte auch dieser den Mut haben müssen, die Diagnose zu erklären. Stattdessen warf er diese Last auf Pavels Schultern. Um unter dem Gewicht nicht zusammenzubrechen, tat er einfach so, als sei nichts gewesen. Wie ein kleines Kind, das sich die Hände vor die Augen hält: Wenn ich die Realität nicht sehe, ist sie nicht da.

Pavel schmeckt das Salz seiner Tränen auf den Lippen. Er weiß, dass Verdrängung ein Schutzmechanismus des Menschen ist, der das Überleben sichert. In diesem Augenblick sieht er der Wahrheit ins verweinte Auge: Er hat eine liebenswerte alte Frau ihrer Heimat entrissen. Er hat verhindert, dass sie ihren geliebten Sohn noch einmal in die Arme schließen kann, bevor sie stirbt. Er hat seinem Schwager die Möglichkeit geraubt, seine innig geliebte Mutter in ihren letzten Tagen zu begleiten.

Seine Schwiegermutter nahm er gegen ihren Willen mit, seine eigene Mutter ließ er zurück.

Das alles nur, damit seine Ehefrau mitkommt. Und Věra kann sich mit dem Leben in Deutschland und ihrer neuen Rolle als Hausfrau und Ehefrau des Chefarztes nicht arrangieren. Sie schafft es einfach nicht. In ihrem alten Leben fand sie in ihrer angesehenen Berufstätigkeit als Hygienikerin für die besten Restaurants in Prag Bestätigung. Sie liebte ihre Arbeit und fühlte sich dadurch wertvoll und anerkannt. Hier in Westdeutschland herrscht ein anderes System. Die Ehefrau eines Chefarztes darf nicht arbeiten. Das gehört sich nicht. Sonst könnten die Leute auf dumme Ideen kommen. Etwa, dass der Chefarzt nicht ausreichend bezahlt wird oder, noch schlimmer, dass die Ehe kriselt. Auch in einem Land, dessen Freiheit Pavel stets bewunderte, gibt es Grenzen.

Die Ängste, unter denen Věra schon in Prag litt, haben sich hier deutlich verstärkt. Es gibt Momente, da ist ihm ihre Angst unerträglich. Pavel hat keine Kraftreserven mehr, um sich ihrer wirklich anzunehmen.

Pavli geht zur Schule, erhält Nachhilfeunterricht von den Ordensschwestern des Mädchengymnasiums in der deutschen Sprache. Sie macht sich gut. Ist fleißig und passt sich an. Aber sie hüpft nicht mehr. Das ist ihm sofort aufgefallen. Auch das übersteigt seine Kräfte. Er arbeitet rund um die Uhr an einer neuen Existenz für die Familie.

Pavel beschleicht eine Ahnung, dass der Preis der Freiheit deutlich höher ist als erwartet. Seit dem ersten Tag der Ankunft arbeitet er von früh bis spät und gönnt sich nur kurze Pausen. Es gibt viel zu tun in dieser Einrichtung. Arbeit hilft ihm beim Überleben. Wer viel arbeitet, denkt weniger nach.

Genau das wird er jetzt fortsetzen. Er friert. Mühsam kramt er nach einem Taschentuch in seiner Hosentasche. Er trocknet seine Tränen und steht auf. Weiter geht's. Der Dienst beginnt und niemand wartet auf einen verweinten und verstörten Chefarzt. Die Patienten und Kollegen erwarten zu Recht volle Motivation, Kompetenz und Engagement. Er schuldet ihnen viel. Also atmet er noch einmal tief durch, richtet sich auf und schreitet den Weg zurück, den er gekommen ist. Am Bungalow vorbei in die Klinik.

Es ist ein hektischer Vormittag. Zwei heranwachsende Bewohner hatten einen Wutanfall und waren handgreiflich geworden. Ein weiterer Patient versetzt das Pflegepersonal in große Sorge, weil er nicht mehr auf Ansprache reagiert und nur noch geistesabwesend vor- und zurückschaukelt. Pavel kümmert sich. Er weiß, dass er sich durch seine Arbeitsweise von vielen Kollegen abhebt. Wenn er auf einen Patienten trifft, sieht er keinen »Fall« mit Symptomen, sondern einen Menschen, dem Achtung und Respekt gebühren. Jeder im Rahmen seiner Möglichkeiten, so lautet Pavels Devise. Die Patienten spüren das und vertrauen ihm. Er sucht lieber nach den Stärken als nach den Defiziten.

»Herr Doktor«, ruft eine Ordensschwester, »ein Anruf für Sie.«

»Danke Schwester«, ruft er zurück, »aber ich kann jetzt nicht.« Bei dieser Antwort wendet er seinen Blick nicht eine Sekunde von seinem Patienten ab. Er sitzt am Bett eines großen, kräftigen Jungen, der eine Panikattacke hatte. Er hat ihm ein Beruhigungsmittel gespritzt und redet mit ihm. Pavel drückt die Hand des Jungen und berührt ihn mit der anderen sanft am Oberarm. Er schaut ihm in die Augen, lächelt und spricht beruhigend auf ihn ein. Der Junge entspannt sich immer mehr. Pavel weiß, dass Medikamente alleine keine dauerhafte Linderung versprechen. Die beste Medizin ist eine liebevolle Berührung, Zeit, beruhigende und ermunternde Worte und ein ehrlicher Gesichtsausdruck, der zeigt: Ich verstehe dich und ich versuche wirklich, dir zu helfen.

»Herr Doktor, es ist wichtig.« Die Ordensschwester

steht jetzt direkt hinter ihm und schaut ihn eindringlich an. »Was ist denn?«, fragt Pavel leise. Die Störung ärgert ihn. Kein Notfall kann so wichtig sein, dass er nicht noch eine einzige Minute hat, um dem Jungen wirklich ein guter Arzt zu sein. Notfälle werden erfahrungsgemäß weniger, wenn jeder Patient von Beginn an richtig behandelt wird. »Ihre Frau lässt ausrichten, Sie sollen sofort kommen.«

»Ja, in Ordnung«, sagt er und denkt: Was ist denn jetzt schon wieder? Beharrlich bleibt er an der Seite des Jungen und die Ordensschwester zieht sich zurück. Er arbeitet weiter. Noch schnell die Visite, anschließend wird er zum Bungalow rennen und kurz nachschauen, vor welcher Hürde Věra diesmal steht und scheitert.

Er geht von einem Wohnbereich in den nächsten. Schaut nach seinen Schützlingen, spricht mit ihnen und dem Pflegepersonal. Einmal in der Woche warten sie auf ihn. Hält er sich nicht an dieses Ritual, werden alle unruhig. Das gilt es zu vermeiden. Er ist für diese Menschen verantwortlich. Sie vertrauen ihm und er wird sie nicht enttäuschen. Seit vier Monaten leitet er die klinische Abteilung des Laurentiusheims. Er kennt seine Schützlinge mit Namen und führt die Mitarbeiter in freundlicher und professioneller Atmosphäre. Wenn er in seinem Element ist, gibt es sogar kleine Momente, in denen er das Gefühl hat, er sei wirklich angekommen. In Deutschland und hier im Laurentiusheim. Er geht von Zimmer zu Zimmer und lässt sich nicht drängen. Die Patienten freuen sich, ihn zu sehen.

»Herr Doktor, mein aufrichtiges Beileid«, sagte eine Ordensschwester, bekreuzigt sich und reicht ihm ihre rechte Hand. Er ist verwirrt. »Wie bitte?«

»Mein aufrichtiges Beileid, Herr Doktor.« Er zuckt zusammen. Der Ordensschwester ist seine Reaktion nicht entgangen und sie stammelt etwas von Entschuldigung und wendet sich ab. »Schwester, warten Sie!« Sie dreht sich um. Die große, steife Haube auf ihrem Kopf verleiht ihr einen ehrwürdigen Ausdruck. Die perfekt gebügelte Ordenstracht unterstreicht ihre Autorität zusätzlich. Er fühlt sich wie ein kleiner, dummer Junge. Sie erscheint ihm größer, als sie in Wirklichkeit ist. »Wissen Sie denn nicht, dass Ihre Schwiegermutter heute Vormittag gestorben ist?« Er schaut zu Boden. »Nein«, antwortet er leise, »ich weiß nur, dass meine Frau mich bat, nach Hause zu kommen.«

»Gehen Sie schnell. Ich kümmere mich hier um alles Weitere.«

Pavel stürmt los. Er könnte sich ohrfeigen. Er hat völlig vergessen, dass er nach Věra sehen wollte! Dieser Tag begann schrecklich und es scheint, als hätte er seinen Höhepunkt noch nicht erreicht. Glaubte er noch am Morgen, seine Schuldgefühle seien nicht mehr steigerungsfähig, so wird er jetzt eines Besseren belehrt.

Vor der Haustür drosselt er sein Tempo, schiebt möglichst lautlos den Schlüssel ins Schloss und dreht ihn herum. Mit einem leichten Klacken öffnet er die Tür und schleicht sich rein. Aus dem Zimmer der Großmutter klingen monotone Stimmen. Die Tür ist nur angelehnt. Er wagt sich näher heran und öffnet die Tür so weit, dass er durch einen Spalt hindurchsehen kann. Zwei Ordensschwestern knien vor dem Bett der Schwiegermutter und beten. Františka, die zeitlebens sein lieber Pirat war, liegt friedlich auf dem Rücken. Sie trägt ihr schönes Kleid und jemand hat ihre Haare aufwendig frisiert. Ihre gefalteten Hände ruhen auf der Bettdecke, ein Rosenkranz umschließt die bleichen Finger. Still und ruhig. Sogar die Flamme der geweihten Kerze auf dem Nachtisch steht ruhig auf dem Docht. Kein Windzug, der den Frieden trübt. Věra sitzt stumm auf einem Stuhl neben ihrer Mutter. Endlich erblickt sie ihn. Sie erhebt sich von ihrem Stuhl und schleppt sich in seine Arme. Die Ordensschwestern beten unbeirrt weiter. »Sie ist tot«, schluchzt sie, »tot!«

»Ja.« Er hält sie so fest er nur kann. Sie weint hemmungslos. Er lässt es geschehen. »Jetzt hat sie ihre Ruhe und muss nicht mehr leiden«, versucht er sie zu beruhigen. Sie nickt. Er bleibt noch eine Weile stehen und versucht, seine Frau auf diese Weise zu trösten. Langsam, ganz langsam, hat er das Gefühl, dass ihre Tränen versiegen. Er streicht über ihr Haar und schaut ihr in die verweinten Augen. »Es ist jetzt gut für sie. Sie ist jetzt bei dem, zu dem sie ihr Leben lang gebetet hat.« Věra nickt noch einmal und zieht sich auf ihren Stuhl zurück. Pavel steht alleine im Raum. Hilflos. Dann nimmt er sich ein Herz und geht ans Totenbett. Die Ordensschwestern unterbrechen für einen kurzen Augenblick ihre Litanei. Er nickt ihnen zu und sagt: »Vielen Dank«. Er berührt sanft die gefalteten, kalten Hände seiner Schwiegermutter und flüstert: »Verzeih mir, Pirat.« Er merkt, dass sich seine Augen mit Tränen füllen und sein Hals sich zuschnürt. Nein, nicht schon wieder. Und vor allem nicht vor seiner Frau. Er muss stark bleiben. Im nächsten Moment hat er sich wieder unter Kontrolle. Er drückt seiner Frau einen flüchtigen Kuss auf die Stirn und geht. In der Tür dreht er sich noch einmal kurz um und verspricht mit erstickter Stimme: »Ich versuche, heute pünktlich Feierabend zu machen.«

Er geht durch den Flur. Die Tür zum Kinderzimmer ist geschlossen. Ein Blick auf seine Armbanduhr verrät ihm, dass seine Tochter schon von der Schule zurück sein müsste. Er öffnet die Tür und erschrickt. Pavli sitzt regungslos an ihrem Schreibtisch und starrt ihn mit großen Augen an. Sie hat nicht geweint. Ihre Hefte und Bücher liegen auf dem Tisch, sie hockt ratlos davor und knibbelt an ihren Fingern. Der Anblick seiner Tochter schmerzt ihn. Er geht zu ihr und tätschelt ihren Kopf. »Ich muss zurück in die Klinik. Die warten auf mich.« Sie nickt verständnisvoll. Er bleibt noch einen Moment bei ihr stehen, weiß nicht recht, was er sagen soll. Er ringt um die passenden Worte und findet sie nicht. Er hört sich sagen: »Sei nett zu der Mama. Ist grade nicht einfach für sie.« Pavli schaut ihn an und antwortet: »Ja, Papa, mach dir keine Sorgen. Das werde ich.« In dem Moment fällt ein großer Stein von seinem Herzen. Er dankt dem Himmel für dieses Kind, dass ihm keine zusätzlichen Sorgen bereitet und eilt zurück zu seiner Arbeit.

Hannover – 9. Dezember 1970

Pavel rührt lustlos und gedankenverloren in seiner Kaffeetasse, anstatt einen höflichen Blickkontakt mit seinem Gesprächspartner zu halten. Der Kaffee ist noch zu heiß. Die wenigen Schlucke, die er eben versuchte, brennen noch auf seiner Zunge. Fasziniert beobachtet er, wie sich ein kleiner Strudel bildet, wenn er mit dem Löffel feine Kreise im Kaffee zieht. Professor Heese, der auch an der Hannoveraner Hochschule für Pädagogik doziert, ist ihm sympathisch. Er strahlt eine Mischung aus Unerschrockenheit und Standfestigkeit aus. Pavel ist gern mit ihm zusammen und genießt den gemeinsamen Kaffee in der Pause. Der Professor stupst ihn mit dem Ellbogen an. »Herr Doktor Vodák«, sagt er mit einem schelmischen Funkeln in den Augen, »ich habe noch eine Überraschung für Sie!« Er deutet auf eine Einkaufstüte, die neben seiner ledernen Aktentasche unter dem Tisch zu seinen Füßen steht.

Pavel lacht. »Sie Schlitzohr! Haben Sie es tatsächlich geschafft?« Der Professor lacht zurück. »Hatten Sie etwa Zweifel?« Er greift bedeutungsschwer in die Tüte und holt wie ein Weihnachtsmann die Geschenke hervor.

Pavel bekommt eine Gänsehaut. Er schiebt seine Kaffeetasse beiseite. Die weiße Tischplatte der Mensa klebt. Das haben die Schätze aus der Tüte nicht verdient!

Zuerst stellt der Professor eine kleine Bambistatue aus Steingut auf die klebrige Oberfläche. Das Bambi! Ja, das ist es! Diese kleine Skulptur, die Věra so liebt! Er hat sie tatsächlich gerettet. Das Reh, das sie sich von ihrem ersten selbstverdienten Geld gekauft hatte und schweren Herzens zurücklassen musste.

»Tatataaa!« Der Professor schmettert diesen kleinen Tusch und zaubert Öhrchen, Pavlis Plüschelefanten, aus der der Tüte hervor. »Und damit dieser Elefant nicht so einsam ist«, fährt er fort, »habe ich noch einen kleinen Frosch.« Mit einem weiteren »Tatataaaaa« hüpft der kleine Spielzeugfrosch zwischen Bambiskulptur und Öhrchen.

Pavel kann kein Wort herausbringen. Er braucht alle Energie, um Tränen der Rührung zurückzuhalten. Vorsichtig tastet er nach dem Frosch. Dieses kleine, unscheinbare Spielzeug stammt aus einem Wiener Spielzeuggeschäft. Er fühlt sich nicht einmal besonders kuschelig an. Im Laufe einiger Jahre ist seine grüne Farbe etwas verblichen. Ansonsten ist er aber gut erhalten. Jetzt ist dieser Frosch tatsächlich in der Bundesrepublik angekommen. »Tatataaaa«, tönt er ein weiteres Mal, »aller guten Dinge sind drei!« Und schwups, liegt Pavlis Koala neben Öhrchen.

»Das bedeutet mir sehr viel«, dankt Pavel. Das Reh aus Steingut wirkt so zerbrechlich. Vielleicht liebt Věra es deswegen so sehr. Immer, wenn es ihr schlechtging, nahm sie es in die Hand. Nur etwa zwanzig Zentimeter groß, hellbraun. Es liegt hart und kalt in Pavels Hand. Ein kleines Bambi in Liegeposition, die Ohren aufmerksam aufgerichtet. »Es schaut zurück«, bemerkt Professor Heese. »Ja«, bemerkt Pavel kaum hörbar. »Tun wir das nicht alle irgendwie? Wir leben nach vorne, aber wirklich verstehen können wir erst im Rückblick.« Er legt es vorsichtig zurück auf die

Tischplatte zu Pavlis weichen Kuscheltieren. Zu Weihnachten wird er Věra und Pavli damit überraschen. Bambi, Frosch, Elefant und Koala werden unter dem Tannenbaum eine gute Figur machen. Eigentlich gehören Ochs und Esel und eine Schafherde zur christlichen Weihnacht. Aber selbst der Papst, der ihren Lebensweg segnete, hätte für diese Version Verständnis. Glaubt er.

»Mir ist aufgefallen, dass auf Ihrem Wunschzettel kein Gegenstand für Sie stand«, bemerkt der Professor nachdenklich. Pavel wendet seinen Blick von der Tiergruppe ab und schaut seinem Dozentenkollegen in die Augen. »In der Wohnung ist nichts mehr, was mir wichtig ist. Meine Frau, meine Tochter und mein Hund sind hier.«

In der Wohnung wohnen jetzt andere Menschen. Eine junge Familie mit einem Baby. Von ihnen hat er die Gegenstände bekommen. Ein gewisser Stanislav Fiala, der Mann fährt einen recht neuen weißen Škoda, hatte den Kontakt hergestellt. Pavel hört genau zu, was der Professor berichtet. Es fühlt sich alles unerreichbar weit entfernt an. Aber es tut gut, dass diese vier Sachen geborgen wurden. Und er freut sich sehr, dass sein Freund das Auto fährt.

Als Pavel seinen Dozentenkollegen vor einem Monat in der Hochschule traf, sagte er: »Ich fahre mit meiner Frau ein Wochenende nach Prag. Geben Sie mir eine Kontaktadresse und eine Liste mit Gegenständen, die sie gerne hätten.« Pavel notierte Fialas Anschrift. Irgendetwas verbindet Heese und Fiala. Beide Männer strahlen diese beherzte Kühnheit aus. »Wussten Sie eigentlich, dass diese Reisegruppe den Urlaub abbrechen musste und sofort zurückgeschickt wurde, als klar war, dass Sie getürmt sind?«, plappert Heese weiter. Pavel schüttelt betreten den Kopf. Dieses Detail wollte er gar nicht wissen. Genauso wenig möchte er Heeses Lobhudeleien auf die Schönheit Prags hören. So sehr es ihn freut, dass dem Professor seine Heimatstadt gefällt, so sehr schmerzt es. Er weiß, dass er nie wieder einen Fuß in seine Stadt setzen darf. Alles, was ihm von dieser Schönheit bleibt, sind Erinnerungen, die er wie einen Schatz in seinem Herzen trägt.

Der Kaffee, der weiter auf dem klebrigen Mensatisch wartet, ist unterdessen kalt geworden. Pavel leert die Tasse in einem Zug. Er steckt die vier Prager Zeitzeugen sorgfältig zurück in die Tasche. »Danke. Das vergesse ich Ihnen nie!«

»Sehr gerne geschehen. Wenn Ihnen noch was einfällt, was Sie brauchen, lassen Sie es mich wissen.« Er macht eine kurze Pause. »Diese Stadt ist so schön! Da möchte ich auf jeden Fall wieder hin.« Pavel schluckt schwer und presst ein »das kann ich verstehen« hervor. Danach klopft er dem Dozenten zum Dank freundschaftlich auf den Oberarm und geht. Die Studenten warten auf eine Vorlesung und er muss sich noch einen Augenblick sammeln. Umschalten von schwarzer Wehmut und dem tiefen Blau der Sehnsucht auf graue Theorie für angehende Sozialpädagogen. Diesen inneren Schalter findet er nur, wenn er einen Moment alleine sein kann.

Warburg – 9. November 1989

Er starrt fassungslos auf den Fernseher. Alles um ihn herum verschwimmt. »Wir sind das Volk!«, dröhnt es aus dem Lautsprecher des Geräts. Er hockt auf dem Boden. Der Perserteppich ist weich und angenehm. Im Kamin knistert das Feuer und hüllt das gesamte Wohnzimmer in eine wohlige Atmosphäre. Die Menschen, die er auf dem Bildschirm sieht, haben es weniger gemütlich. Sie drängen sich seit Tagen auf engstem Raum in der westdeutschen Botschaft in Prag. Heute sind es wieder mehrere tausend Ostdeutsche, sie rufen nach Freiheit. Schon am 30. September verkündete der deutsche Außenminister Hans-Dietrich Genscher vom Balkon der Botschaft aus die Ausreisegenehmigung aller Flüchtlinge. Rund viertausend Menschen lagen sich weinend in den Armen. Wie viele werden es diesmal sein?

Seit einigen Tagen ist Pavel kaum noch in der Lage, zu arbeiten und sich zu konzentrieren. Die Ereignisse überstürzen sich. Die Menschen gehen seit Wochen auf die Straße und fordern ein Umdenken im Kommunismus. Sie stehen auf und wehren sich. Niemand wirft Steine, keiner schießt. Sie kämpfen mit Worten und der Gewissheit, dass sie gemeinsam stärker sind als das System, das sie kontrolliert, überwacht und ihnen ihre Menschenwürde nimmt. Die Ungarn öffnen ihre Grenzen zu Österreich, die Ostdeutschen sitzen in Prag oder flüchten über Ungarn in den Westen. Schon seit Juni haben die Polen mit Tadeusz Mazowiecki ihren ersten nichtkommunistischen Präsidenten. Er kam durch demokratische Parlamentswahlen an die Macht. Solidarność, Solidarität, wird zum Zauberwort einer Entwicklung, die Pavel in ihrer Dynamik überrascht und bisweilen auch überfordert. Er starrt weiter auf den Bildschirm und traut seinen Augen und Ohren nicht. Die Nachrichtensprecher wiederholen Aufnahmen aus Leipzig. Es werden immer mehr Menschen. Erst waren es 5000, dann 10000, schließlich 70000. Oder sogar mehr? Pavel weiß es nicht. Auf dem Ostberliner Alexanderplatz hat der Künstlerverband der DDR zu einer friedlichen Revolution aufgerufen. Sie demonstrieren für Demokratie und eine reformiertes Land. Rund eine Million Menschen kommen und schließen sich an.

Was passiert da? Die Ereignisse katapultieren ihn zurück ins Jahr 1968. Er starrt weiter auf den Fernseher. Nicht schießen, bitte nicht schießen! Das ist alles, was er denken kann. Diese Menschen marschieren friedlich, sie greifen niemanden an! Sie haben das Recht, ihre Meinung zu sagen und sie haben das Recht, auf die Straße zu gehen. Sie fordern nichts, was ihnen nicht sowieso zusteht! Nicht schießen, bitte nicht schießen!

Auch in der Tschechoslowakei gibt es Unruhen. Genau wie in Bulgarien, Rumänien und anderen osteuropäischen Ländern. Er sucht nach Informationen aus seiner Heimat. Die Nachrichten überschlagen sich, die Sender berichten überwiegend aus der DDR. Der gesamte Ostblock brodelt.

Pavel kommt nicht mehr mit. Die Kinder derer, die einst Angst vor den Reformen des Prager Frühlings hatten, pilgern heute nach Prag? Weil diese Stadt ihnen Hoffnung schenkt? Entweder ist die Welt verrückt geworden, oder sie beginnt endlich zu heilen. Ist der Samen, den er mit vielen anderen 1968 in den Boden legte, endlich aufgegangen? Kann es sein, dass mehr als zwanzig Jahre vergehen mussten, bis die Welt reif für die Veränderung ist, nach der er sich so sehr gesehnt hat? Seine Gedanken überschlagen sich. Die Fernsehbilder verschwimmen wieder, seine Augen blicken zwar in die Richtung, aber er sieht etwas anderes. Er sieht eine zarte, hellgrüne Pflanze, die austreibt. Es ist ein schönes Bild. Die Pflanze vor seinem geistigen Auge wächst in einer Geschwindigkeit, die er für schier unmöglich gehalten hat. Sie beschleunigt immer mehr, ihr helles, lebendiges Grün breitet sich aus. Sie umzingelt das Krokodil, die Bedrohung. Ganz leise und ohne Gewalt. Sie wächst extrem schnell und von allen Seiten. Das Krokodil wird von ihr eingekesselt, sein Maul wird durch die frischen Ranken verschlossen, seine Macht schwindet, es gibt auf. Pavel kann nicht ausmachen, ob es gerade erstickt oder resigniert und sich der Freiheit beugt. Er weiß nur, dass das Krokodil schachmatt ist. So, wie früher sein Vater den letzten, triumphalen Zug auf dem Schachbrett vollzog, so leise und doch so effektiv, so kommt es zum Erliegen. Das Krokodil ist besiegt.

»Pavel, ich kann es nicht glauben.« Věras Stimme dringt zu ihm durch. »Die Mauer ist offen.« Věra nimmt die Fernbedienung in die Hand und schaltet aufs Erste Programm. In diesem Moment eröffnet Hanns Joachim Friedrich, Chefmoderator der ARD Tagesthemen, die Sendung mit den Worten: »Im Umgang mit Superlativen ist Vorsicht geboten, sie nutzen sich leicht ab, aber heute Abend darf man einen riskieren: Dieser 9. November ist ein historischer Tag. Die DDR hat mitgeteilt, dass ihre Grenzen ab sofort für jedermann geöffnet sind, die Tore der Mauer stehen weit offen.« Pavel und Věra verfolgen die Fernsehbilder der Nacht mit einer Mischung aus Ungläubigkeit und grenzenlosem Staunen.

Menschen mit Deutschlandflaggen auf der Berliner Mauer und Trabbis, die in den Westen rollen, als sei es das Normalste der Welt. Freudentränen, Freudenschreie, Ergriffenheit, Ungläubigkeit, Erregung, Begeisterung, unendliches Hochgefühl. Die Bilder wirken so unrealistisch und wecken gleichzeitig Zuversicht auf eine bessere Zukunft. Eine geeinte und wärmere Welt. Die Menschen öffnen den Eisernen Vorhang mit Mut und Zusammenhalt. Unter der Einigkeit und dem Zusammenhalt des Volkes schmilzt die allgewaltige Grenze des Kalten Krieges.

»Endlich«, flüstert er und streichelt seine Frau. »Endlich.«

»Hättest du gedacht, dass wir das noch erleben?«, will Věra wissen.

»Nein. Ich habe es mir manchmal gewünscht. Aber wirklich daran geglaubt, habe ich nicht.«

Er kann seine Augen nicht von dem Bildschirm abwenden. Er sieht Grenzsoldaten der DDR, die konfus und überfordert in ihren Uniformen beobachten, wie unzählige Menschen über die Brücke an der Bornholmer Straße gehen und im Westen begeistert empfangen werden. Die Grenzposten tragen Waffen, aber sie benutzen sie nicht. Sie stehen wie Statisten auf einer Bühne, als wüssten sie nicht mehr, wer die Regie führt. Einige von ihnen gehen selbst mit glänzenden Augen auf die andere Seite. Das Fernsehen zeigt Bilder von Trabbis auf dem Ku'damm, Menschen lassen Sektkorken knallen, liegen sich weinend in den Armen. Tränen des Glücks.

»Was denkst du?«, fragt Věra. »Können wir irgendwann wieder zurück?«

»Ich weiß es nicht.«

Ihm fällt auf, dass seine geliebte Frau sich verändert hat: Die Angst weicht einer Komposition aus Ruhe und Zutrauen. Das hat er schon einmal erlebt. Damals auf der Flucht, als der Papst sie in Rom gesegnet hat.

Prag – 2. Januar 1990

Pavels Hände klammern sich ans Lenkrad. Sein Mund ist staubtrocken und sein rechter Fuß zittert auf dem Gaspedal. Eigentlich zittert der ganze Körper. Niemand sieht es, äußerlich ist er ruhig und gelassen, doch in seinem Innersten tobt ein Orkan. Er lenkt seinen dunkelgrünen Lexus über die leicht abschüssige Straße. Noch eine Linkskurve, dann liegt ihm Prag zu Füßen. Vorbei an den sozialistischen Plattenbauten, taucht plötzlich das Panorama der Altstadt vor der Windschutzscheibe auf. Er tippt auf die Bremse, lässt den Wagen langsam rollen. Nur nicht zu schnell fahren! Auf der rechten Seite wartet die Burganlage mit dem Veitsdom in ihrer Mitte. Alles noch an seinem Platz. Die Moldau schlängelt sich durchs Herz der Stadt, auch die Karlsbrücke hat überlebt. Die Figuren, Johannes Nepomuk, Jesus am Kreuz und die anderen Heiligen wachen immer noch am Rande der Brücke, die Altstadt und Kleinseite verbindet. Er ist zu Hause! »Kneif mich mal«, sagt er zu seiner Frau, »ist das wirklich wahr?«

Věra zwickt ihn in den rechten Oberarm. »Ja, es ist wahr! Und es ist nichts passiert. Genau wie ich dir sagte!« Vertauschte Rollen. Sie ist doch sonst diejenige, die stets ängstlich zögert und er der Mutige von beiden. Heute ist das anders.

Schon als er sich in Warburg ins Auto setzte, hat sein Puls alle Rekorde gesprengt. Das Herz pochte fast zum Hals heraus, Pavel im Ausnahmezustand. Die Autobahn führt quer durch das Gebiet, in dem noch vor wenigen Wochen die DDR eingemauert war. Der Todesstreifen wurde von der Menschlichkeit verschluckt, die scharf schießenden Wächter von der Freiheit verbannt. Trotzdem hat der Grenzübergang in Petrovice, einem kleinen Ort in den Hügeln des Erzgebirges, für Pavel seine Bedrohlichkeit bewahrt: Jetzt ist es aus! Jetzt wirst du verhaftet! Jetzt haben sie dich! Das Krokodil lauert hier und schnappt zu! Es lässt dich nie wieder los! Vielleicht hat es Eier im dunklen Hochmoor versteckt und schon bald schlüpfen unzählige Nachkommen und greifen an …

»Pavel, siehst du, es passiert gar nichts!«, beruhigte ihn seine Frau. Ihre sanften Worte ärgerten ihn! Wie konnte sie nur auf die Idee kommen, dass er Angst haben könnte? Er saß souverän am Steuer und näherte sich der Grenze. Die Pässe der Bundesrepublik Deutschland, die auf dem Armaturenbrett bereitlagen, waren nicht gefälscht. Sie sind einwandfrei. Die Familie besitzt schon seit einigen Jahren offiziell die deutsche Staatsbürgerschaft. Es ist alles legal. Auch, dass sie heute mit dem Auto nach Prag fahren. Dennoch kann er nicht glauben, dass er unbehelligt in die Tschechoslowakei einreisen darf. Dass seine Füße auf dieser Erde stehen dürfen. Věra weiß es.

Wenige Tage, nachdem die Grenzen gefallen waren, war sie mit Pavli zu ihrem Bruder und ihrer Schwägerin und anschließend nach Prag gereist. Die beiden hatten den großen Schritt schon gewagt. Pavel nicht. Er war in seinem sicheren Heim in Warburg geblieben. Er wollte nicht mit. Aus Verantwortung. Věra war nicht zu bremsen gewesen, sie wollte unbedingt zu ihrem Bruder. »Nur mal gucken«, nannten sie dieses Wagnis. Er entschied, dass er im sicheren Westen bleibt, um notfalls eingreifen zu können, wenn die beiden verhaftet und verhört würden. Wie genau er sie dann aus den Klauen oder gar dem Maul des Krokodils befreien würde, wusste er nicht. Er wusste nur eines: Er konnte auf keinen Fall mitfahren.

Jetzt aber fährt er. Zurück nach Prag. Die Einreise über Petrovice war leicht. Eigentlich. Er zeigte die Pässe, die Kontrolleure winkten den dunkelgrünen Lexus desinteressiert durch. Unglaublich! Einen Moment lang dachte er, er würde am Grenzübergang ersticken. Die Luft war schwer und dicht. Je weiter das Auto sich Prag näherte, desto leichter fiel das Atmen. Das Zittern blieb. Ganz allmählich mischte sich ein vorsichtiges Gefühl des Ankommens dazwischen. Aber immer wieder musste er in den Rückspiegel schauen, ob er verfolgt wird. Bog ein Wagen hinter ihm ab, war er erleichtert.

Er kann sich einfach nicht vorstellen, dass er frei und unbeobachtet auf diesen Straßen fahren kann. Die Ampel ist rot. Erleichtert stoppt er den Wagen. Links geht es zum Flughafen. Rechts hinunter zum Herzen Prags. Ganz allmählich wird er ruhiger. Die Energie um ihn herum verändert sich. Er kann es sogar im Inneren des Wagens spüren. Er weiß, dass vor wenigen Tagen Václav Havel als neuer Präsident vereidigt wurde. Ausgerechnet der Dissident, dessen Humanismus niemand beugen konnte, ist jetzt das Staatsoberhaupt. Noch vor einem Jahr, während der Jan-Palach-Gedenkwoche, zählte er zu den wortreichen Kritikern, den unliebsamen Freigeistern, den Verfolgten. Das Regime ging wieder einmal mit erbitterter Härte gegen die Opposition vor und knüppelte die Kundgebung nieder. Havel landete direkt für weitere fünf Monate im Gefängnis. Pavel dreht seinen Kopf über die rechte Schulter. Unfassbar! Jetzt sitzt derselbe Mann, der mehrfach verhaftet und verurteilt worden war, oben in der Burg. Als Präsident. Das Volk hat Gustáv Husák in die Knie gezwungen.

»Grüner wird's nicht!«, bemerkt Věra und zeitgleich hupen ein paar andere Autos. Pavel gibt Gas. Zielsicher nimmt er die Straße hinunter zur Altstadt. Es gibt auch einen Weg oben entlang, vorbei am Bahnhof. Den fährt er nicht. Da müsste er am Wenzelsplatz vorbei. Diesen Ort möchte er nicht sehen, denn er tut weh. Hier ist es besser. Vorbei am jüdischen Viertel, parallel zur Moldau, die bedächtig entspannt in Richtung Elbe fließt.

Pavel fährt langsam. Der gut gefederte Lexus gleitet über das Kopfsteinpflaster, die Schienen der Straßenbahnen lassen den Wagen gelegentlich leicht schlittern. Auf der rechten Seite öffnet der Altstädter Brückenturm den Vorhang zur Karlsbrücke, für eine Sekunde kann er einen Blick auf die Burganlage und die Kuppel der Niklas-Kirche auf der Kleinseite erhaschen. Links wäre jetzt die Straße zum Altstädter Ring, aber das ist ihm nicht so wichtig. Er fährt weiter, sehr langsam, will alles in sich aufsaugen. Das goldene Dach des Nationaltheaters zeigt sich auf der linken Seite, rechts ruht noch der kleine Turm des Mánes, einst ein beliebtes Tanzlokal. Es ist alles noch da und wartet.

Trotzdem wirkt es fremd. Es hat sich verändert. Die Straßenlaternen sind dieselben, auch die Schilder. Er setzt den Blinker, wartet auf der Linksabbiegerspur. Ja, es ist fremd. Irgendwie. Die Straßenbahn mit der Nummer 17, seine Linie zwischen Wohnung und Arbeit, rattert auf den Schienen. Er muss sie passieren lassen. Dann darf er abbiegen. Rechts liegt die Dittrichstraße, da ist sein Institut. Er kann nicht abbiegen. Das ist zu viel. Er fährt ein Stück die Straße hinauf bis zum Karlsplatz und parkt. Mehr geht nicht.

»Und nun?«, will seine Frau wissen. Er zuckt mit den Schultern und starrt stumm durch die Windschutzscheibe.

Es verletzt ihn, dass Pavli nicht mitgefahren ist. Sie ist jetzt einunddreißig Jahre alt, führt ihr eigenes Leben, arbeitet als Psychologin in Bochum. Und sie hat ihm deutlich ihre Meinung gesagt, nachdem sie mit Věra aus Prag zurückgekehrt war. Pavel merkt, wie seine Gedärme rumoren und sein Magen brennt. Er hat die Worte seiner Tochter noch nicht verdaut. »Papa«, hat sie ihn angeherrscht, »damit will ich nichts zu tun haben! Das ist nicht mehr mein Land!«

Für ihn ist und bleibt Böhmen seine Heimat. Er hat sich gegen die Eindeutschung seines Namens gewehrt. Er heißt Pavel und nicht Paul und das soll auch so bleiben. Sein Titel lautet »MUDr., medicinae universae doctor«, und nicht »Dr. med«. Er ist stolz auf seine tschechischen Wurzeln. Wenn er von ihnen erzählt, wird er zum Missionar. Er wünscht sich nichts mehr, als dass seine deutschen Zuhörer sich für die Geschichte, die Kultur und die böhmische Seele begeistern. Doch entweder lauschen sie höflich seinen Ausführungen oder wenden sich ab. Letzteres ist vermutlich die ehrlichere Variante.

Pavli kam nach Deutschland, nutzte die Kraft der Jugend, passte sich an und wollte nicht mehr auffallen. Sie war erleichtert, als sie endlich ihren Flüchtlingsausweis gegen einen deutschen Pass eintauschen durfte. Die 300 D-Mark für die Namenseindeutschung gab er ihr nicht. Es fühlte sich für ihn nicht richtig an. Eine Tochter, die in Prag das Licht der Welt erblickt hat, heißt nun einmal nicht Paula. Er war es, der 1970 mit der Flucht ihre Wurzeln kappte. Trotzdem hat er gehofft, dass Prag stets ihre Heimat bleiben würde. Dass sie ihre Geburtsstadt jetzt durch die westdeutsche Brille wahrnimmt und bewertet, hatte er insgeheim befürchtet. Aber die Wucht, mit der sie ihr vernichtendes Urteil fällte, traf ihn dennoch unvermittelt und hart.

Pavli beschrieb die Tschechoslowaken als verhärmt, missmutig und feindselig. Als sie mit Věra einen Kaffee trinken wollte, wusste sie zunächst nicht wo. Schließlich landeten die beiden in einer ansehnlichen Hotellobby. An der Bar, so sagte sie, hätten aufgedonnerte Prostituierte auf westliche Freier gewartet: »Papa, die verkaufen sich an den Westen! Das Land ist abstoßend und unerträglich! Das ist nicht mehr mein Volk!«

Er hat nicht geantwortet und ihre Entrüstung schweigend ertragen.

Ganz langsam lässt das innere Zittern nach, der Bauch rumpelt weiter. »Lass uns aussteigen und spazieren gehen«, sagt er zu seiner Frau. Sekunden später stehen seine Füße in den blitzblank geputzten Lederschuhen sicher auf dem Boden. Die neuen Absätze klackern auf dem Kopfsteinpflaster. Zwischen den Feiertagen hat er die Schuhe neu besohlen lassen. Das ist ihm wichtig. Manche Menschen kleiden sich in noblen Zwirn, mimen Weltgewandtheit und latschen auf abgelaufenen, schiefen Absätzen durchs Leben. Vielleicht ist er pedantisch, vermutlich aber auch nur darauf getrimmt, auf Details zu achten.

Einmal mehr fragt er sich, ob er noch ganz bei Trost ist. Ich bin, wie ich bin, beruhigt er sich und geistert weiter durch die Gassen. Der Tag ist grau. Die Sonnenstrahlen finden keinen Weg durch die Wolkendecke und der Wind ist eisig. Möglicherweise liegt es an der abweisenden Kälte, dass er sich nicht willkommen fühlt. Es gibt warme und herzliche Begrüßungen. Etwa dann, wenn jemand lächelnd seine Tür öffnet und seine weichen Arme ausbreitet. Und es gibt diesen Moment: kalt, grau und ohne Lächeln.

Pavel findet keinen Menschen, der lächelt. Stattdessen sieht er unbekannte Leute. Einige hasten zu einem ihm unbekannten Ziel, andere trotten müde um die Ecke. Nach der Arbeit wartet zu Hause die zweite Schicht. Kochen, waschen, bügeln, putzen. In ihren Einkaufsnetzen tragen sie unverpackte Brotstangen zwischen anderen Einkäufen. Keine Papiertüte des Bäckers, die das Brot schützt. Früher war das normal und selbstverständlich. Heute findet er das unhygienisch. Die Leute blicken entweder zu Boden oder stumpf nach vorne. Sie tragen farblose Kleidung und ungeputzte Schuhe. Er hat noch niemanden in hochwertigen

Lederschuhen mit einwandfreier Besohlung entdeckt. Diese gesichtslosen Leute fügen sich harmonisch in das Bild der Gebäude ein. Als erschüfe ein namenloser Künstler ein stimmiges Gemälde einer absonderlichen Welt.

Die Fassaden sind in einem erbärmlichen Zustand, die Fensterscheiben dünn und trüb, die Holzrahmen blättern. Er wagt sich mit seiner Hand aus der wohligen Manteltasche hervor und tastet sich an eine unbekannte Hauswand heran. Der Putz bröckelt unter seinen Fingern, die kleinen Krümel sind feucht und klamm. Verfall und Moder. Es tut weh. Er atmet gegen den Schmerz in seiner Brust und gegen den Krampf in seinem Bauch. Es riecht verrottet und faul. Das also ist Prag, die Goldene Stadt, nach der er sich zwanzig Jahre lang gesehnt hat. Seine Heimat. In seinen Träumen war sie schöner und gepflegter. Er hat sie idealisiert. Hier irgendwo liegen seine Wurzeln. Verschüttet unter verlottertem Gestein.

Er legt den Kopf in den Nacken und schaut gen Himmel. Was habt ihr nur mit meiner Stadt gemacht? Wieso habt ihr euch nicht gekümmert?

Er ahnt, dass niemand seine stummen Anklagen hört und diese nur in seinem Kopf hallen. Am liebsten würde er sie herausschreien, aber dazu hat er kein Recht. Er hat dieser Stadt den Rücken gekehrt. Also steht ihm nicht zu, anderen vorzuwerfen, sie hätten nicht gehegt und gepflegt, was ihm am Herzen liegt. Er glaubt, dass es viele Jahre dauern wird, bis Prag wieder zu altem Glanz erwacht.

Pavel, mahnt er sich, verlange nicht von anderen, was du selbst nicht bereit bist zu tun! Wie ein geprügelter Junge senkt er seinen Kopf und schleicht weiter. Er wagt nicht, aufzublicken und Věra trottet neben ihm her. Fragmente von kaltem Backstein, Löchern in Betonsockeln und verrosteten Kellerverschlägen huschen in sein Bewusstsein. Die Straßen und Gassen ähneln sich. Auch die Nationalstraße bildet keine Ausnahme.

»Pavel, ich friere. Dort drüben können wir einen Kaffee trinken.« Věra schreitet voran, er folgt ihr resigniert. Wie sehr die Zeiten sich ändern können.

Er stockt abrupt. »Da haben wir vor vierzig Jahren geheiratet«, ist das Erste, was er hervorpresst, seit sie aus dem Wagen gestiegen sind. Die dunkelbraune, massive Holztür des Rathauses ist in einem ordentlichen Zustand. Nicht gerade frisch lackiert, aber wenigstens nicht baufällig. Auch die weltberühmte Astronomische Uhr wenige Meter weiter rechts funktioniert noch. »Ich weiß.« Věra gibt ihm einen Kuss auf die Wange. Das tut gut. Wie hübsch sie damals war! Sie trug einen großen Hut zum Kostüm, gemeinsam stolzierten sie über die Schwelle nach draußen auf den Marktplatz. Er lächelt. Das ist lange her.

Im Restaurant »Zum Prinzen«, direkt gegenüber, ist es wohlig warm. Es duftet nach Bohnenkaffee und süßem Gebäck. Er lockert seinen Mantel und schaut sich um. Er hat keine Ahnung, wo Pavli in Prag gestrandet war. Hier sitzen jedenfalls keine Prostituierten.

Věra hat einen Platz am Fenster gewählt. Von dort aus kann man die Rathaustür sehen. Er setzt sich dazu. »Guten Tag!« Der Kellner spricht Deutsch mit einem elenden Akzent. Er ist weder freundlich noch abweisend. Er erledigt seinen Job – mehr nicht. Pavel sagt: »Zwei Kaffee bitte.« Der Kellner macht auf dem Absatz kehrt und trottet davon. Als er außer Hörweite ist, rüffelt ihn Věra: »Wieso sprichst du Deutsch? Das finde ich unmöglich von dir!« »Na, er sprach uns doch so an. Wir sehen aus wie Deutsche! Nicht wie Einheimische!«

»Ihr Kaffee, bitte.« Der Kellner stellt zwei Kännchen auf die blassrosa Tischdecke. Das Service ist nett angerichtet, Milch und Zucker stehen auf einem kleinen Silbertablett bereit. »Kuchen auch?«, fragt er höflich. Jetzt lächelt er erstmals. »Nein danke«, antwortet Věra. Sie spricht Tschechisch und der Kellner erstarrt. »Sie können mit uns in Ihrer Sprache sprechen«, erklärt sie und die Gesichtszüge des Mannes versteinern. Er bietet ihnen nichts mehr an.

»Was mir wirklich gefällt«, sinniert Pavel, »ist, dass die Menschen wieder *Guten Tag* sagen. Dieses furchtbare *Ehre der Arbeit, Genosse* ist verschwunden.« Věra stimmt ihm zu.

Er überlegt weiter: »Worte beeinflussen Menschen mehr, als man meint. Für mich macht es einen Unterschied, ob mich jemand mit guten Wünschen begrüßt oder eine Formel herunterleiert, in der es um Arbeit geht.« Pavel fällt auf, dass er verzweifelt versucht, seiner geliebten Stadt etwas Positives abzugewinnen.

Etwas später kassiert der Kellner wortlos die beiden Kaffee und quittiert das Trinkgeld mit einem spärlichen: »Danke, schönen Tag noch.« Wenigstens etwas.

Die beiden spazieren weiter. »Ich glaube«, offenbart Pavel seiner Frau, »die mögen keine Gäste wie uns.« Er macht eine lange Pause. Als sie ihm nicht antwortet, fährt er fort:

»Die richtigen Westler, das sind die Goldesel. Wir sind so was wie Verräter.«

Sein Aussehen ist eindeutig westlich, seine Seele tschechisch. Diese Kombination ist schwer.

Am Ufer der Moldau ist es leichter. Sie ist vertraut. Unbeirrt plätschert sie durch die Stadt. Lebendiges Wasser, das den leichtesten Weg sucht, immer im Fluss. Die Moldau kennt weder Stillstand noch Zerfall. Ihr Wasser strömt noch auf tschechischem Gebiet in die Elbe, fließt dann weiter durch Ústi, über die Grenze nach Deutschland, passiert dort Dresden und Hamburg, bis es schließlich in die Nordsee mündet. Nirgends wird das Wasser nach seiner Herkunft gefragt und beurteilt.

Pavel wird klar, dass sich beide verändert haben. Die Stadt und er. Sie sind einander fremd geworden. Trotzdem stellt sich hier am Wasser ganz allmählich ein, worauf er seit vielen Jahren wartet: das Gefühl von Zuhause.

Nachwort

Sie selbst nannte sich Paula, im Personalausweis stand Pavla, geboren wurde sie als Pavlina, ihre Eltern riefen sie Pavli und für mich hieß sie Paulchen. Meine beste Freundin und Kollegin in der Arbeit mit trauernden Kindern und Jugendlichen. In ihrem Keller schlummerte über viele Jahre eine alte Arzttasche.

»Sie gehörte meinem Vater«, sagte sie. »Er hat sein Leben aufgeschrieben, es steht alles darin.« Ich war fasziniert, sie zögerte: »Ich wollte das alles schon verbrennen. Um es zu schützen. Damit es niemand findet, der es zerreißt.« Seine Aufzeichnungen seien voller geschichtlicher Fakten und philosophischer Gedanken. Manchmal nicht leicht verständlich. Die letzten Jahre seines Lebens hatte Pavel Vodák diesem Werk jede freie Minute gewidmet und unendlich viel Kraft und Energie hineingesteckt. Er zeigte es einigen Menschen, von denen er Unverständnis für seine Arbeit erntete. »Ich möchte es lesen«, sagte ich. »In Ordnung«, antwortete sie, »ich glaube, es ist an der Zeit, dass du ihn wirklich kennenlernst. Vielleicht kannst du das, was er begonnen hat, zu Ende bringen.«

Dass sie das wollte, hatte einen Grund. Denn gibt eine kuriose Verbindung: Vor rund zehn Jahren war ich bereits im Internet auf den Namen Pavel Vodák gestoßen. Ich war damals auf der Suche nach fundierten Publikationen über Adoptivkinder und ihre Familien. Leider gab es die Bücher, die ich suchte, nur in tschechischer Sprache. Verfasst von einem Prager Kinder- und Jugendpsychiater namens Vodák. Da es keine deutsche oder englische Übersetzung gab, machte ich schweren Herzens einen Haken unter die Bücher und begnügte mich mit deutscher Fachliteratur. Den Autorennamen hatte ich aber nie vergessen, irgendwie begleitete er mich weiter.

Jahre später verbrachte ich mit Paulchen einen gemütlichen Abend in einem tschechischen Restaurant in Berlin. Diese Umgebung weckte bei ihr Erinnerungen an früher und so erzählte sie von ihrer Familie und den Zeiten in Prag. Plötzlich wurde mir klar, dass jener Pavel Vodák ihr Vater sein musste! Natürlich wusste ich auch vorher, dass sie mit ihren Eltern aus der Tschechoslowakei geflohen war. Aber es gab nie einen Anlass, sie nach ihrem Geburtsnamen zu fragen. Häufig haben wir später über diesen »Zufall«, also was mir oder ihr da »zu-ge-fallen« ist, gesprochen. Ich selbst weiß bis heute nicht, ob ich die Tasche gefunden habe oder die Tasche mich. Sie ist aus braunem Leder gefertigt, die Mechanik der goldenen Verschlüsse noch geschmeidig wie am ersten Tag. Sie ist etwas in die Jahre gekommen. An den Falten etwas brüchig, die Tragegriffe verblichen. Sie wurde lange benutzt, viel herumgetragen, riecht nach vielen Erlebnissen und steckt voller Geschichten. In ihrem Inneren, dort wo einst Arztinstrumente, Rezeptblock und Medikamente ihren Platz hatten, lag ein Schatz. Seit mehr als zwölf Jahren wartete er darauf, entdeckt zu werden.

Als ich die Tasche zu Hause öffnete, musste ich unwillkürlich husten. Der Staub kratzte in meinem Hals. Und meine Nase nahm einen Geruch wahr, den ich schon längst vergessen glaubte. Augenblicklich katapultierte mich dieser Duft in die Vergangenheit. Plötzlich war ich wieder 17 Jahre alt. Damals hockte ich auf dem Teppichboden in meinem Zimmer und schrieb Berichte für die Lokalzeitung. Auf spezielle Formblätter, die ich in meine Schreibmaschine spannte. Die Farbbänder, durch die die Drucktypen Buchstaben aufs Papier hämmerten, hatten diesen Geruch. Ich lächelte. Daran hatte ich schon ewig nicht mehr gedacht. Plötzlich war alles wieder da: So hatte ich als junges Mädchen schreiben gelernt. In einer Lokalredaktion, parallel zur gymnasialen Oberstufe. Taschengeld aufbessern. Etwa in der Zeit entdeckte ich meine Faszination fürs Schreiben.

Vorsichtig hob ich die Papierstapel aus der Arzttasche. Ich hatte einen Schatz gefunden. Packenweise barg ich ihn aus der Tasche, legte ihn auf meinen Schreibtisch und pustete vorsichtig die dünnen Staubschichten fort. Da lag es. Ein ganzes Leben. Schreibmaschinengetippt auf inzwischen vergilbtem Papier. Fein säuberlich gelocht und mit Metallklammern zusammengeheftet. Die Klammern hatten Rost angesetzt. Aber das machte nichts. Sie ordneten all die Blätter, Jahrzehnte, Gedanken, Erinnerungen und Zeitzeugnisse.

Unmittelbar danach begann die Arbeit. Dort, wo Pavel Vodáks Aufzeichnungen endeten, setzten Paulchens Erinnerungen ein. So entstand dieses Buch. Auch die Szenen, die manchmal fiktional anmuten, haben sich so ereignet, die abgedruckten Briefe sind Originale. Die einzige Fiktion ist die Begegnung mit dem Bildhauer Josef Klimeš, der 1962 verbotenerweise die Sprengung des Stalindenkmals fotografierte. An manchen Stellen wurden Namen verändert.

Das Buch habe ich im Café Slavia in Prag geschrieben. Dort, in dieser einzigartigen Atmosphäre mit Blick auf Nationaltheater, Moldau und Burg, konnte ich mich in das Leben von Pavel einfühlen. Oft habe ich mich dabei gefragt, ob es meine oder seine Gedanken sind, die ins geschriebene Wort eingeflossen sind. Es war sein Leben. Die Metapher des Krokodils ist seine, ich habe sie lediglich verfeinert und erweitert. Auf gewisse Weise sind Pavel und ich in diesem Buch verschmolzen. Seine Gedanken und Erinnerungen tragen jetzt meine Handschrift. Meine Freundin Paulchen, Pavels Tochter, las jede einzelne Zeile und versicherte, dass so alles korrekt sei. Die Ereignisse, die Dialoge, die Gedanken. Durch ihren unerwarteten Tod im Oktober 2017 ist dieses Buch nicht nur das Vermächtnis von Dr. Pavel Vodák, sondern auch ihres.

Ich danke …

- MUDr. Pavel Vodák für seine Aufzeichnungen
- Pavla Kruse für ihr Vertrauen und ihre detaillierten Erinnerungen
- Franz-Gerd, Louisa und Laurin Brökel für ihre Rücksichtnahme, während ich schrieb
- Donata Peitz und den anderen Sprechstundenhilfen von Dr. Vodák für ihre Geduld mit seinem tausendseitigen Manuskript und ihrer Ausdauer an der Schreibmaschine
- Dem Verleger Günther Butkus und dem Team des Pendragon Verlages für die gute Zusammenarbeit
- Dr. Eike Birck und Fiona Dummann für ihr bereicherndes und unkompliziertes Lektorat
- Ulli und Helene Hartmann und Dr. Jan Lipinsky fürs Brückenbauen
- Birgit Kahle für Ermutigung und Impulse
- Eva-Maria Eikermann, Heike Lammersen, Annette Lödige, Anja Peine, Ulla Repke, Annette Sondermann, Daniela Stein und Barbara Wedegärtner für ideelle und praktische Unterstützung
- Dr. Eike Birck, Hildegunde Kleinschmidt, Karel Prošek und Dr. Luboš Švec für ihre Gutachten
- Judith Kessler für wichtige Korrekturen und ihre spontane Hilfsbereitschaft
- Der Euroregion Elbe/Labe, dem Herder Institut für Ostmitteleuropäische Forschung in Marburg sowie weiteren Organisationen und Vereinen. Sie alle setzen sich für die Verständigung von Tschechen und Deutschen und damit für ein friedliches und respektvolles Zusammenleben beider Nationen ein.

Jede Ähnlichkeit mit lebenden oder toten Personen ist rein zufällig.

Pendragon Verlag
gegründet 1981
www.pendragon.de

2. Auflage

Originalausgabe
Veröffentlicht im Pendragon Verlag
Günther Butkus, Bielefeld 2018

Lektorat: Eike Birck, Fiona Dummann
Umschlag und Herstellung: Uta Zeißler, Bielefeld
Umschlagfoto: ullstein bild – Lehnartz
Satz: Pendragon Verlag auf Macintosh
Gesetzt aus der Adobe Garamond
ISBN 978-3-86532-608-9
Gedruckt in Deutschland